Robert James Lees: Reise in die Unsterblichkeit

ROBERT JAMES LEES

REISE IN DIE UNSTERBLICHKEIT

Band I der Berichte aus dem Jenseits

Das Leben
jenseits der Nebelwand

DREI EICHEN VERLAG
MÜNCHEN + ENGELBERG/SCHWEIZ

Die englische Original-Ausgabe trägt den Titel:"Through the Mists" (Verlag Eva Lees, Leicester — Bisherige Auflage ca. 80 000)

Vom Verfasser autorisierte deutsche Original-Ausgabe
herausgegeben von J o h n
Übertragung von P e t e r A n d r e a s , London

6. Auflage 1982, 21.—27. Tausend

ISBN 3-7699-0376-5

Verlagsnummer 376

Alle Rechte vorbehalten.

© 1977 by Drei Eichen Verlag, München 60 + Engelberg/Schweiz

Nachdruck, auch auszugsweise, die fotomechanische Wiedergabe, sowie die Bearbeitung als Hörspiel, die Übertragung durch Rundfunk, Verfilmung und Übersetzung in andere Sprachen, bedürfen der ausdrücklichen Genehmigung des Drei Eichen Verlages.

Gesamtherstellung: Isar-Post, Landshut

INHALT

ZUM GELEIT

Mehr als ein halbes Jahrhundert hat es gewährt, bis dieses einzigartige Buch*), das in seiner englischen Original-Ausgabe bereits in hohen Auflagen erschienen ist, dem Leser auch in deutscher Sprache vorgelegt werden kann. Infolge seines zeitlosen Inhalts hat es in der Zwischenzeit auch nicht einen Jota an seiner Bedeutung für das Abendland eingebüßt. Um dies besser verstehen zu können, sei ein kurzes Wort der Einführung gegeben.

Robert James Lees war, wie sich aus einer eingehenden Beschäftigung mit seinem Leben und Werk ergibt, ein Mystiker von hohem Rang, dem es auf Grund seines vorbehaltlosen Glaubens und Dienens und eines bewunderungswürdigen Opfermutes gelang, eine reale geistige Brücke zwischen unserer irdischen Welt und den jenseitigen psychischen und rein geistigen Bereichen zu bilden. Seine angeborene und völlig außergewöhnliche mediale Befähigung schaffte hierzu auch physisch die Voraussetzung.

Die folgende auf das Allerwesentlichste beschränkte Biographie möge erkennen lassen, daß Robert James Lees alles andere als ein „Spiritist" war. Während den meisten heutigen Medien lediglich Erkenntnisse von Bewohnern des physischen Zwischenreiches übermittelt werden, die selbst noch manchen Täuschungen und Irrtümern unterliegen, stand Lees täglich im natürlichen geistigen Gedankenaustausch mit hohen Geisteswesen, die ihm einen zweifelsfreien Einblick auch in das Leben in den höheren geistigen Welten gewährten. Nur aus der Kenntnis der Person Robert James Lees' heraus wird seine (im englischen Original in einem schlichten

---

*) „Reise in die Unsterblichkeit", Band II im gleichen Verlag.

kurzen Vorwort gegebene) Versicherung verständlich und glaubhaft, daß er nicht der Autor dieses Werkes war, sondern nur das ausführende Werkzeug seiner Freunde im geistigen Reich.

Wer sich von der Wahrhaftigkeit des Schreibers und seines Berichtes überzeugt hat, möge die Tatsachen dieses Buches auf sich wirken lassen als das, was sie sein sollen: nicht ein religionsschwärmerisches Trugbild, vielmehr der Augenzeugenbericht aus dem ersten Lande, das eine Seele nach dem Verlassen der Erde betritt. Dem ersten Land, wohlgemerkt, dem noch höhere unendlich größere folgen.

Herausgeber und Übersetzer freuen sich, daß seit der Fertigstellung der ersten Auflage dieses Bandes auch die beiden weiteren Bände der Lees-Triologie. „Das elysische Leben" und „Vor dem Himmelstor", in dem Doppelband „Reise in die Unsterblichkeit II" in deutscher Sprache vorgelegt werden konnten.

London und Krün/Obb.

Peter Andreas   *JOHN*

Leben und Werk des großen medialen Mystikers

Robert James Lees

geboren am 12. August 1849 in Hinckley (Leicestershire) als
Sohn eines Orgelbauers

Im Jahre 1863 erschien in der Zeitschrift „Medium and
Daybreak" ein Bericht, der Aufsehen erregte: der zwei Jahre
zuvor (am 14. 12. 1861) verstorbene Prinzgemahl Albert der
Königin Viktoria, so hieß es, habe sich durch das „Knaben-
medium von Birmingham", den damals 13 Jahre alten R. J.
Lees gemeldet. Der Bericht stammte von dem Chefredakteur
dieser Zeitschrift, James Burns, der dieses Ereignis mit erlebt
hatte.

Zwei Wochen später erschien Burns erneut in Birmingham
mit zwei Fremden, die er dem Jungen mit bürgerlichen Namen vorstellte*). Der junge James berichtigte ihn jedoch sofort und erklärte der Wahrheit gemäß, sie seien zwei Pairs
vom Hofe, die die Königin in geheimer Mission geschickt
habe. Er nannte sie bei ihren wahren Namen. Der eine von
ihnen war Lord Stanhope. Sie waren gesandt, um sich mit
eigenen Augen von der Wahrhaftigkeit des Berichtes zu
überzeugen.

In Gegenwart der Pairs schrieb Lees mit der Handschrift
des Prinzgemahls eine ihm von diesem diktierte Botschaft an

---

*) Über diese und eine Reihe von anderen bemerkenswerten my-
stischen Erlebnissen mit Rob. James Lees wurde nicht nur in den
Zeitungen der damaligen Zeit, sondern auch in den wissenschaftlichen Werken für dieses Gebiet, in Zeitschriften und Büchern ausführlich berichtet. Siehe u. a. Arthur Findlay: „The Curse of Igno-
rance Vol. II S. 950—953 und Reginald Lester: „Towards the
Hereafter", S. 23 ff.

Königin Viktoria und unterschrieb mit einem Kosenamen, der nur der Königin bekannt war.

Die ihnen gegebenen Beweise müssen unumstößlich gewesen sein. Wie anders läßt es sich erklären, daß die Königin einige Zeit später das für ihren Ruf immerhin beträchtliche Risiko einging (England hatte schon damals eine freie Presse!), den jungen Robert James zu sich nach Schloß Windsor zu rufen, um ihn zu bitten, sich als Medium zur Verfügung zu stellen? Aber R. J. L. war für Aufgaben bestimmt, die kein anderer tun konnte; eine Bindung an den königlichen Haushalt hätte ihn von diesen Aufgaben abgelenkt. Seine geistigen Führer gaben, durch den Mund James', der Königin den Namen eines Bediensteten auf Schloß Balmoral, John Brown, der ihr als Medium dienen könne. Viktoria, die den Tod Alberts nicht hatte verwinden können, befolgte diesen Rat sofort und berief John Brown zu sich. Der urwüchsige, absolut nicht in das Hofleben passende Schotte nahm dann bis zu seinem Tode 20 Jahre später eine dominierende Rolle bei Hofe ein. Seine Stellung war in der Öffentlichkeit viel umrätselt, seine Tagebücher wurden auf Geheiß der Königin später verbrannt. Schon die verfassungsmäßige Bindung des englischen Königshauses in die anglikanische Kirche machte es der Monarchin gänzlich unmöglich, die wahren Gründe für ihr enges Verhältnis zu dem schottischen Bauernsohn bekanntzugeben.

Der Biograph E. E. P. Tisdall*) ist dem „Rätsel" John Brown nachgegangen und dabei ebenfalls auf R. J. Lees als Schlüsselfigur gestoßen. Nach Browns Tod rief die Königin

---

*) „Queen Viktorias John Brown", Stanley Paul & Co., London, und „Queen Viktorias Private Life", John Day, New York, 1962 S. a. „Welt am Sonntag", 26. 8. 1962

Lees noch mindestens acht mal zu sich**). Lees Verbindung zum Hofe scheint auch in führenden Regierungskreisen bekannt gewesen zu sein. Die beiden größten Politiker der viktorianischen Zeit, Gladstone und Disraeli, suchten seinen Rat***). Bei seiner letzten Audienz kurz vor ihrem Tode bot Viktoria ihm einen Titel oder eine größere Geldsumme an — Lees schlug beides aus. Es ist nicht verwunderlich, daß der breiten Öffentlichkeit über diese hochinteressante geschichtliche Episode fast nichts bekannt wurde. Die offiziellen, vom Köngshaus autorisierten Biographien über Viktoria enthalten naturgemäß nichts darüber.

Auch der Arzt Sir Arthur Conan Doyle, der den meisten Lesern nur als Autor der weltberühmten „Sherlock Holmes"-Geschichten bekannt ist, aber in damaliger Zeit zu den geachtetsten Persönlichkeiten des öffentlichen Lebens gehörte und dessen Rat von Persönlichkeiten wie Theodore Roosevelt, Edward VII. und Lloyd George gesucht wurde, gehörte zu dem Freundeskreis unseres Autors. Conan Doyle erforschte 30 Jahre lang mit wissenschaftlicher Gründlichkeit die spirituelle Erscheinungswelt und verbrachte die letzten Jahre seines Lebens (wie der „Manchester Guardian" am 22. Mai 1959 zu seinem 100. Geburtstag schrieb), „um das Evangelium des Überlebens (nach dem Tode) zu predigen und den größeren Teil seines Vermögens dafür zu opfern. Für ihn wie für viele hervorragende Wissenschaftler — Crookes, Flammarion, Lodge — schien der Spiritualismus die sinnvollste Antwort auf das religiöse Verlangen eines wissenschaftlich trainierten Verstandes zu bieten."

**) Daily Express, 7. 3. 1931
***) „Two Worlds", 30. 1. 1931

Die außergewöhnlichen Fähigkeiten Robert James Lees' wurden schon zu frühen Zeiten wissenschaftlich untersucht. Der rasch erworbene Ruf als Medium brachte den 14jährigen Jungen in Verbindung mit dem Arzt und späteren Leiter des Queens Hospital in Birmingham, Dr. Richard Norris, der James 6 Monate lang unter ständiger ärztlicher Kontrolle hielt. Dr. Norris konnte unter anderem feststellen, daß der Junge in Trance Zeugnis von detaillierten medizinischen Kenntnissen gab, die er sich unmöglich selbst hätte aneignen können[*]). Die Leser der „Reise in die Unsterblichkeit" werden erfahren, daß unter den geistigen Führern von Lees ein Arzt war.

Von 1864 bis 1868, insgesamt dreieinhalb Jahre, war der heranwachsende James ständiger Gast der Spiritistengruppe in Birmingham, zu deren Versammlungen er als Medium gebeten wurde. Eines Abends jedoch stellte der 19jährige fest, daß einige der erwachsenen Mitglieder der Gruppe unehrliches Spiel trieben und die von ihnen beigesteuerten „Phänomene" nur vortäuschten. Diese Enthüllung wirkte wie ein Schock auf den jungen Mann. Er verließ die Versammlung auf der Stelle, um — gegen den Druck seiner eigenen Familie — nie wieder zurückzukehren.

James hatte damals noch nicht durchschaut, daß das Gebiet des Okkulten ein Tummelplatz fragwürdiger Persönlichkeiten sein k a n n , die die Leichtgläubigkeit ihrer Mitmenschen zu kommerziellen oder anderen selbstischen Zwecken ausnutzen, daß aber dieser dunklen Seite ein grundechter Kern von unbestechlichen, kritischen und häufig wissenschaftlich gebildeten Menschen gegenübersteht, die unwiderlegbare Beweise für die Echtheit der von ihnen erlebten Phänomene

---

[*]) „Two Worlds", 30. 1. 1931

fordern und erhalten. Der größte Teil der Menschheit ist zur Verallgemeinerung rasch bereit, ohne selbst die geringste Kenntnis von dem wahren Sachverhalt zu haben. Man kann es dem persönlich beteiligten und deshalb tief betroffenen 19jährigen James kaum verübeln, daß er sich fortan leidenschaftlich g e g e n den Okkultismus wandte.

James nahm nun zunächst eine Lehrstelle an und übersiedelte dann nach seiner Eheschließung im Jahre 1870 nach Manchester, wo er vorübergehend auch beim „Manchester Guardian" tätig war. 1874 schloß er sich, immer noch von dem Gedanken beseelt, den Okkultismus zu bekämpfen, dem anglikanischen Geistlichen Rev. Thomas Ashcroft an, der auf Vortragsreisen in ganz England gegen den okkultischen Betrug zu Felde zog (aber unterschiedslos a l l e s als Betrug bezeichnete).

R. J. L. — er ging 1877 nach London — blieb 10 Jahre lang mit Ashcroft verbunden. Seine medialen Fähigkeiten, die er in dieser Zeit wohl nicht weiter entwickelt, aber keinesfalls verloren hatte, waren für Ashcroft eine unschätzbare Hilfe. James brachte bei den Vortragsabenden auf offener Bühne Tische und Stühle — wie er meinte, durch reine „Willenskraft" — zum Rücken und vollführte andere „Tricks", alles in der Absicht, zu beweisen, daß man in die von den Spiritisten auf Geisterhilfe zurückgeführten Phänomene auch auf völlig „normale" Weise erzeugen könne.

Es war vielleicht ein Stück Vorsehung, daß R. J. L. durch diese Periode gehen mußte, in der er übrigens keineswegs ein Atheist war, sondern seine Bibelstudien noch vertiefte, stets auf der Suche nach der spirituellen Wahrheit. In bezeichnender Fairness erklärte er aber auch während dieser Zeit, daß er nicht zögern würde, seinen Irrtum öffentlich einzugestehen, falls ihn Beweise eines Tages eines anderen belehren sollten.

Dieser Tag kam im November 1884, als R. J. L. von einem Bekannten dazu herausgefordert wurde, seine „Betrugstheorie" unter wissenschaftlichen Bedingungen zu beweisen. Zusammen mit einem Dritten wurde eine Serie von Sitzungen nach genau festgelegten Bedingungen vereinbart, bei denen James die Rolle des Mediums übernahm. Zu seiner eigenen größten Überraschung waren die dabei durch seinen Mund übermittelten Botschaften solcher Natur, daß sie nicht von lebenden Menschen kommen konnten.

R. J. L. wurde kraft der ihm zuteil gewordenen unwiderleglichen Beweise im wahrsten Sinne des Wortes von einem „Saulus" zu einem „Paulus". In der Zeitschrift „Light" vom 22. 5. 1886 schreibt er nach weiterer zweijähriger Erfahrung darüber unter anderem: „Ich könnte, wenn nötig, noch fünfzig Beispiele aufzählen, von denen keines durch die Theorie erklärt werden kann, die ich bisher vertreten habe. Durch das Gewicht der Beweise bin ich dazu gezwungen, meine Einstellung zu ändern und die demonstrierte Tatsache zu akzeptieren, daß körperlose Freunde zu uns zurückkommen können, um uns Mitteilungen zu machen. Damit meine ich nicht, daß a l l e Phänomene des Spiritismus einen solchen Ursprung haben — weit entfernt davon. Ich glaube, daß ein großer Teil dessen, was der „anderen Welt" zugeschrieben wird, absolut nichts mit den Verstorbenen zu tun hat und in jeder Weise das Resultat von psychologisch erklärbaren Kräften ist, die von den Seanceteilnehmern entwickelt werden . . ."

R. J. L. stellt dann die Frage, warum er diese Beweise von seinen geistigen Führern nicht schon früher erhalten habe und meint „Ich habe viel gelernt während der letzten 12 Monate und kann jetzt sehen, daß ich ihnen (den geistigen Führern) nicht die Gelegenheit dazu geben wollte. Ich suchte nach den großen Wahrheiten der geistigen Welt, aber ich forschte nach ihnen am falschen Platz und im falschen Geiste. Ich wollte nach meinen eigenen Regeln überzeugt werden, versuchte, die Gesetze der Unendlichkeit meinem eigenen kleinen Geist zu unterwerfen, statt der Unendlichkeit zu erlauben, mich zu ihr emporzuheben. . . . Unsere ganze Suche geht nach ‚Zeichen und Wundern‘, in der Sucht nach sensationellen Begebenheiten, bei der die wahren Lehren des Jenseits uns verloren gehen. Man ruft die Geister, denen man gleich ist, und der Wunsch nach solchen Taschenspieler-Leistungen zieht nur die Geister an, die in solchen Dingen Befriedigung finden. Jene Freunde, die uns die höchsten und erhabendsten Wahrheiten des geistigen Lebens demonstrieren können, sind anderer Art . . . Bisher waren wir zufrieden mit der Verbindung zu Geistern, die in den allermeisten Fällen wenig mehr als wir selbst wußten; in ihrem Wunsch, als weise zu gelten und unere Neugier zu befriedigen, haben sie von Dingen gesprochen, über die sie ebensowenig wußten wie wir. Daher der Widerspruch und die Verwirrung, die heute bestehen. Es ist Zeit, daß solche Dinge ein Ende haben . . . ich hoffe, daß die Zeit nicht fern ist, da der Spiritismus sich der krankhaften Tendenz entledigt, die ihn zur Zeit umgibt, und seine wahren Möglichkeiten erkennt: sich aufzuschwingen auf eine größere Höhe, wo er seinen göttlichen Auftrag offenbaren kann!“

Bald nach den ersten, damals noch in Trance erhaltenen Beweisen hörte er, diesmal allein und auf offener Straße, eine Stimme neben sich, die ihm eine Botschaft für einen ihm völlig unbekannten Amerikaner auftrug, der sich angeblich in einem bestimmten Londoner Hotel aufhalten sollte. (Die Schwester des Amerikaners war gestorben.) Dieser Fall stellt einen prima facie-Beweis dar, denn nicht nur die Angaben über Hotel, Namen und Zimmernummer des Fremden stimmten, sondern dieser hatte selber noch keine Ahnung von dem Todesfall (er wurde kurz darauf durch ein Telegramm bestätigt). Telepathie, Gedankenlesen oder Erinnerung aus dem „Tiefengedächtnis" scheiden als mögliche Erklärungen aus.

R. J. L. hat in späteren Jahren ungezählte, noch viel erstaunlichere Beweise seiner Verbindung mit einer Welt gegeben, die mehr weiß als wir. In sieben Fällen half er durch die von seinen geistigen Führern gegebenen Hinweise bei der Aufklärung von Kriminalfällen. Der bekannteste dieser Fälle ist der des Londoner Frauenmörders „Jack the Ripper"*), der seine Opfer auf furchtbare Weise verstümmelte und monatelang das Londoner East End in Schrecken setzte, ohne je der Polizei eine Spur zu liefern.

R. J. L. war zu dieser Zeit bei Scotland Yard schon kein ganz Unbekannter mehr. Man nahm die von ihm angebotene Hilfe an. Wenig später führte Lees die Polizei vor das Haus des Verbrechers. Seine Schuld wurde einwandfrei festgestellt, doch fand niemals ein Gerichtsverfahren statt. „Jack the Ripper" war ein bekannter Modearzt des Londoner Westend. Er litt, wie sich herausstellte, an einer Spaltungspersönlichkeit, deren niederer Teil verbrecherisch und grausam war — eine unheimlich realistische Verkörperung des „Jekyll and Hyde"-Themas, die man in das Reich der

---

*) Daily Express, 7. 3. 31: „Es ist bekannt, daß Mr. Lees mehr als einmal von der Königin Viktoria empfangen wurde, die an seinen übersinnlichen Fähigkeiten interessiert war . . . und es ist bekannt, daß er im Zusammenhang mit der Mordserie in Whitechapel (Jack the Ripper) erneut im Palast empfangen wurde".

Kriminalliteratur verweisen würde, gehörte sie nicht zur nachforschbaren Wirklichkeit. „Jack the Ripper" beendete sein Leben in einer Irrenanstalt.

„Daily Express" hat diesen Fall und den entscheidenden Anteil R. J. Lees' ausführlich beschrieben (7. März 1931), wenn die Zeitung auch die medialen Quellen Lees' falsch interpretiert. Scotland Yard hat die Akten und den Namen des Verbrecher-Arztes niemals veröffentlicht und auch R. J. Lees zum Schweigen verpflichtet. Nach seinem Tode bemühten sich mehrere Zeitungen vergeblich, den Namen von seiner Tochter zu erfahren, die als einzige eingeweiht war.

Das geistige „Erwachen" Lees' fiel übrigens in eine Periode, in der ihn das materielle Schicksal vor immer neue Prüfungen stellte und Existenzsorgen ihn auf das stärkste bedrückten. Er war 1877 von Manchester einem Ruf nach London gefolgt, um die Redaktion der Zeitschrift „The British Architect" zu übernehmen, eines Unternehmens, das ihm später auf das übelste mitspielte. R. J. L. hat sein Schicksal in jenen Jahren in dem weitgehend autobiographischen Roman „The Heretic" (Der Ketzer) beschrieben.

Trotz der Prüfungen dieser Zeit ließ sich R. J. L. niemals daran hindern, seinen Mitmenschen zu helfen, wo er nur konnte. So gründete er die „Bruderschaft", eine karitative Einrichtung für die ärmeren Bevölkerungsschichten in Peckham (Süd-London), predigte auf öffentlichen Plätzen und gab seine Hilfe als Medium und Heiler. Er hat sein Leben lang nie einen Pfennig für diese Tätigkeit genommen.

Seine geistige Entwicklung nach 1886 schritt unterdessen immer weiter. Sie wurde schließlich so stark, daß sich die Freunde und Lenker im Jenseits in seiner Gegenwart bei vollem Tageslicht materialisieren konnten. Diese Lichtwesen kamen — mit einer Ausnahme — ausschließlich aus dem reingeistigen Reich und nicht aus dem psychischen Zwischenreich, das für fast alle Menschen die erste Stufe nach dem körperlichen Tode zu sein scheint. Der Unterschied zwischen diesen beiden Reichen ist von R. J. L. immer wieder betont worden; der Übergang von einem zum anderen („niemand kommt zum Vater, es sei denn er werde neu geboren") wird von Aphraar, dem Berichterstatter des vorliegenden ersten Bandes, in dem dritten Bande, „The Gate of Heaven" („Vor dem Himmelstor") anschaulich beschrieben.

In seiner Schrift „My books — how they were written" schildert R. J. L., wie es zur Entstehung des ersten Bandes kam. Der Gedanke, James' geistige Freunde um eine zur Veröffentlichung geeignete Schilderung zu bitten, ging von einem kleinen Kreis von Menschen aus, die R. J. L. besonders nahestanden. Erst nach langer und sorgfältiger Überlegung wurde das Projekt von der „anderen Seite" für gut geheißen. James' Freunde im r e i n g e i s t i g e n Reich fanden in Aphraar einen noch im Zwischenreich weilenden Menschen, der als „Hauptperson" des Buches geeignet schien. Aphraar brachte ideale Voraussetzungen mit: Er war Engländer und erst seit so kurzer Zeit durch den körperlichen Tod gegangen, sodaß das viktorianische Zeitalter („Die Reise in die Unsterblichkeit" wurde 1888 begonnen) für ihn noch selbsterlebte Wirklichkeit war. Gleichzeitig aber war er ohne Laster, von edlem Charakter und unbelastet von orthodoxen Glaubensvorstellungen.

„Wir waren ein seltsam zusammengesetztes Quartett, als wir mit der Arbeit begannen", schreibt R. J. L. „Myhanene und Cynthus aus dem reingeistigen Reich, ich, sterblicher Bewohner der Erde, stand am anderen Ende der Skala, während der Zwischenzustand (wo die Gerösteten und Gepeinigten nahe beieinander wohnen) durch Aphraar vertreten war. Der Unterschied zwischen uns war in fast schmerzhafter Weise offenkundig. Er lehrte mich mehr als alles andere, die Dreiteilung unserer Welt in Materie, Psyche und reinen Geist zu begreifen. Myhanene, Cynthus und ich konnten unsere Körper ohne Anstrengung aufrechterhalten; nicht so aber Aphraar, der für mich nur mit Hilfe Myhanenes und einer vielleicht zum Teil von mir entliehenen Energie sichtbar blieb. Während unserer ersten Sitzung löste sich sein materialisierter Körper zwei Mal plötzlich auf und mußte wieder neu aufgebaut werden."

R. J. L. beschreibt weiter, wie das eigentliche Diktat vor sich ging. Aphraar pflegte seine Erlebnisse zu erzählen, während die anderen hier und dort Fragen und Hinweise anbrachten, um das Bild abzurunden. Aphraar hatte sein Leben lang die Liebe seiner Mutter entbehrt. Das letzte Kapitel der „Reise in die Unsterblichkeit" stellte daher für ihn das Erreichen eines Zieles dar und man hielt es für richtig, den Band damit abzuschließen. „Selten", schreibt R. J. L., „waren bei dem Diktat weniger als 4 Personen anwesend".

Man darf aus dieser „Teamarbeit" aber nun nicht schließen, daß R. J. L. mit dieser Niederschrift leichte Arbeit hatte. Das Gegenteil war der Fall. Zeugen, die in seiner engsten Umgebung waren, wissen zu berichten, daß er nach diesen Sitzungen häufig bewußtlos vor Erschöpfung — jedoch sorgsam in einen Lehnstuhl gebettet — aufgefunden wurde. Geistige Wesen benötigen zur Materialisierung einer als „Ektoplasma" bekannten stofflichen Materie, die sie aus den Zell-Emanationen lebender Menschen aufbauen. Ein Medium gibt also ständig von seiner eigenen Lebenskraft. In jeder Sitzung konnten deshalb nur wenige Seiten niedergeschrieben werden; die gesamte Arbeit — sie wurde nach dem ersten Diktat noch einmal gründlich überarbeitet — erstreckte sich über nicht weniger als 10 Jahre!*)

Im Jahre 1895, also noch 3 Jahre vor ihrem Abschluß, brach R. J. L. durch körperliche Erschöpfung zusammen und wurde nach St. Ives an der Nordwestküste Cornwalls geschickt. Das gesunde und ozonreiche Seeklima schien nicht nur ihm selbst gut zu tun, sondern auch die Materialisierungen zu erleichtern, sodaß die „Reise in die Unsterblichkeit" 1898 erfolgreich abgeschlossen werden konnte. Im Jahre 1900 zog die Familie Lees nach Plymouth, wo James unter anderem das Amt des Predigers der Kongregationalisten-Gemeinde übernahm. Hier, von 1900 bis 1902, entstand der autobiographische Roman „The Heretic", der das Schicksal des Autors über die vergangenen 25 Jahre umschließt. Das weiche Klima der englischen Südküste war jedoch seiner Gesundheit nicht zuträglich, sodaß die Familie 1902 nach Ilfracombe (Nord-Devon) übersiedelte.

R. J. L. hat 26 Jahre in Ilfracombe gelebt, wenn er auch häufig zu Vorträgen nach London und in andere Teile des Landes gerufen wurde. Er hat während dieser Zeit ungezählten Menschen durch seine medialen Heilkräfte geholfen. Gleichzeitig begann er mit der Niederschrift (wiederum bei körperlicher Anwesenheit seiner Freunde) seines zweiten Bandes „The Life Elylian**), der in vieler Hinsicht eine Ergänzung und Erläuterung des ersten ist. Das hier wieder-

---

*) Ich habe im Studio in Leicester allein 5 handgeschriebene Manuskripte dieses Buches in Händen gehabt, die noch viele weitere unveröffentlichte Tatsachen über das Jenseits enthalten.

Der Herausgeber.

**) Dieses Buch ist in deutscher Übertragung unter dem Titel „Das elysische Leben" zusammen mit dem dritten Buch „Vor dem Himmelstor" als Band II der „Reise in die Unsterblichkeit" im gleichen Verlag erschienen.

um sehr günstige Seeklima und die wohl etwas leichter darstellbare Materie des Buches ermöglichten es, das Diktat in zwei Jahren abzuschließen.

Im Jahre 1912 starb James' Frau, die ihm 16 Kinder geschenkt hatte. Neue Sorgen und Anforderungen setzten der Gesundheit des 66jährigen schließlich so zu, daß er dem Kräfteverzehr der Materialisation nicht länger gewachsen war. Wie auch schon früher, benutzten ihn seine geistigen Freunde jetzt nur noch als Sprachmedium, doch entwickelten sie das, was man bei anderen als „Trancezustand" zu bezeichnen pflegt, zu einer solchen Vollendung, daß James auf öffentlicher Plattform mit den Zungen seiner Freunde sprach, ohne daß seine Zuhörer das geringste davon merkten. R. J. L. war zeitlebens ein Feind jeden auffälligen Gebarens in spirituellen Dingen; für ihn, wie übrigens auch für seine Kinder, die ja damit aufwuchsen, war der ständige Kontakt mit dem geistigen Reich etwas Natürliches. Nur an einer leichten Veränderung der Stimme und des Gesichtsausdrucks vermochten seine engsten Freunde zu erkennen, daß er „unter Kontrolle" stand.

Mit Rücksicht auf den angegriffenen Gesundheitszustand James' wurde der letzte Band der Triologie, „The Gate of Heaven" ihm durch Hellhören (clairaudience) diktiert. Die nun fehlende Möglichkeit direkter Zwiesprache und Rückfrage wurde auf einem anderen Wege ausgeglichen. Schon in der „Reise in die Unsterblichkeit" wird gesagt, welche Möglichkeiten im Schlafleben des Menschen verborgen sind*). R. J. L. hatte mit Hilfe seiner geistigen Freunde dieses Schlafbewußtsein mittlerweile bei sich so entwickelt, daß er

---

*) Eine ausführliche Beschreibung findet sich in Band II, S. 278 ff.

es völlig mühelos mit in das Wachbewußtsein hinübernehmen konnte. Die Niederschrift des dritten Bandes wurde deshalb während der Schlafstunden James' im engsten geistigen Kontakt mit seinen Freunden sozusagen „vorbesprochen" und konnte dann am Tage durch Hellhören (clairaudience) umso leichter und schneller erfolgen. In der Tat brauchte er für „The Gate of Heaven" nur 12 Monaten, eine sehr kurze Zeit im Vergleich zu den beiden vorangegangenen Werken.

Die letzten 3 Jahre seines Lebens verbrachte R. J. L. in Leicester, um denen näher zu sein, die Heilung oder Rat von ihm suchten. Seine Gesundheit war längst nicht mehr kräftig genug, um die enorme physische Belastung direkter Materialisationen — auf sich allein gestellt — auszuhalten. In spiritistischen Zirkeln hätte er mit Hilfe der physischen Gegenwart anderer Sitzungsteilnehmer noch genug Phänomene erzeugen können, um die Welt in Erstaunen zu versetzen. Aber James Lees hat sein Leben lang okkulte Schaustellung gemieden, nachdem er einmal erfahren hatte, aus welcher makellosen, reingeistigen Quelle seine Botschaften kamen.

In Leicester verschlechterte sich seine Gesundheit weiter, und er starb schließlich, 81 Jahre alt, am 11. Januar 1931. Seine Tochter hat miterlebt, wie man „Drüben" um das Leben dieses Menschen kämpfte, dessen Mission noch nicht beendet war — doch wo der Körper zu schwach geworden ist, die Seele zu halten, hat offenbar auch die Macht des Jenseits ein Ende.

*

Robert James Lees war ein Medium, wie es der Menschheit nur selten geschenkt wird. R. M. Lester**) nennt ihn „eines der berühmtesten Medien aller Zeiten. Es hat ohne jeden Zweifel innerhalb der letzten Generationen kein anderes Medium dieses Formats gegeben"***).

Aber seine außergewöhnlichen Resultate waren nicht nur auf die ihm von der Natur mitgegebene Befähigung zurückzuführen. Viele Menschen haben eine mediale Veranlagung, die ihnen mehr oder weniger deutliche Botschaften aus dem psychischen Zwischen-Reich zuträgt. Daß er erwählt wurde, in direktem Verkehr mit Bewohnern der reingeistigen Sphäre zu treten, ist in erster Linie ein Ergebnis seines im bedingungslosen Glauben und Wirken nach den Geboten Christi gelebten Lebens.

Er hat ungezählte Briefe von den Lesern seiner Bücher erhalten und beantwortet; und immer wieder tauchte darin die Frage auf, durch welche Mittel man zu einer direkten Kommunion mit den Lichtwesen gelangen könne. Lassen wir ihn abschließend die Antwort selbst geben:*)

„Das Buch ‚der Ketzer' wurde unerwartet nötig durch den ständigen Strom der Korrespondenz ... in der gefragt wurde, ob mein Vorwort wörtlich zu nehmen sei und durch welchen Entwicklungsprozeß ich die Möglichkeit einer sicht-

---

**) Col. Reginald M. Lester: „Towards the Hereafter". Lester ist Gründer der „Churches Fellowship for Psychical Study" in London, einer offiziellen Organisation, der zahlreiche anglikanische Bischöfe und andere Persönlichkeiten des öffentlichen Lebens angehören.

***) Die Autoren dieser Biographie haben die Zeugenaussagen seiner Tochter Eva Lees und seines Sohnes Claudius Lees, beide Leicester, auf Tonbändern festgehalten und deren Übereinstimmung, zum Teil unabhängig voneinander, mit den Äußerungen Dritter festgestellt.

*) „My books — how they were written".

baren und fühlbaren Kommunion erreicht hätte. Myhanene las schnell zwischen den Zeilen dieser Anfragen und erlaubte nur die kurze Antwort, daß diese Entwicklung in einem besonderen Band beschrieben werden würde, der sich in Vorbereitung befand . . .**) Wer dem Ruf nach einem solchen Dienst folgen will, muß ein Leben führen, das der Erfüllung von Pflichten und Verantwortungen gewidmet ist. Jeder, der den Lorbeer eines solchen Dienens zu tragen trachtet, möge erst einmal darüber nachdenken, welch ein Preis dafür gezahlt, welche Schlachten dafür geschlagen werden müssen und sich über die Natur des unerbittlichen Schmelztiegels klar werden, durch den erst die notwendige Vergeistigung gewonnen werden kann . . . Ich brüste mich weder damit, noch beklage ich mich, sondern stelle einfach klare Tatsachen fest. Hätte es auf den Gipfeln für mich nicht die himmlischen Visionen gegeben, ich hätte niemals den Mut gehabt, die Schatten der Täler zu betreten . . . Aber nach allem was ich heute weiß, würde ich gerne noch einmal alles durchmachen, auch wenn ich nur ein Zehntel der erzielten Resultate zu erhoffen hätte."

Auf die Nachrufe am Schluß dieses Bandes wird verwiesen. London, im Herbst 1960

Peter Andreas   John

**) Es handelt sich um das bereits erwähnte Buch: „The Heretic" (Der Ketzer)

I

DURCH DIE NEBELWAND

Auf Erden galt ich als ein Menschenfeind. Das mag seltsam klingen als Einleitung zu dem, was ich hier zu sagen habe, und deshalb möge mir eine kurze Rückschau erlaubt sein, bevor ich meine Leser über die Grenze des Diesseits in eine andere Welt führen kann.

Meine Kindheit war von den Vorboten eines unfreundlichen Schicksals überschattet. Meine Mutter starb bei meiner Geburt; mein Vater war ein starrsinniger Calvinist, der sein Leben so minutiös einzuteilen liebte wie man eine Bauzeichnung anfertigt. Versehen mit einem Amt im Verwaltungsrat seiner Kirche und einem ausreichenden Bankguthaben, führte er ein Leben, das in seiner Umgebung als „mustergültig" angesehen wurde.

Nicht so selbstgerecht waren meine Geschwister, doch konnte ihre schließlich fast in offene Rebellion ausartende Auflehnung gegen die Methoden meines Vaters diesen niemals auch nur im geringsten beeinflussen. Ich selbst hatte zu keinem Mitglied meiner Familie ein herzliches Verhältnis. Nie sprach jemand mit mir über meine Mutter, kaum daß ihr Name hin und wieder erwähnt wurde. Doch hatte ich immer das Gefühl, es wäre alles anders gewesen, hätte sie noch gelebt. Meine früheste Erinnerung ist ein „christlicher" Kindergarten, dessen Leiter ich wegen seiner Falschheit und Heuchelei verabscheute. Nur zu bald lernte ich jene hassen, die im täglichen Leben wie im Gebet so gut zu lügen wußten.

Bücher waren der ganze Trost meiner Kindheit. Sie wurden meine einzigen Vertrauten, die Dichter meine engsten

Freunde, während ich für die Menschen meiner Umgebung immer mehr Abneigung empfand.

Ich interessierte mich für Religion, befaßte mich mit ihren Problemen aber ganz nach meinem eigenen Verstande und dem reinen Wort der Bibel, so wie ich es verstand. Meine Beobachtungen beim Gottesdienst der verschiedenen Sekten bestärkten in mir nur das Gefühl, daß sie weit mehr einer äußeren Form dienten als dem wahren Geist des Christentums. So lernte ich auch auf diesem Gebiet, mich nur auf mich selbst zu verlassen und auf die Einsicht eines gerechten Gottes zu vertrauen, wenn ich in meinem ehrlichen Bemühen auch vielleicht nicht alles richtig verstand.

Und gerade dabei empfand ich, daß mir Hilfe zuteil wurde: geführt von einer Kraft, die ich als Inspiration empfand, gelangte ich oft in die dunklen Höfe und Gassen des Londoner Ostens, in denen Laster und Armut im Übermaß zuhause sind und wo Hilfe am dringendsten benötigt und am seltensten geleistet wird: wo die Bewohner nichts von höheren Dingen verstehen, sondern vielmehr nach menschlichem Mitgefühl verlangen. Dort, so fühlte ich, unter den Parias der menschlichen Gesellschaft, hatte ich eine Botschaft zu bringen, die immer verstanden wurde,, ein Evangelium zu predigen, das nicht in taube Ohren fiel, eine Saat zu säen, die sechzig- und hundertfältig aufgehen würde.

Im England meiner Jugend waren es die Reichen, die die Tempel bauten, ihre Kirche finanziell aufrecht erhielten und für das Gehalt ihres Geistlichen aufkamen. Soweit sie nur tüchtig für ihr persönliches Heil bezahlten, hielten sie es nur für recht und billig, dafür auch entsprechende Belohnung zu erwarten. Anders die Armen. Für sie war nur die weißgekalkte, schlecht beleuchtete und zugige Missionshalle da; sie hatten anscheinend kein Recht, einen Empfang im Jenseits zu erwarten wie diejenigen, für deren Abgang von dieser Welt ein geschmückter, vierspänniger Leichenwagen bereitstand. All das brachte mich von Anfang an dazu, mein Herz den Armen zuzuwenden.

Niemals konnte ich verstehen, warum es auf dieser Welt Armut und in jener Verdammnis geben sollte, und manchmal fühlte ich das Verlangen, recht bald von der Erde zu scheiden, um der Vielzahl jener Trost geben zu können, deren Leben im Diesseits ihnen ein Schuldkonto in der Hölle zu errichten schien.

Die große Wandlung überkam mich unerwartet eines Abends, als ich mich wieder einmal auf den Weg in die Armenviertel gemacht hatte. In Gedanken verloren ging ich eine belebte Straße entlang, als ich plötzlich einen Schrei hörte und ein Kind sah, das mitten auf der Fahrbahn unter die Hufe eines Pferdegespanns geraten war. Der unglückliche kleine Kerl war nicht weit entfernt von mir, sodaß ich — nicht an meine eigene Sicherheit denkend — hinzustürzte, ihn ergriff, mich umwandte, und —

Irgend etwas hatte mich berührt. Ich preßte den Jungen fester an mich und machte einen Schritt vorwärts. Der Lärm ebbte ab. meine Umgebung versank in Nichts, als ob ein großer Zauberer seinen Stab darüber geschwungen hätte — dann aber lichtete sich das Dunkel und ich fand mich, auf einem Wiesenhang liegend, in einem verzauberten Land wieder.

Noch immer hielt ich den Jungen in meinen Armen, doch ein Blick auf ihn belehrte mich, daß sich mehr als nur die Umgebung verändert hatte. Als ich ihm zu Hilfe geeilt war, hätte kaum jemand an dem barfüßigen, ungekämmten und im ganzen Gesicht beschmutzten Kerlchen Gefallen finden können — jetzt aber bot er einen wahrhaft engelsgleichen

Anblick! Mein eigener Straßenanzug war auf rätselhafte Weise einem locker wallenden Gewand gewichen, das irgendwie ein fester Bestandteil von mir zu sein schien. Bei alledem hatte ich in gleichem Maße wie zuvor das Bewußtsein meiner selbst. Was war nur geschehen?

Auch mein Schützling war sich zweifellos der großen Veränderung in und um uns bewußt, doch schaute er mich mit lachenden Augen an, ohne eine Spur von Angst. Sicher wartete er auf ein erklärendes Wort, aber Aufklärung hatte ich zunächst selbst bitter nötig! Schließlich lehnte er den Kopf an meine Schulter und schlief ein. Ich hielt ihn fest, während immer wieder eine Frage durch meinen Kopf ging: Wo sind wir?

Ich lag am Rande eines Wiesengrundes gebettet, der wie ein riesiges Amphitheater geformt war; in seiner Mitte schienen die Akteure dieses Schauspiels mit der Begrüßung von Neuankömmlingen beschäftigt. Hätte ich begriffen, was vor meinen Augen lag, es wäre ein höchst angenehmer, ja faszinierender Anblick gewesen, so aber war ich mehr von Neugierde als von einem anderen Gefühl erfüllt.

Von dem Schauspiel vor mir wußte ich weder Namen, Inhalt noch Mitwirkende. Immerhin konnte ich aber erkennen, daß es sich um zwei verschiedene Gruppen von Personen handelte: die einen, offenbar hier heimisch, trugen Gewänder verschiedener Farbtönung. Einige dieser Farben hatte ich noch nie gesehen. Die anderen, zahlenmäßig in der Minderheit, schienen Fremde zu sein, die, gerade eingetroffen, auf die Hilfe der Einheimischen angewiesen waren. Woher mochten sie kommen? Hinter ihnen erstreckte sich eine Ebene, über die ständig neue Menschen hin- und hergingen, in der Ferne aber eine dichte hohe Nebelwand, deren Umrisse sich seltsam deutlich abhoben.

Die Sicht war so ungewöhnlich gut, daß ich trotz beträchtlicher Entfernung klar erkennen konnte, wie Menschen aus dem Nebel auf die Ebene heraustraten. Gleichzeitig sah ich noch etwas sehr Erstaunliches, von dem ich nicht wußte, ob es Wirklichkeit war oder optische Täuschung: Die Gewänder der „Einheimischen" verloren ihre Farbe, sobald sich ihre Träger in Richtung auf die Nebelwand zu bewegten, bis in der Ferne nur noch ein einheitliches Grau zu sehen war. Umgekehrt aber, wenn die Betreffenden zurückkehrten, nahmen die Gewänder auf unerklärliche Weise wieder ihre ursprüngliche Farbe an. Ein magischer Einfluß schien über der ganzen Szene zu liegen.

Als ich die Nebelwand näher betrachtete, durchfuhr mich ein leichter Kälteschauer, so, wie man ihn spürt, wenn man an einem unwirtlichen und naßkalten Spätherbsttag aus dem Fenster blickt. Vielleicht war es nur Mitleid mit denen, die dort auf die Ebene hinaustraten, denn viele von ihnen schienen völlig erschöpft zu sein. Einige mußten von ihren Beschützern herausgeleitet werden, manche wurden über die ganze Ebene getragen, bis sie die Kraft hatten, wieder auf ihren Füßen zu stehen.

Ich weiß nicht, wie lange ich in diesen Anblick vertieft gewesen war, als ich plötzlich Jemanden neben mir gewahrte. Ich stand auf, ihn zu begrüßen, und erst jetzt wurde ich gewahr, daß um mich herum auf dem Wiesenhang noch viele andere gelagert hatten, offenbar Fremde wie ich selbst. Doch meine Aufmerksamkeit galt jetzt dem vor mir Stehenden, der mir gewiß Antwort zu geben vermochte auf die vielen Fragen, die sich mir aufdrängten.

Er wußte, was in mir vorging, noch bevor ich das erste Wort über die Lippen brachte. Auf den noch immer schlummernden Knaben weisend, sagte er:

„Es wird gleich jemand kommen, der alle deine Fragen beantwortet: meine Aufgabe ist es, den Jungen mitzunehmen."

„Den Jungen?" fragte ich, unsicher, ob ich ihn hergeben sollte, „wohin? Nach Hause?"

„Ja, nach Hause."

„Aber wie kommen wir wieder zurück? Wie sind wir überhaupt hierhergekommen, wo sind wir?"

„Du mußt noch eine Weile Geduld haben", sagte er, „dann wirst du alles wissen und verstehen."

„Aber träume ich nicht, ist das kein Fiebertraum?"

„Nein, bald wirst du wissen, daß du *bis jetzt* geträumt hast, nun aber bist du erwacht."

„Dann, bitte, sag mir, wo wir sind und wie wir hierherkamen, ich bin so verwirrt von allem."

„Du bist in einem Land der Überraschungen, aber du brauchst nichts zu fürchten, es wird dir nur Ruhe und Lohn für vergangene Mühe bringen." „Das verwirrt mich nur noch mehr", sagte ich flehend. „Eben erst waren wir in London und ich habe den Jungen unter einem Pferdegespann hervorgeholt. Dann versank alles, und im nächsten Augenblick wachten wir hier wieder auf. Wo sind wir jetzt, wie nennt sich diese Gegend hier?"

„Das Land der Unsterblichkeit", war die Antwort.

Ich prallte zurück, sprachlos vor dieser unerhörten Eröffnung, die dennoch in so ruhiger und überzeugender Weise ausgesprochen wurde. Wir sollten tot sein? Das war doch nicht möglich! Unter all den Theorien, die ich im Laufe der Jahre über das „Jenseits" aufgestellt und wieder verworfen hatte, war niemals eine gewesen, die dem, was ich jetzt erlebte, auch nur entfernt nahekam.

Dennoch, die Sicherheit, mit der mein Gegenüber seine

Antwort erteilt hatte, ließ mich schnell die Fassung wieder gewinnen und die Hand ergreifen, die er mir entgegenstreckte. Ich war selber erstaunt über den blinden Glauben, mit dem ich instinktiv die Worte dieses Mannes aufnahm, dessen gütiger Ernst in diesem Augenblick jedes zweifelnde Wort unmöglich machte.

„Nein! Nicht tot!" sagte er. „Könntest du sprechen, könntest du hier stehen, wenn du tot wärest? — — Wenn im Erdenleben ein Mädchen das Haus ihrer Eltern verläßt, um ihrem Ehegatten zu folgen, sagt man dann, sie sei tot? Ganz gewiß nicht! Ebensowenig darfst du nun glauben, daß die Veränderung, die mit dir vorgegangen ist, dich zu einem ,Toten' gemacht hat."

„Aber zumindest habe ich eine Welt verlassen, um in eine andere Eingang zu finden", wandte ich ein. „Wenn ich also auch in dieser Welt lebe, so bin ich doch für die andere tot."

„Diese Unterscheidung wirst du hier nie anzuwenden haben; ebenso wie es auf der Erde verschiedene Lebensbezirke, Nationen und Oberhäupter gibt, gibt es auch in diesem Leben viele Bereiche und Stadien unter der allesumfassenden Herrschaft unseres Vaters — Gott. Tot bist du also nur in dem Sinne, wie der Schüler nach dem Examen die Schule verläßt oder das Mädchen ihr Elternhaus nach der Hochzeit."

„Ich verstehe Euch nicht."

„Laß mich dir ein Gleichnis sagen, über das du nachdenken kannst, bis ein anderer gesandt wird, um dich näher zu unterweisen. Kinder lullt man in den Schlaf, indem man ihnen Kinderlieder vorsingt, deren Gestalten in ihren kleinen Köpfchen feste Formen annehmen, bis sie schließlich von der Wirklichkeit des Lebens zerstört werden. Ebenso geht es den großen Kindern, die in dieses Leben treten. Sie entdekken, daß sie von den irdischen Vorstellungen über das Jenseits in einen spirituellen Schlaf gelullt worden sind. Die Wahrheit, zu der sie erwachen, macht dieses Reich zu einem Land der Überraschungen, wie du noch sehen wirst. Doch nun muß ich dich verlassen und unseren kleinen Schützling zum Heim der Kinder bringen, wo du ihn bald wiedersehen wirst."

Mit einem freundlichen Gruß ließ er mich allein mit meinen Gedanken zurück. Sein Gleichnis deutete vieles an, was nur die Zukunft erhellen konnte. Doch eines schien mir klar: ich hatte den Schritt getan, von dem es kein Zurück gibt, hatte das „große Geheimnis" erlebt, doch — was hatte ich daraus gelernt? Bisher wußte ich nur, daß sich der „Tod" offenbar an mir vollzogen hatte, ohne daß ich es spürte. Was würde nun kommen? Was immer es sein würde, eines wußte ich: daß ich nichts zu fürchten brauchte. Ich war nicht einmal besorgt. Ich war erfüllt von Vertrauen.

II.

DIE HALLE DES GERICHTS

„Ein Land der Überraschungen", hatte der Fremde meine neue Umgebung genannt. Wahrhaftig! Hätte er es nicht auch ein Land der Offenbarung nennen können? Wie lange schon war ich hier — eine Stunde — einen Tag — einen Monat? Meinem Zeitgefühl nach mußte es nur wenige Minuten her sein, daß ich den Jungen in den Straßen Londons vor dem Überfahrenwerden retten wollte. Die in mir wirkende Offenbarung dagegen war so stark, als wenn ich schon seit Jahren hier gewesen wäre . . .

Wie seltsam, daß ich nichts darüber wußte, wie ich hierher gekommen war. Ich war nicht gefallen, hatte keinen Schmerz gespürt, nicht einmal das Gefühl, aus einer Ohnmacht erwacht zu sein. Wie viele Menschen leben in der Angst vor dem Tode, wie viele Prediger malen die Schrecken des Augenblicks aus, da die Seele Angesicht zu Angesicht mit dem Tode steht! Wie ungemein verschieden davon war meine eigene Erfahrung!

O HERR GOTT! Ich weiß noch nicht, wo Du bist oder wer Du bist, aber die Offenbarung, die mir zuteil geworden ist, ist voll von Liebe und Verheißung. Daher fühle ich, daß sie von Dir kam. Und meine Seele ist voller Hoffnung. Ich weiß noch nicht, ob ich gerettet oder verloren bin, doch in Deiner Gnade höre mich, in Deinem Erbarmen mit den Menschen erlaube mir, wenn es möglich ist, meine Stimme noch einmal den Sterblichen hörbar zu machen, dabei zu helfen, die Bürde des Irrtums von den Schultern meiner Mitmenschen zu nehmen. Du weißt, wie blind und unwissend oft selbst diejenigen sind, die vorgeben, Deine Kinder zu Dir zu führen. Viele haben Deine unendliche Liebe noch nicht gespürt; viele haben Deine Gnade noch nicht erlebt; viele tasten im Dunkeln, geblendet von erstarrter Überlieferung, viele sind auf Abwege geraten. Die Verse Zions sind vergessen worden in der Sucht nach Ruhm, Reichtum und Macht. Wenn irgend eine Freude meiner hier wartet, o Gott, mein Vater, ich bin bereit, sie dahinzugeben. Wenn mir Qualen der Hölle für meine Sünden bevorstehen, ich will sie erdulden, wenn nur Du, in Deiner Gnade, mich zurücksenden willst, den Menschen auf der Erde die Wahrheit Deiner unendlichen Liebe zu verkünden und die Bürde des Zweifels von denen zu nehmen, die Dich suchen, aber nicht kennen.

Wenn eine starke Hand nur für einen Augenblick den Schleier fortreißen und den Millionen auf der Erde die Zukunft zeigen könnte, wie sie wirklich ist, welch eine Offenbarung wäre das! Der Menschheit würde es wie mir selbst ergehen, der ich mehr als einmal gewarnt worden war, daß mein Leben nur die Verdammung vor Gott nach sich ziehen würde. Und doch waren die ersten Worte, die hier zu mir gesprochen wurden, voller Hoffnung und Zuversicht. Wie anders ist es auf Erden, wo der Begriff Gottes zurechtgeschnitten wird auf die Belange jeder Sekte! —

Aber was ist das „Hier?" Ich hatte noch keine Antwort darauf. War es das Himmelreich? Sicherlich nicht! Wenn aber doch, wie unendlich entfernt war meine Umgebung von der fiebertollen Vorstellung harfenspielender, singender Engelschöre. Nein! Meine ganze Umgebung widersprach dem Begriff „Himmel". Was aber war sie dann? War es möglich, daß es eine Art Zwischenreich gab? Dort über dem Kamm jenes Hügels wäre der Thron des ewigen Gerichts, vor den auch ich zu treten hätte? Ich empfand keine Furcht bei diesem Gedanken. Was ich gehört hatte, erfüllte mich mit Zuversicht. Was immer mir auch bevorstehen mochte, ich hatte keine Angst davor, es Schritt für Schritt zu durchstehen.

Es ist eine verbreitete Vorstellung, daß wir bei unserem Eintritt in die spirituelle Welt von Freunden und Verwandten begrüßt werden, die vor uns dahingegangen sind, und in vielen Fällen ist dies auch so. Seltsamerweise kam mir kein Gedanke an ein solches Willkommen, selbst nachdem mir klargeworden war, welche Veränderung mit mir vorgegangen war, bis — bis ich jemanden meinen Namen sagen hörte, oder besser noch „fühlte". Ich wendete mich um und sah eine junge Frau, in ein Gewand von zartestem Rosa gekleidet, den Hügel herab auf mich zukommen. In ihren Zügen, so schien es mir, lag eine Ähnlichkeit mit jemandem, den ich vor langer Zeit gekannt hatte, nur daß die Sorgenfalten von damals sich zu einem Ausdruck verinnerlichter Schönheit gewandelt hatten. Ich hatte sie längst vergessen gehabt, sie aber erinnerte sich meiner, und mit vor Freude strahlenden Augen reichte sie mir die Hand zum Willkommen.

„Sei tausendmal gegrüßt", rief sie aus, „gerade eben erfuhr ich, daß Du gekommen bist. Bin ich die Erste von denen, die dich begrüßt?"

„Ja, Helen, die Erste von denen, die ich kannte."

„Das freut mich sehr, ich hatte immer gehofft, daß es so sein würde. Ich habe gebetet und darauf gewartet, um dir zu danken. Das war alles, was ich tun konnte."

„Danken? Wofür?" fragte ich erstaunt.

„Das brauche ich dir nicht zu sagen", antwortete sie, „unser Vater weiß es und er wird dich belohnen."

In diesem Augenblick merkte ich, daß das Jenseits nicht nur ein Ortsbegriff ist, sondern ebenso ein Zustand der Seele, und wahre Freundschaft ein wesentlicher Faktor zur Vervollkommnung jenes Zustandes ist. Noch kurz vor Helens Erscheinung war ich beinahe sicher, daß ich noch nicht im Himmel sei, doch ihr Erscheinen hatte mich anders belehrt und mich mit überwältigender Freude erfüllt. Mein Glücksgefühl war so vollkommen, daß ich es mir vollkommener nicht hätte vorstellen können, — und das nur durch die Gegenwart eines Menschen, mit dem ich auf Erden nur in einem gewissen Grade bekannt war!

Ich wußte nicht allzu viel von Helen. Ihre Mutter war buchstäblich Hungers gestorben beim Versuch, drei Kinder und einen kranken Mann durch ihre Arbeit als Scheuerfrau zu ernähren, während Helen ihr mit ihrem kargen Lohn als Arbeiterin in einer Streichholzfabrik zu helfen suchte. Kaum 15 Jahre alt, hatte Helen die ganze schwere Last, Vater und Geschwister zu ernähren, allein zu tragen. Sie hielt tapfer aus und brachte es fertig, die Familie vor dem Allerschlimmsten zu bewahren. Doch ging die Arbeit weit über ihre Kräfte. Was sie verdienen konnte, war nie genug. Ausgemergelt und gebrochenen Herzens schied auch sie schließlich aus dem irdischen Leben.

Ich erfuhr von ihrem Schicksal kurz vor ihrem Tode, besuchte sie nochmals im Krankenhaus und versuchte sie mit der Versicherung zu trösten, daß für die Kinder gesorgt werden würde. Sie war unzugänglich für die Bemühungen des Geistlichen, ihre Seele auf den Tod vorzubereiten. Nur das Wohl der Kinder beschäftigte sie, ihr eigenes war ihr gleichgültig. Und erst als ich ihr ein feierliches Versprechen gab, schloß sie die Augen in Frieden. Nun, da ich sie wieder traf, empfand ich selbst einen Trost, nach dem ich lange gesucht hatte: schwesterliche Liebe.

„Bist du überrascht, daß ich die Erste bin, die dich begrüßt?" fragte sie.

„Ich kann es kaum sagen: die Überraschungen häufen sich hier so sehr, daß ich schon beginne, sie für etwas Natürliches zu halten."

„Wenn nicht überrascht, bist du dann froh, mich wiedergetroffen zu haben?"

„Ja, Helen, mehr als froh", antwortete ich, „sowohl um deinet- als um meinetwillen. Du bist glücklicher hier, als du erwartet hast, nicht wahr?"

„Ja, viel glücklicher, und deine Voraussage, daß es so sein würde, hat mein Glück noch vergrößert."

„Es schien mir immer", antwortete ich, „daß das, was man aus Liebe tut, nicht falsch sein kann. Ich habe mein Urteil nicht geändert, obgleich mir in diesem Augenblick wohl bewußt ist, daß ich noch viel weniger von Gott weiß als ich dachte."

„Aber Fred, Gott i s t Liebe; das ist alles, was wir von ihm wissen. Komm mit mir und laß dir erzählen, was ich über Gott gelernt habe, seit ich hier bin."

„Noch nicht", zögerte ich, „ich bin ja eben erst angekommen und weiß noch nicht, wo ich hingehöre."

„Das wirst du ganz von selbst erfahren", sagte sie, sich schon zum Gehen wendend. „Komm jetzt nur mit."

„Aber muß ich zu niemanden hin, gibt es kein . . .?"

Lächelnd betrachtete Helen mich, dem die Verwirrung und Unsicherheit auf der Stirn geschrieben stand. „Ist es der Thron des himmlischen Gerichts, nach dem du suchst?"

„Ja, denn im Augenblick weiß ich nichts über meine Lage, noch wohin ich mich wenden soll."

Helen lächelte immer noch. „Lieber Fred, je schneller du die irdischen Vorstellungen ablegst, desto besser. Du hast die Halle des Gerichts schon durchschritten und zeigst seinen Spruch auf dem Gewand, das du trägst."

„Durchschritten? Wo? ich weiß nichts davon!"

„Vielleicht nicht, aber das Gericht liegt in jenen Nebelschleiern, aus denen du so viele hervorkommen siehst." Während sie dies sagte, zeigte Helen in die Richtung, der meine Aufmerksamkeit vorher gegolten hatte.

„Bin ich dort hergekommen?"

„Ja, es ist die einzige Eintrittspforte zu diesem Leben!"

„Ich habe keine Erinnerung daran, ich weiß nur, daß ich plötzlich hier aufwachte, wo wir jetzt stehen."

„Das ist durchaus möglich, denn du gehörst zu denen, deren Austritt aus der materiellen Welt so schnell vor sich ging, daß sie keine Erinnerung daran haben. Ich denke oft, daß es eine große Gnade ist, auf diese Weise herüberzukommen."

„Warum? Aber falle ich mit all meinen Fragen dir nicht zur Last?"

„Durchaus nicht, Fred, es ist mir eine Freude, dir soviel zu erzählen wie möglich, wenn ich auch selbst noch nicht sehr lange hier bin und du später manche Fragen an andere wirst richten müssen, die mehr wissen als ich."

„Ich meine, du bist jetzt gerade die richtige Lehrerin für mich", sagte ich. „Alles ist so anderes, als ich dachte. Ich bin wie ein Kind, das alles erst lernen muß."

„Ich werde dir sagen, was immer ich vermag und du darfst nicht glauben, daß deine Fragen jemals eine Last sein könnten. Niemand, der unsere Farbe trägt, kann ermüden."

„— — unsere Farbe trägt?" Ich verstand nicht.

„Du hast richtig gehört. Bald wirst du verstehen, daß jeweils die Farbe des Gewandes ein genauer Gradmesser für den geistigen Zustand eines jeden von uns ist. Doch das kannst du wohl erst begreifen, wenn du es selbst gesehen hast."

„Aber sag mir, warum du es für besser hältst, in dieses Leben so einzutreten, wie ich es — ungewollt — getan habe?"

„Betrachte einmal den Eintritt der Seele in dieses Leben als Geburt und nicht als Tod, die Krankheit vorm Tode als Geburtswehen und schließlich die Zeit gleich nach dem Tode als den Zustand der Schwäche nach Operation oder Geburt — ich glaube, dann wirst du mich verstehen. Schau nur", und Helen zeigte wieder auf die Nebelwand, „wie vielen dort drüben geholfen werden muß, wie viele einhalten müssen, um Kraft zum Vorwärtsgehen zu schöpfen, wie manche sogar getragen werden. Ist es da nicht besser, so zu kommen, wie du es tatest?"

„Wenn du es so betrachtest, natürlich", antwortete ich, „aber du weißt ja, daß wir gewohnt waren, diese Dinge genau umgekehrt zu sehen."

„Das eben war der große Irrtum, der hier nun berichtigt werden muß. Der Mensch begeht durchweg den Fehler, das Erdenleben als Hauptform und nicht vielmehr als untergeordnete Form seiner Existenz zu betrachten. Als geistiges Wesen sollte er schon auf Erden lernen, alle Dinge vom Geistigen her zu sehen, ebenso wie der Schuljunge, der vom klugen Erzieher dazu gebracht wird, seine Studien nach dem Nutzen einzuschätzen, den sie ihm in späteren Jahren einmal bringen werden. Das Leben erschöpft sich nicht auf der Erde, noch ist diese überhaupt eine abgeschlossene Lebensform. Ich möchte sie eher ein Anfangsstadium nennen, das seine erste Fortsetzung hier bei uns findet. Hier müssen zunächst die Irrtümer beseitigt werden, bevor wir weitergehen können. Doch darüber wirst du sehr bald Näheres erfahren."

„Ich würde gerne noch etwas über jene „Halle des Gerichts" wissen. Wenn ich sie ohne Bewußtsein passiert habe

— und so muß es doch gewesen sein —, wie konnte dann ein gerechter Spruch über mich gefällt werden?"

„Die Vorstellung von einem Richterstuhl ist ein Mißverständnis. Man hat die Heilige Schrift an einer Stelle wörtlich ausgelegt, wo sie nur eine Parabel enthielt."

„Meinst du damit, daß es diesen Ort überhaupt nicht gibt?", fragte ich aufs höchste überrascht.

„Ja, es ist ein Trugschluß, soweit man sich darunter ein Erscheinen vor den Schranken eines Gerichts und den Spruch durch eine Richterpersönlichkeit vorstellt. Der wirkliche Urteilsspruch vor dem Gericht Gottes ist viel gerechter und unfehlbarer. Kein Beweismaterial wird dabei verlangt, außer dem, das der Angeklagte von selbst anbietet. Erinnerst du dich an den Spruch, der über meinem Krankenbett hing? ‚Vor Gott besteht keine Täuschung, denn was der Mensch säet, wird er auch ernten'. Gottes Gericht kann sich nicht irren, denn kein Mensch wird vor dieses gerufen, um als Zeuge über seinen Mitmenschen auszusagen."

„Wenn die Seele durch jene Nebelregion geht, wird sie von den Attributen des fleischlichen Körpers befreit. Alles, was auf Erden künstlich angenommen wurde — zu welchen Zwecken auch immer, alles Falsche, alle Tünche, fallen von ihm ab. Das ist die Aufgabe des Nebels — alles aufzulösen außer dem Spirituellen. Durch ihn werden alle Siegel des Erdenlebens gebrochen; was verborgen war, tritt zutage; die Bücher werden offengelegt."

„Wie töricht ist der Mensch, der angesichts des Todes, von Furcht getrieben glaubt, durch äußere Annahme irgend einer Glaubensform die bösen Taten seines ganzen Lebens ungeschehen zu machen und freien Eintritt zu erhalten in das Reich der ewigen Freude. Nein, Fred! Wenn das Sterbliche abfällt, bildet sich aus der Substanz des Geistigen eine natürliche Hülle, deren Farbe von unseren Werken auf der Erde, unserer Haltung in der Vergangenheit bestimmt wird, nicht aber von unseren Lippenbekenntnissen. Und diese Farbe ist der gerechte Urteilsspruch, den die Seele kraft des unbestechlichen göttlichen Gesetzes über sich selber gesprochen hat."

„Dann setzt Ihr also die Taten über den Glauben?"

„Die Taten verhalten sich zum Glauben genau wie der Geist zum Körper. ‚Glaube ist nichts ohne Taten'. Jesus hat gelehrt: ‚Gott vergibt jedem nach seinen *Werken,* nicht nach seinem Glauben' und nichts als Liebe und gute Taten können die Seele auf ihrem Weg in dieses Leben begleiten. Alle Glaubensformen bleiben in jener Nebelwand zurück."

„Wer kann dann gerettet werden?"

„Wir glauben, daß jeder Einzelne, als Kind Gottes, schließlich gerettet wird; und würde es einer nicht, so wäre es allein seine eigene Schuld."

„Und warum?"

„Weil das Gericht kein endgültiges ist. Es bestimmt nur die Stellung, die die Seele beim Eintritt in dieses Leben annehmen muß. Unbenommen bleibt ihr das Vermögen, sich höher zu entwickeln und die Hilfe derer zu heischen, die immer bereit sind, anderen zu helfen, die noch nicht die gleiche Stufe erreicht haben wie sie. Der Richterspruch ist daher weder endgültig, noch rachsüchtig, er läßt jeden Bewährungs- und Gnadenweg offen."

„Willst du damit sagen, Helen, daß es etwas wie eine Hölle nicht gibt?"

„Keinesfalls will ich das sagen", war die bestimmte Antwort. „Wir haben Höllen, deren Qualen weit schlimmer sind als deine Phantasie es ausmalen kann. Aber auch sie sind nur Purgatorien zur Reinigung der Seele und so ein Werkzeug der Liebe Gottes, wie du bald einsehen wirst."

Ich kam mir vor wie ein Schulkind, dessen Erziehung sehr fehlerhaft gewesen war und das nun entdecken mußte, daß es alles von neuem zu lernen hatte. Meinen Dank für ihre Hilfe wies Helen zurück.

„Du wirst sehen", sagte sie „daß auf deinem Wege hier alle Vorkehrungen zum Umlernen für dich bereits getroffen sind. Man lernt schnell hier, wenn man sich darum bemüht. Es ist ein tätiges Leben, in das du eintrittst. Jeder, der arbeiten kann, hat eine bestimmte Mission. Mein Platz ist gegenwärtig hier, die Neuangekommenen zu betreuen. Man hat mich in all den Dingen unterrichtet, nach denen sie gewöhnlich zuerst fragen."

Aber das „Gericht" ließ mich noch nicht los. Wenn der Spruch sich nur nach unseren T a t e n auf Erden richtet, was hatte es dann mit der reichen Belohnung auf sich, die den Gläubigen so großzügig versprochen wird?

„Bei diesem Gericht", war Helens Antwort, „wird jede Handlung, jeder Beweggrund und was sonst dazugehört, in der ihm zukommenden Form gewogen und nach seinem Reingehalt beurteilt. Ist die Ursache einer wohltätigen Handlung aus reiner Nützlichkeit für den ‚Wohltäter' entstanden, wird sie nach den Hintergedanken beurteilt und schlägt sich nicht auf der Waagschale des geistigen Lebens nieder. Großzügige Spenden für philantropische Zwecke beispielsweise, die aus politischen oder anderen persönlichen Gründen gegeben werden, sind wirkungslos durch ihren Nutzen für den Spender. Der Bau einer Kirche oder eines Krankenhauses mit Geldern, die auf unmoralische Weise verdient wurden, wird ausgelöscht durch das Elend der Menschen, die das Opfer des Geldverdienens waren. Opferbereite Liebe dagegen, die Schmerz und Not aus Mitgefühl für den schwachen und unglücklichen Bruder lindern will, abseits vom Blick der Öffentlichkeit, die Bereitschaft, etwas zu geben, was man selber braucht, das Erdulden aller Widrigkeiten, bis Gott sie von selbst aufhebt, der Beistand für den Schwachen gegen den Starken — auch wenn er mit bösen Nackenschlägen verbunden ist —, die Bereitschaft, über nichts zu richten, wo nur die äußeren Umstände bekannt sind: das sind Dinge, die vom himmlischen Gericht mit einem „Wohl getan" belohnt werden. Du siehst, alle Menschen haben hier die gleichen Chancen, und diejenigen, denen auf der Erde Reichtum und Macht anvertraut war, tragen umsomehr Verantwortung."

„Würdest du dann sagen, daß man den Besitz von Geld und Gut ablehnen soll?"

„Durchaus nicht, aber die Menschen sollten lernen, daß ihnen alles nur von Gott anvertraut ist und daß sie in jener Nebelwand über Soll und Haben Rechenschaft ablegen müssen. Gott hat die Erde so eingerichtet, daß für jedes seiner Kinder genug da sein müßte, jedoch die Starken haben den Schwachen so viel genommen, daß Luxus auf der einen und Not auf der andern Seite herrschen. Vor dem himmlischen Gericht genügt es nicht, zu sagen, daß Geld und Gut auf ehrliche Weise verdient wurden. Gott hat uns aufgegeben, unsere Güter in Liebe zu unseren Nächsten zu verwenden. Nimm einen Mann, der sein Vermögen unter seine Kinder aufgeteilt hat. Würde er ruhig zusehen, wie der älteste Sohn den Teil des Jüngeren an sich reißt? Und sollte Gott weniger gerecht sein, als wir es von einem solchen Vater erwarten? Sicherlich nicht! Das Gesetz der Nächstenliebe gilt mehr vor Gott als das bürgerliche Recht und der Spruch seines Gerichts richtet sich nur danach, ob wir diese Liebe anwendeten oder nicht."

„Wenn man nun gerne ein gutes Werk tun möchte, aber

von den Umständen daran gehindert wird, wie wird das beurteilt?"

„Diese Frage werden dir bald andere besser beantworten, als ich es kann. Immerhin kann ich dir vielleicht einen Hinweis geben, wenn ich von einem der ersten Empfänge berichte, an denen ich nach meiner Ankunft hier teilnahm."

„Was bedeutet das: Empfänge, hier im Himmel", fragte ich erstaunt.

Helen lächelte. „Sie sind wohl etwas anders als auf Erden. Wenn einer von uns über die Grenze geht, um einen müden Pilger von drüben heimzubringen, nennen wir das einen ‚Empfang'. Bei der Gelegenheit, von der ich erzählen wollte, ging OMRA selbst hinüber, um den Bruder zu empfangen."

„Wer ist OMRA?"

„Der Gouverneur des Staates, in dem wir uns befinden. Er ist der höchstentwickelte Geist, den ich außer Jesus gesehen habe."

„Du hast also auch I H N gesehen, Helen?"

„Ja, einmal, aber nur von ferne. Doch laß mich dir diesen Empfang schildern. Der Mann, den wir herübergeleiten wollten, war Insasse eines Arbeitshauses. Ich werde diese Szene niemals vergessen. Als sich OMRA seinem ärmlichen Lager näherte, erblickten ihn die schon brechenden Augen des alten Mannes. ‚John, John', rief er seinen Gefährten an, der neben dem Bett in einem Stuhl eingeschlafen war, ‚ich gehe jetzt, es holt mich jemand! John!, siehst du nicht, wie hell das Zimmer ist? Sieh doch die vielen Engel! Und — und — nein, nicht Jesus! Doch nicht für mich!': Sein gebrechlicher Körper, der sich in der Aufregung halb erhoben hatte, fiel auf die Kissen zurück. Der Gefährte fand ihn tot, als er erwachte. Der Geist hatte sein Gefäß, den Körper, abgeworfen.

OMRA legte seinen Arm um unseren Freund und hieß ihn willkommen. Mit bestürzten, fast furchtsamen Blicken schaute der Neuankömmling auf die große Zahl derer, die zu seinem Empfang gekommen waren, ,Das alles ist doch nicht für mich', stammelte er. ,Es muß ein Irrtum sein! Seid Ihr meinetwegen gekommen?'"

,Ja, gewiß, mein Bruder', sprach OMRA. — ,w i r irren uns nicht, sie alle stehen dir jetzt zur Seite'.

,Aber — aber das kann doch nicht für mich sein! Ich bin kein guter Mensch gewesen! Mein Gott, was habe ich getan?'

,Den Hungrigen, den Ärmsten, den Kranken hast du geholfen', war OMRAs Antwort.

,,Ach, jetzt weiß ich, daß Ihr Euch geirrt habt. Ich bin fast mein ganzes Leben lang im Armenhaus gewesen; ich hatte niemals Geld, um Gutes zu tun. Ich wußte, daß es nicht für mich sein konnte'.

,Du hast dein Essen einmal einem hungrigen Jungen gegeben', sagte OMRA. ,Du gabst ein paar Schuhe, das du selbst kaum entbehren konntest, einem abgerissenen Landstreicher. Du gabst deine Brille einer armen alten Frau, obwohl du ohne sie fast nicht mehr lesen konntest. Du wachtest am Bett eines kranken Kameraden und pflegtest ihn wieder gesund; Du warst geduldig in der dir auferlegten Armut und hast andere getröstet und sie mit ihrem Schicksal versöhnt — nicht wahr?'

,Nun ja, ich habe den alten Bill ein wenig betreut — aber er hätte dasselbe für mich getan. Von dem andern weiß ich nicht mehr viel.'

,Aber wir wissen es; solche Taten werden niemals vergessen bei uns, und es gibt noch viele mehr, die du hättest tun mögen, wäre es in deiner Macht gewesen. Guter Wille gilt vor Gott so viel, als wäre die Tat ausgeführt; so siehst du also, daß wir uns nicht irren.'

Inzwischen war unser neuer Freund aus der Nähe seines irdischen Körpers fortgeleitet worden und erhielt seine neuen Gewänder, in denen er unter dem Jubel zahlreicher Seelen in ein Heim Einzug hielt, wie es für ihn und seinesgleichen im Himmel bereitsteht."

„Seine Überraschung muß mindestens so groß gewesen sein, wie meine eigene", meinte ich nachdenklich. „Aber wo sind diese Heime, von denen du sprichst? Ich habe noch nichts gesehen, das wie ein Gebäude aussieht."

„Sie sind jenseits dieses Hügels. Bist du noch nicht oben gewesen?"

Ich verneinte.

„Dann laß uns hinaufgehen. So kannst du den Nebeln den Rücken kehren und ich kann dir einen weiteren Teil des Landes zeigen."

III

DIE PRISMATISCHE LANDSCHAFT

Niemand im Erdenleben würde mich jemals einen Enthusiasten genannt haben. Steif, langweilig, temperamentlos, prosaisch, phlegmatisch und sogar dumm sind Attribute, die mir mancher viel eher zugeschrieben hätte, niemals aber das des Enthusiasmus. Dazu gehören Phantasie und Dankbarkeit; das eine besaß ich nicht, während man mir vom anderen ständig versicherte, daß ich nichts davon kenne. Was aber im alten Leben gegolten hat, gilt es ebenso auch im neuen? Ändern sich Charakter und Temperament so wenig, bleiben wir so sehr das, was wir waren, daß alles für das Erdenleben Gültige auch hier fortbesteht? Diese Fragen gingen mir durch den Sinn- ohne daß ich die Kraft und das Wissen besaß, sie zu beantworten. Ich spürte sehr wohl, daß einige Veränderungen mit mir vorgegangen waren, aber ob sie grundlegend waren, konnte ich nicht feststellen. Vielleicht würde die Zukunft zeigen, daß diese Gedanken nur unter dem Eindruck des Augenblicks entstanden waren. Niemals war ich früher neugierig gewesen, doch seitdem ich mich hier gefunden hatte, gab es für mich nur ein ständiges: Wie? Wann? Woher? Warum?

Während mein Sinn noch in diesen Überlegungen befangen war, hatten wir den Gipfel des Hügels erreicht. Ein herrlicher Anblick bot sich mir dar. Noch einen Augenblick vorher wäre ich eher geneigt gewesen, in umgekehrter Richtung, auf die Nebelwand hin, zu gehen. Helen schien dies zu spüren und sagte:

„Es ist ganz natürlich, daß du dorthin zurückgehen möchtest, aber es wäre nicht gut im Augenblick."

„Warum?"

„Die Nachwirkungen des alten Lebens sind dort so stark, daß es dir schwer fallen würde, wieder zurückzukommen. Wenn einmal die Anziehungskraft gebrochen ist, kannst du unbesorgt dort hingehen und die Neuankömmlinge beobachten."

„Welche Anziehungskraft?" fragte ich.

„Die deines Körpers. Wenn der Übergang so abrupt vor sich geht, wie in deinem Fall, besteht der magnetische Kontakt zwischen Körper und Seele für kurze Zeit noch weiter und die Seele fühlt einen fast unwiderstehlichen Drang, zum Körper zurückzukehren . . .

　Mit Nachdruck sagen oft sie: „Lebewohl!"
　und bleiben dennoch an der Türe stehn.
　Wenn endlich sie von dannen gehn,
　so ruft ihr Herz: „Kehr noch einmal zurück!" . . .

Um diesen Einfluß zu überwinden und dich freizumachen, schlug ich dir vor, erst einmal mit mir zu gehen. Jetzt hast du auch schon die Kraft dazu. Laß uns gehen."

„Fühlen denn alle, die hier am Hügel verweilen, diese Anziehungskraft?" fragte ich.

„Ja, aber man veranlaßt sie, diesen Platz doch so schnell wie möglich zu verlassen."

„Ich sehe aber, daß einige sich hier gar nicht zurückgehalten fühlen."

„Das ist richtig. Ihr Körper ist durch lange Krankheit oder Alter schon müde geworden. Darum können sie ihn leichter zurücklassen. Und darum hindert sie nichts, gleich weiter an ihren Bestimmungsort zu gehen."

„Wie lange hält die Anziehungskraft gewöhnlich an?"

„Das ist sehr verschieden; oft sind Einflüsse am Wirken, über die die Seele keine Kontrolle hat, sie zögern die Befreiung hinaus. So werden beispielsweise viele, lange nachdem der Einfluß des Körpers überwunden ist, dadurch in seelischen Fesseln gehalten, daß ihre Lieben auf der Erde um sie trauern."

„Wie ist das möglich?"

„Ich sagte dir schon, daß Liebe die größte Kraft ist, die wir kennen; die Seele unterliegt ihrem Einfluß, sobald sie den Körper verläßt. Der Kummer der Hinterbliebenen auf Erden hat daher einen starken Einfluß auf die vom Körper gelöste Seele — er ist wie ein Anker, der ihren Geist an die Erde fesselt. Es bereitet uns manchmal große Schwierigkeiten, diesen schädlichen Einflüssen entgegenzuwirken. Die Zurückgebliebenen würden sich ganz gewiß weniger haltlos dem Schmerz hingeben, könnten sie nur einmal Zeuge davon sein, welche Wirkung er auf den Hinübergegangenen ausübt."

„Aber wird der Geist denn nicht gezwungen, sich davon zu lösen?"

„Nein! Wir wenden niemals Zwang in diesem Leben an. Jeder behält seinen freien Willen, dessen Ausübung unweigerlich seine Belohnung oder Bestrafung nach sich zieht."

„Das alte Leben hat keine besondere Anziehungskraft mehr für mich und ich möchte es unter den gleichen Bedingungen nicht nochmals leben: Laß uns gehen, wie du vorschlägst."

Indessen erreichten wir den Gipfel des Hügels.

Ich war wie verzaubert von dem Anblick, der sich vor mir entfaltete. Vom Fuße einer sanften Mulde, die in das satteste, weichste Grün gebettet war, das ich je gesehen hatte, erstreckte sich nach allen Richtungen eine Landschaft, deren Reichtum an Farben meine Sinne fast betäubte. Ich hatte den Himmel über Italien gesehen, aber seine wolkenlose

Pracht war nur ein hoffnungslos schwacher, lebloser Abglanz des erhabenen, von der Kraft der Unendlichkeit erfüllten Firmaments, vor dem ich nun wie ein staunendes Kind stand. Ich hatte die mosaikartige, farbenprächtige Schönheit der orientalischen Landschaft gesehen — sie schien schal und öde gegenüber der überwältigenden Vielfalt von Farbtönen vor meinen Augen. Jeder Stein, jeder Baum und jede Pflanze war hier von Schwingungen kosmischer Kraft belebt, alles wirkte wie ein harmonisches Zusammenschmelzen von tausend und abertausend Stimmen, wie ein Choral zur Verkündigung, daß der Tod besiegt ist. Über dem Horizont, der Schwelle der Zukunft, stand sichtbar die Verheißung des ewigen Lebens.

Doch warum versuche ich das Unmögliche? Oftmals reichen nicht einmal auf Erden Worte aus, um die Schönheit der Natur zu beschreiben, um wieviel mehr müssen sie vor der Pracht der himmlischen Szene kapitulieren, vor der die Seele in schweigender, tiefer Bewunderung steht? O ihr alle, die ihr mühselig und beladen seid, müde, krank und verbraucht vom Kampf um eine Selbstbehauptung auf Erden, laßt euerer kühnsten Phantasie freien Lauf, träumt von allem Überfluß an Schönheit, den eure Sinne sich vorstellen können, stellt die höchsten Erwartungen, vervielfältigt das Ergebnis ins Tausendfache — und begreift, wenn ihr könnt! Doch selbst wenn ihr die höchste Höhe eurer Phantasie erreicht habt, sie wird nicht mehr sein als ein schwacher Abglanz dessen, was euch erwartet, wenn euer müder Fuß dies Land erreicht. —

Vom Fuße des Hügels, auf dem wir standen, zweigten wohl an die hundert verschiedene Wege in alle Richtungen der Landschaft, jeder von einer ganz besonderen Farbe, wie auch das Ziel oder die Gegend, in die er führte. Die dunkleren dieser Wege bogen schon im Vordergrund nach rechts oder links ab, je nach ihrer Schattierung stärker und stärker abfallend, bis sie scheinbar im Boden versanken. Die helleren dagegen führten — wiederum je nach ihrer Tönung — bergauf, und in der Mitte des Ganzen streckte sich ein gerader Weg von makellosem Weiß, der geradewegs auf einen Torbogen von strahlender Reinheit führte, der sich in der Ferne abhob.

Helen hatte mich für eine Weile mit diesem Anblick allein gelassen. Als sie zurückkehrte, brachte sie mehrere Freunde mit, die ich aus der Vergangenheit gut kannte. Wir setzten uns nieder, tauschten Erinnerungen aus und sprachen über die Zukunft in einer Atmosphäre friedvollen Vertrauens, wie es mir bisher fremd gewesen war. Jeder meiner Freunde schien in unerklärbarer Weise zur Erhöhung meines Glücksgefühls beizutragen, und selbst heute, da ich so viel mehr weiß als damals, denke ich an dieses Wiedersehen mit besonderer Bewegung zurück.

„Du beginnst jetzt wohl die Bedeutung der farbigen Gewänder zu begreifen", meinte Helen nach einiger Zeit.

„Ja, es fällt mir auf, daß jeder Wanderer hier den Weg einschlägt, dessen Farbe der seines eigenen Kleides entspricht. Aber wer sind die anderen dort, die verschiedenfarbige Gewänder tragen — teils rosa, teils brillanthelles blau?"

„Es sind Boten oder Lehrer, einer von ihnen, Eusemos, hat dir zur Zeit deines Unfalls zur Seite gestanden und dich dorthin gebracht, wo ich dich fand. Sieh, dort ist er. Er wird dich mit sich nehmen, um dich mehr zu lehren, als ich es kann."

Eusemos war ein Grieche und schön wie ein Apollo. Zwar erinnerte ich mich nicht, sein Gesicht schon vorher gesehen zu haben, doch verbannte sein Lächeln sofort den Gedanken, daß wir Fremde seien. Als ich mich erhob, schloß er mich in die Arme und hielt mich fest in wortlosem Willkommen.

„Bist du jetzt etwas ausgeruht", fragte er schließlich.

„Ja", antwortete ich, „aber noch ganz verwirrt."

„Das ist durchaus nichts Ungewöhnliches; die Offenbarungen, die der Seele bei ihrer Ankunft in diesem Lande harren, sind darauf abgestimmt, sie zu überwältigen, bis sie den einfachen Schlüssel gefunden hat, der die Lösung aller Fragen ermöglicht."

„Wer wird mich lehren, diesen Schlüssel zu finden?" fragte ich.

„Ich selbst, wenn du es willst."

„Wer würde nicht wünschen, das große Geheimnis kennenzulernen. Meine Seele hungert danach! Wie nennt Ihr diese mächtige Kraft, diesen Schlüssel?"

„Liebe", war Eusemos' Antwort. „Dieses Leben, in allen seinen Stadien, seinen unendlich vielfältigen Formen, ist weiter nichts als eine Symphonie über das eine Thema — Liebe. Du, lieber Bruder, sollst nun teilnehmen an diesem unerschöpflichen Quell und Myhanene hat mich gebeten, dich einzuführen in alles, das ich zu zeigen fähig bin."

„Wer ist Myhanene?"

„Einer der Abgesandten aus dem nächsten Stadium. Er ist Herrscher über mehrere Städte oder Bezirke in diesem Gebiet."

„Aber ist nicht Gott der Herrscher?"

„Gewiß, er ist der Höchste, der König der Könige und Herrscher über alles; aber unter ihm sind viele Statthalter — Cherubim, Seraphim, Erzengel, denen die verschiedenen Reiche und Provinzen dieses Lebens anvertraut sind. Myhanene ist nur einer der geringsten unter ihnen."

„Auch das", sagte ich, „ist eine Überraschung für mich."

„Das glaube ich gern, obwohl es keine zu sein brauchte, denn alles ist dem Menschen durch Gottes Wort klar gesagt worden. Der grundlegende Irrtum des Menschen liegt in der Auffassung, daß seine Seele schon auf Erden eine endgültige Wahl für die Ewigkeit treffen soll, statt das Erdenleben als das Anfangsstadium seiner unendlichen Entwicklung anzusehen. Die der Erde zukommende Aufgabe ist es, die Seele in der Aufgabe der Nächstenliebe zu schulen, um sie auf die höheren Pflichten d i e s e s Lebens vorzubereiten. Abstrakte Spekulationen theologischer Art gehören nicht zu dieser Aufgabe, besonders wenn die daraus erwachsenden Lehren auf unbestimmten Theorien und nicht auf absolutem Wissen beruhen.

Du wirst vielleicht erstaunt sein, zu hören, daß wir auf dieser Seite des Lebens uns über viele Dinge nicht zu sprechen berufen fühlen, über die sich unsere Brüder auf Erden schon längst fertige Meinungen gebildet haben. Wir haben zu warten, bis wir im Laufe unserer Entwicklung erkennen können, was uns heute noch ein Geheimnis sein mag. Die Schüler einer Elementarklasse werden ja auch nicht gleich in den hohen Wissenschaften unterrichtet, und schon gar nicht von Lehrern, die selbst noch lernbedürftig sind. Unser Vater kennt die Bedürfnisse und Fähigkeiten seiner Kinder selbst viel zu gut, als daß er ihre geistige Erziehung so unvollkommen eingerichtet hätte.“

Es fiel mir auf, daß Eusemos in allen seinen Erklärungen an Vernunft und Logik appellierte und ich drückte meine Bewunderung darüber aus.

„Das stimmt“, war die Antwort, „alle Gesetze haben ihren Ursprung in Gott. Sie können, soweit wir sie überhaupt begreifen, auch vernunftsgemäß erklärt werden. Die sogenannten Naturgesetze sind geistige Gesetze, die auf die materielle Welt übertragen sind. Richtig verstanden können sie uns als ein Zeichen für den geistigen Fortschritt dienen. Der Machtkampf auf Erden hat leider zu einer Überbetonung der äußeren Form geführt, während der den Gesetzen innewohnende Geist in Vergessenheit geriet. Irrtum und Fehldeutung entspringen daraus. Nimm zum Beispiel die orthodoxe Vorstellung vom Himmel. Stelle dir vor, allen, die durch die Nebelwand treten, werde eine Harfe in die Hand gedrückt, auf daß sie in ein ewiges „Halleluja" einstimmen. Was würden Händel, Mozart, Beethoven und tausend andere, die die Gesetze der Harmonie kennen, von solch einem Konzert unmusikalischer Stimmen halten? Diese und andere Vorstellungen halten auch nicht für einen Augenblick lang ernsthaftem Nachdenken stand."

„Das mag sein. Aber ich weiß nicht, wie sich Menschen eine bessere Vorstellung von diesem Leben machen sollten, bin ich doch selbst von allem so überrascht, obgleich ich absolut kein Freund des Orthodoxen war."

„Was ist das Überraschende dabei? Ist es etwa unwirklich? Nur der Mensch hat sich eine so unnatürliche Vorstellung davon gemacht. Der Übergang von der Sterblichkeit zur Unsterblichkeit ist nur eine Stufe in der Entwicklung der Seele, wie die Wandlung der Blüte zur Frucht. Das Naturgesetz wird in keinem Falle durchbrochen; es wird nur auf einen neuen Abschnitt angewendet, um das Ziel zu erreichen. Niemals wird aus einer Apfelblüte ein Pfirsich entstehen, noch eine Rose aus der Knospe eines Gänseblümchens. Und genau das gleiche Gesetz gilt für den Übertritt vom irdischen Leben in das geistige; das eine ist die Ergänzung und Fortführung des anderen. Dennoch lehrt man die Menschen, sie könnten, allein durch einen Glaubensakt im Augenblick der körperlichen Auflösung für ihre Seele das vollbringen, was für das Gänseblümchen unmöglich ist."

„Es ist wohl weniger, daß man dem Menschen diese Kraft zuschreibt", meinte ich, „sondern daß Gott in seiner Allmacht diese Wandlung vollbringen kann. Ich habe niemals eine Konfession behaupten hören, sie selbst besäße diese Kraft; überall wird sie Gott allein zugeschrieben."

„Grundsätzlich magst du wohl recht haben", erwiderte mein Begleiter, „in der Praxis aber meint der Mensch, er besitze selbst alle Macht, Gott aber habe damit nichts zu tun."

„Ich verstehe immer noch nicht ganz."

„Vielleicht kann ich dir das an einem gewiß nicht ungewöhnlichen Beispiel besser zeigen. Gott, so heißt es, hat bestimmte Vorkehrungen für die Erlösung des Menschen getroffen, vorausgesetzt, daß dieser seine Sünden bereut. Die Reue obliegt seinem eigenen Gewissen, also bestimmt er sein Schicksal selbst."

„Und ist es denn nicht so?" fragte ich.

„Soweit ihm nicht vergeben werden kann, bevor er Reue zeigt, ja. Wogegen ich mich wende, ist die Auffassung, daß der Mensch eine plötzliche Wandlung seiner Seele vollzieht, sobald er beschließt, zu bereuen. Laß uns folgenden Fall betrachten und sage mir dann, ob ich Recht habe: ein Mann, dessen Leben mit Ausschweifungen, Grausamkeit und Mord befleckt ist, weiß seine letzte Stunde gekommen und schreckt vor dem Unentrinnbaren zurück. Während der Henker schon auf ihn wartet, spricht der Gefängnisgeistliche in der Zelle auf den zum Tode Verurteilten ein, versichert ihm, daß sich alles noch zum Besten wenden kann, daß Gott bereit ist zu vergeben, daß Christus und die Engel darauf warten, seine Seele heimzubringen. Wenige Minuten bleiben nur noch, und das Schicksal des Verbrechers in Ewigkeit scheint von seiner eigenen Entscheidung in diesen Augenblicken abzuhängen. Wo, so frage ich dich, bleibt, wenn diese Auffassung zuträfe, da noch eine Macht in Gottes Hand? Man sagt ja diesem Mann, daß nur er selbst der absoluten und sofortigen Vergebung seiner Sünden im Wege steht, ganz gleich, was er im Leben getan hat."

„Aber selbst Reue ist doch eine Gabe Gottes", warf ich ein.

„Das weiß ich wohl und will es keinesfalls herabsetzen. Doch deshalb hat Reue noch lange nicht die Macht, die ihr zugeschrieben wird. Nehmen wir an, ein Mann hat sich ein Bein gebrochen oder sich sonstwie in Schwierigkeiten gebracht, weil er die Warnungen seiner Freunde in den Wind geschlagen hat. Wenn er den Erfolg sieht, bereut er seine Torheit. Aber bewahrt ihn die Reue vor den Folgen seines unbesonnenen Tuns? Gewiß nicht. Das gleiche Gesetz gilt in Bezug auf die Seele."

„Wie würdest du denn das Gesetz Gottes den Menschen nahebringen?"

„Du findest es in den einfachen Worten in der Bibel: ‚Es gilt kein Ansehen der Person vor Gott!' Von jedem seiner Kinder verlangt Er gehorsame Liebe und danach brüderliche Zuneigung gegenüber allen unseren Mitmenschen, ohne Ausnahme. Das ist das ganze Gesetz Gottes. Es wird strengstens durchgesetzt und hat für jede Verletzung seine Strafe. Gott vergilt jedem nach seinen Werken, und was der Mensch säet, das wird er auch ernten."

Eusemos' Worte riefen in mir erneut den sehnlichen Wunsch wach, der mich schon zuvor beseelt hatte; auf die Erde zurückzukehren, um meinen Schwestern und Brüdern die Wahrheit der Lehre Christi ins Gedächtnis zu rufen; sie bestärkten mich in der Hoffnung, daß dieser Wunsch irgendwie in Erfüllung gehen könnte, sodaß ich fragte:

„Wenn der Übergang in dieses Leben nur ein Punkt der Entwicklung ist und keine Trennung, ist es dann nicht möglich für uns, auf die Erde zurückzukehren und zu helfen, daß diese schweren Irrtümer beseitigt werden?"

Es könnte möglich sein", war die Antwort, „aber eine solche Mission würde notwendigerweise mit den eingefleischten Glaubensvorstellungen in Konflikt geraten und so manchen Geistlichen in Aufruhr bringen. Wie du weißt, sind solche Verkündigungen schon mehr als einmal als ein Werk des Teufels gebrandmarkt worden."

„Aber wir haben doch sicher die Macht, solche Widerstände zu besiegen und eine Wahrheit zu verkünden, die an die Vernunft und den gesunden Menschenverstand appelliert?"

„Das ist nicht so einfach wie du glaubst. Es ist seit altersher gelehrt worden, daß die Bibel, als Wort Gottes, der kritischen und gelehrten Auslegung bedarf, um richtig verstanden zu werden. Dies ist geradezu die Grundlage der verschiedenen Konfessionen; sie setzt voraus, daß geschulte Männer da sind, die die Bibel nach den Vorstellungen ihres jeweiligen Glaubens lesen und erklären."

„Dann glaubst du also, daß die Wurzel des Übels in der Existenz von so vielen verschiedenen Konfessionen liegt?"

„Zum Teil; aber das Hauptübel ist, daß die Bibel zum unfehlbaren Diktator gemacht und behauptet wird, daß sie die ganze und endgültige Botschaft Gottes an die Menschheit enthält. Sie selbst nimmt dies gar nicht für sich in Anspruch, noch stände ein solcher Anspruch im Einklang mit dem Wirken Gottes. Er schenkt uns Tag für Tag das Licht der Sonne, schickt den Regen und beschert jedem Jahr seine besondere

Ernte. Das gleiche Gesetz gilt in allen Bereichen der Schöpfung. Ist es vernünftig, anzunehmen, daß Gott anders im Umgang mit seinen Kindern verfährt und die Auslegung seiner Botschaft denen überläßt, die sich das zum Beruf erwählt haben? Selbst die Rivalität zwischen den Religionen läßt eine solche Annahme nicht zu. Denn sie läßt sich niemals mit Gottes Liebe zu seinen Kindern in Einklang bringen."

„Deine Worte sind ein Beweis, daß die Menschheit auf eine bessere Zukunft hoffen darf", sagte ich, „aber sage mir noch, wie es denen ergeht, die auf der Erde den Geboten ihrer Konfession gefolgt sind."

„Im Reich der Seelen wird jeder Mensch für seine eigenen Vorsätze und Taten verantwortlich gemacht. Wo Strafe vonnöten ist, dann nur zum Zwecke der Besserung und Heilung, nicht aber aus Rache. Die Vernunft ist das höchste Gut, das dem Menschen gegeben wurde, deshalb wird von ihm erwartet, daß er sie befragt und bei all seinem Tun anwendet. Wenn er auf Grund dieser Gabe Gott von allen Lebewesen am ähnlichsten ist, wäre es dann noch vernünftig, zu glauben, er dürfe sie nur für die Funktionen des Alltaglebens anwenden, nicht aber für die viel wichtigeren seiner Seele? Eine solche Vorstellung wäre doch gewiß eine Beleidigung des Schöpfers. Hier aber tritt eine Schwierigkeit auf: die natürliche Folge des freien Gebrauchs der Vernunft auf Erden wäre gleichzeitig das Ende so mancher heute noch vornehmlich verkündeten Gebote und Dogmen der Konfessionen. Wenn ein Mensch nun, trotz Gottes Botschaft und der ihm von Gott gegebenen Vernunft, kritiklos die Glaubensdiktate und -spekulationen anderer Menschen übernimmt, dann darf er sich nicht wundern, wenn seine Seele zwangsläufig die Konsequenzen tragen muß."

„Wie soll ein Mensch es aber besser wissen, wenn man ihm die Bibel vorenthält?" fragte ich.

„Das ist keinesfalls meine Absicht", sagte Eusemos. „Die von ihr gegebenen Aufschlüsse über die Wege Gottes im Umgang mit seinen Kindern sind unschätzbare Fingerzeige für den Menschen. Da Gott immer derselbe bleibt, sind die Aufzeichnungen der Vergangenheit ebenso wertvoll für die Gegenwart wie für die Zukunft. Die Menschen, die die Bücher der Bibel schrieben, sprachen und lebten mit Gott. Sie zeichneten ihre Erfahrungen gewiß nicht auf, um spätere Generationen daran zu hindern, gleich ihnen mit Gott zu verkehren. Unter keinen Umständen wollen wir deshalb den Menschen die Bibel vorenthalten. Doch zu glauben, daß unser Vater seit jenen Zeiten nicht mehr direkt zu uns spricht, hieße Ihn der gröbsten Günstlingswirtschaft zeihen. Denn warum sollte er zu Abraham, Sokrates oder Buddha gesprochen haben und nicht auch zum Menschen der Gegenwart sprechen? Sein Licht strahlt zu allen Zeiten und in allen Ländern; Menschen mögen irren, aber Gott bleibt immer derselbe."

„Wenn die Menschen die Bibel nach ihrem wahren Wert messen werden, wenn sie nach ihrem spirituellen Gehalt suchen, statt nach sektiererischer Auslegung, wenn sie nach der Wahrheit mehr als nach priesterliche Anerkennung suchen, wenn sie die Boten der Liebe tatsächlich als Engel des Himmels und nicht als Abgesandte der Hölle erkennen, dann werden sie hinter sich unsere Stimmen in der Sprache der noch verborgenen Offenbarung hören: ‚Dies ist der Weg, geht ihn, und das Königreich unseres Vaters wird auch auf Erden herrschen'. Wenn diese Zeit anbricht, wird unsere Welt hier nicht mehr so voller Überraschungen für die zahllosen Pilger sein, die täglich zu uns kommen."

„Wie würde die Erde aussehen, falls das einträte? fragte ich.

„Komm und sieh selbst."

IV

DER BERG GOTTES

Eusemos führte mich den Hügel hinab auf den Punkt zu, von dem die verschiedenen Pfade ausgingen und der als allgemeiner Treffpunkt und Wegkreuzung von einem ständigen Kommen und Gehen der vielen Pilger erfüllt war. Es gab keinen sichtbaren Grund dafür, warum sie alle über diesen Punkt gehen mußten, keine Schranke, die sie gehindert hätte, in irgend eine beliebige Richtung zu wandern, kein Tor, vor dem sie um Einlaß zu bitten hatten, noch einen Kontrollpunkt, an dem ihre persönliche Eignung geprüft wurde. Dennoch wurde diese Stelle von allen, ob sie kamen oder gingen, in stillschweigender Übereinkunft passiert. Das Ganze bot eine Szene, die mich, je näher wir kamen, um so stärker fesselte. Zum ersten Mal war mir jetzt klar bewußt, daß der Tod endgültig hinter uns lag, und während ich meinen Schritt einen Augenblick verhielt, ging mir erneut die fast unvorstellbare Veränderung durch den Sinn, die mit meiner Umwelt seit jenem letzten Augenblick auf Londons Straßen vor sich gegangen war, ohne daß ich selbst oder mein Bewußtsein sich geändert hätten. Jede kleinste Einzelheit, die ich hier bisher erlebt hatte, schien ein Himmelreich in sich selbst zu bergen, und doch schien alles nur eine bescheidene Ankündigung dessen, was uns an Herrlichkeiten im Hause unseres Vaters noch erwartet.

Was sich vor meinen Augen begab, bildete innerhalb der irdischen Vorstellung vom Himmel ein Hauptthema. Und da wir mit dem Tode auch die Zeit hinter uns gelassen hatten, gab es keinen Grund, warum ich dieses Thema, das wohl die Phantasie eines jeden Menschen schon einmal beschäftigt hat, nicht in seiner Wirklichkeit studieren sollte. Mein Gefährte spürte meinen Wunsch und blieb schweigend an meiner Seite stehen. Was sich vor meinen Augen abspielte, erfüllte mich mit einem unsagbaren Glücksgefühl: es war ein tausendfältiger Sieg über den Tod! Mann und Frau, Eltern und Kinder, Bruder und Schwester, Freund und Freund feierten hier ein Wiedersehen nach mehr oder weniger langer Trennung und mit der Gewißheit, daß sie nun nicht mehr getrennt werden konnten. Hände, die in den Nebelschleiern erstarrt waren, lösten sich zu Händedruck und Umarmung, wissend, daß der Tod sie nie mehr lähmen würde. Augen, die auf Erden blind waren, richteten sich aufleuchtend auf die Helfer, die sie aus der Dunkelheit geleitet hatten, Ohren lauschten der Musik einer Stimme, die sie geliebt hatten und Zungen lösten sich zu Worten voller Dankbarkeit. Vor dieser Szene vergaß ich völlig, daß nur ich von niemanden erwartet wurde, den ich gekannt hatte. Ich war so versunken in der Betrachtung des Glücks der anderen, daß mir gar nicht der Gedanke kam, ich sei allein.

Und das war ich ja auch nicht. Stand nicht ein Freund neben mir, der, obwohl mir vorher unbekannt, mir schon lieb und teuer war wie ein Bruder? War mir nicht noch mehr zuteil geworden als vielen anderen durch den Empfang, den mir Helen bereitet hatte, durch die Zusammenkunft mit alten Freunden, die ich eben erst verlassen hatte? Ich war kein Außenseiter hier, eher ein Bevorzugter, der sich frei fühlen durfte, in seines Vaters Reich zu gehen, wohin er wollte. Daß dies wirklich ein Vorrecht war, das keineswegs von allen geteilt wurde, sollte ich gleich darauf erfahren. Als ich mir die bunte Menge etwas näher anschaute, fiel mein Auge erst auf eine, dann auf zwei, drei und mehr Gestalten, die sich ängstlich zu bemühen schienen, unerkannt durch das

Gedränge zu gelangen. Die Furcht, von jemandem erkannt zu werden, stand ihnen auf den Gesichtern geschrieben. Der Anblick dieser Unglücklichen erschloß mir eine Erkenntnis, die eindringlicher war, als es Worte jemals hätten sein können: Selbst hier, im Reiche unseres Vaters, gab es eine Schattenseite des Daseins, eine Wirklichkeit von Himmel und Hölle, wenn auch anders, als die Menschen es sich vorstellen mochten.

Eben hatte ich mit tiefer Anteilnahme beobachtet, wie vor mir zwei junge Menschen — offensichtlich Bruder und Schwester, von denen der junge Mann gerade eingetroffen war — zusammentrafen. Ihre Gesichter waren von einer schlechthin unbeschreiblichen Freude überstrahlt. „Ist solch ein Übermaß an Glückseligkeit zu fassen? Ich fürchte, alles ist nur ein Traum und ich werde dies in Kürze selbst ernüchtert feststellen müssen." Als mir dieser Gedanke durch den Kopf ging, fiel mir eine in ein rötlich braunes Gewand gekleidete Frau auf, die das Geschwisterpaar mit einem Gesichtsausdruck beobachtete, aus dem panischer Schrecken sprach. Der Angstschweiß lief ihr von der Stirn und ihre Beine schienen vor Schreck gelähmt zu sein. Ganz offensichtlich machte sie verzweifelte Anstrengungen, von diesem Platze fortzukommen, bevor ihre Gegenwart von den beiden entdeckt wurde. Immer wieder versuchte sie davonzueilen, doch jedesmal schien eine unsichtbare Macht ihr Vorhaben zu vereiteln. Jeder Fluchtversuch brachte sie nur näher an das glückliche Geschwisterpaar, das sie noch nicht bemerkt hatte. In äußerster Verzweiflung fand sie sich schließlich direkt neben den beiden, die sie so zu fürchten schien. Niemand zeigte irgend ein Zeichen des Mitgefühls, keine Hand wies ihr den ersehnten Ausweg; sie war inmitten zahlreicher Menschen so völlig allein, daß ich mehr als einmal den Drang spürte, hinunterzugehen und ihr zu helfen. Doch irgend etwas hielt mich zurück, sagte mir, es sei besser, wenn ich den Dingen ihren Lauf ließ und nicht eingriff.

An die Stelle gebannt stand die Frau dort wie ein gemeiner Verbrecher, der den Spruch des Gerichts erwartet. Der Jüngling sah sie und schrak zurück, das Mädchen aber — mit einem Ausdruck unendlichen Mitleids in den Augen, tat, was bis zu diesem Augenblick niemand getan hatte: sie bahnte einen Weg für die Frau. Und wenn sie dabei etwas sagte, so waren es nur Worte der Güte und des Mitgefühls. Die Gesten des Mädchens gaben der Übeltäterin — daß sie eine solche war, schien mir sicher — neue Kraft. Als sie davonlief, der ihr gewiesenen Richtung folgend, begleitete sie ein leuchtender Lichtstrahl aus den Augen ihrer Wohltäterin und setzte sich, blitzend wie ein Juwel, auf ihren Schultern nieder.

„Hast du jenen Strahl gesehen?" fragte mein Begleiter, der den Vorfall gleich mir beobachtet hatte.

„Ja", antwortete ich, „was bedeutet er?"

„Es ist die Vergebung des Mädchens für irgend ein großes Unrecht, das die Frau ihr angetan hat. Dieses Licht wird bei ihr bleiben, bis sie seine Bedeutung erkannt und die Strafe für ihre Sünde bezahlt hat. Es wird einen großen Einfluß auf ihre Errettung ausüben."

„Arme Seele! Wohin wird sie gehen? Wie traurig doch, daß unter all den Lieben hier niemand auf sie wartete, keiner ihr nur Rat und Hilfe geben wollte."

„Das würde den Gesetzen widersprechen", sagte Eusemos ernst, „und so etwas gibt es hier nicht. Nur diejenigen werden erwartet, die ein Willkommen verdienen. Aber wenn du die Frau noch weiter beobachten willst, wirst du sehen, wohin sie geht."

„Glaubst du nicht, daß sie sich in ihrer Unsicherheit ver-irren könnte?", fragte ich.

„Kann ein Mensch im Wasser des Meeres leben oder ein Fisch gleich den Adlern durch die Lüfte fliegen? Ebensowenig kann er an einen Ort gehen, für den er untauglich ist. Wir brauchen keine Engel mit Flammenschwertern, um unsere Tore zu bewachen."

„Aber sich doch", rief ich, „sie geht ja falsch! Ihr Kleid hat eine ganz andere Farbe als der Weg, den sie eingeschlagen hat."

„Warte nur ab", war Eusemos' Antwort.

In ihrer kopflosen Angst war die Frau, einmal aus dem Gedränge heraus, in den nächstbesten Weg hineingelaufen. Ihr ganzes Trachten ging danach, aus der gefürchteten Nähe des Mädchens so schnell wie möglich fortzukommen, und da sie ihr alleiniges Heil in der Flucht sah, bot sie ihre letzten Kräfte dazu auf.

Vergeblich!

Nach kurzer Strecke mußte sie zitternd einhalten — war es vor Erschöpfung und Aufregung — oder wollte sie nur Luft schöpfen? Jetzt suchte ihr Arm nach einem Halt, doch keiner war da, und nun wendete sie sich — zurück! Trotz der Entfernung konnte ich in der strahlend klaren Atmo-sphäre, die hier herrschte, deutlich den Ausdruck letzter Ver-zweiflung auf ihrem Gesicht erkennen. Irgend etwas zwang sie zur Rückkehr — genau dorthin also, von wo sie geflohen war. Noch ein zweiter und ein dritter Fluchtversuch blieben ohne Erfolg, jedesmal wurde sie von unsichtbarer Gewalt wieder zurückgestoßen.

Plötzlich fand sie sich auf einem Pfade, dessen Farbe der ihren entsprach, und ohne Anstrengung konnte sie nun vorwärtsgehen. Er führte abwärts, bis sie weit unten schließlich unseren Blicken entschwand.

„Arme Seele", sagte ich, „wo wird der Weg sie hinführen?"

„Es gibt zahllose unterirdische Höhlen, in die nur wenig Licht dringt. An solche Orte gehen sie und ihresgleichen, um sich vor denen zu verbergen, die auf Erden ihre Opfer waren und die sie nun über alles fürchten. Furcht und Schrecken sind ihre Hölle. Sie wissen und sehen nicht, was um sie herum vorgeht und glauben, daß jeder, der sich ihnen nähert, nur gekommen ist, um Rache an ihnen zu nehmen. Dort müssen sie bleiben, bis eine Seele, die etwas besser daran ist, ihr Zutrauen gewinnen und sie veranlassen kann, ihren Aufenthaltsort gegen einen weniger erbärmlichen zu tauschen. Das wird dann der erste Schritt in Richtung auf das ewige Glück sein, das jede Seele erringen kann. Doch laß uns nun weitergehen."

Wir kamen für eine Weile nur recht langsam vorwärts, denn überall traf mein Begleiter andere, die gleich ihm auf einem Botengang waren, und sie alle hatten ein freundliches Grußwort für mich. Als wir das Weichbild des von so vielen Menschen erfüllten Bezirks erreicht hatten, sagte Eusemos plötzlich:

„Ich merke wohl, daß du das Schicksal jener Frau nicht in Einklang bringen kannst mit dem einfachen Gesetz der Liebe, das allein dieses Leben regiert."

„Du hast recht", antwortete ich, „und ich wäre dir dankbar, wenn du mir dies erklären könntest."

„Gerne. Du wirst sehen, daß Gott zu a l l e n gut ist und seine Gnade über allem walten läßt. Ja, es gibt für mich kaum ein besseres Beispiel dafür als das, welches du mitangesehen hast."

„Wie meinst du das?"

„Als die Frau zu fliehen versuchte, sahst du, wie sie zuerst den Weg einschlug, auf dem wir uns jetzt befinden und sahst auch, daß niemand zu ihr sprach und sie auf ihren Irrtum aufmerksam machte. Nun aber sag mir: spürst du nicht die gelöste Heiterkeit, das Gefühl des Glücks und des Friedens sich mit jedem Schritt vergrößern, den wir vorwärtsgehen? W a s war es wohl, das sie, gegen ihren Willen, auf diesem Weg zur Rückkehr zwang?

„Ich kann es nicht sagen."

„Ein ganz natürliches Gesetz. Was für dich eine Quelle sich immer steigernder Freude ist, bedeutete für sie das genaue Gegenteil. Sie versuchte, in ein ihr nicht gemäßes Element einzudringen, wie ein Fisch, der auf dem Trockenen zu leben versucht. Aus eigenem freien Willen trieb sie ihre Seele auf Erden in einen Zustand, der in diesem Leben seine Fortsetzung findet. Sie kann nicht, selbst wenn sie wollte, einfach einen anderen annehmen. Sie hat ihr Schicksal selbst bestimmt, und die gütige Vorsehung Gottes erspart ihr die zusätzliche Pein, die ihr bevorstünde, wenn sie hier in einer ihrem Seelenzustand fremden Atmosphäre leben wollte oder müßte. Darum wurden Orte eingerichtet wie der, zu dem sie jetzt gegangen ist. Sie wird nicht aufgegeben oder der Gnade derer überlassen sein, die dort jetzt ihre Gefährten sind. Andere, von einer höheren Ebene, werden hinuntergehen und zu ihr und ihresgleichen sprechen, werden ihnen Hoffnung eingeben, ihnen die helfende Kraft der Reue schildern, sie zu überreden suchen, von dort fortzugehen und sie schließlich auf dem Weg nach oben leiten — zu Glück und Freuden."

„Dann ist sie also nicht zur Hölle gefahren, wo das Feuer nie erlöscht?" fragte ich.

„Das Feuer der Hölle ist einer jener bildlichen Begriffe,

die zu Unrecht wörtlich ausgelegt worden sind", antwortete er. „Es wurde von Jesus gesagt, ‚er wird taufen mit dem heiligen Geist und mit Feuer‘. Von sich selber sagte er, ‚ich kam, um Feuer auf die Erde zu senden‘. Auch wird uns in der Bibel gesagt, Gott sei ‚ein verzehrendes Feuer‘. Würdest du nun dieses Feuer so wörtlich verstehen wie das Feuer der Hölle?"

„Nein, ganz gewiß nicht", sagte ich.

„Aber gibt es irgend einen triftigen Grund, weshalb wir hier unterschiedliche Maßstäbe anlegen müßten?"

„Nein, nicht daß ich es wüßte. Außer daß es eben überlieferte Sitte ist, vom Feuer der Hölle zu sprechen."

„Das ist es eben. Diese Überlieferung ist eine ständige Quelle der Verwirrung, des Widerspruches, der Unwissenheit. Das Wort Gottes ist sowohl Geist als auch Wahrheit und muß nach dem Geist ausgelegt werden, statt nach dem Buchstaben. Der Buchstabe ist nur die Form, in der der Geist Ausdruck findet, nicht anders als der Körper die fleischliche Ausdrucksform der Seele ist. Das Feuer des Geistes aber ist die Liebe. Wenn wir also hören, daß Gott ein verzehrendes Feuer ist, so ist das nur eine andere Ausdrucksweise für den Begriff ‚Gott ist Liebe‘. Nun wissen wir, daß Liebe zur Leidenschaft entarten kann, wenn sie nicht gezügelt wird, und in kurzer Zeit alle Bindung zum Höheren verliert. In diesem Zustand wird der Mensch eine Beute seiner eigenen unersättlichen Lust. Alles Schlechte in ihm liefert willig Nahrung für die Flammen solcher Leidenschaft. Wenn ein solcher Mensch seinen Körper verlassen muß, wohin kann er gehen? Einen Fall hast du selbst gesehen, aber es gibt andere von weitaus furchtbarerer Verworfenheit. Für diese anderen wäre selbst der Ort noch unerträglich, zu dem jene Frau jetzt gegangen ist! Dennoch aber werden sie nicht aus Rache bestraft. Gott hat einen Aufenthaltsort für sie geschaffen, der ihrem Seelenzustand angemessen ist. Dort stürzen sie sich in ihrer Verblendung wieder hinein in den Wirbel ihrer hemmungslosen Leidenschaften, ohne zu wissen, daß sie jetzt ernten, was sie selbst gesät haben und daß das unauslöschliche Feuer Gottes in ihnen brennen wird, um seine Aufgabe zu erfüllen."

„Auch das Wort ‚unauslöschlich' ist nur ein Beweis für die Liebe unseres Vaters, denn dieses Feuer kann nur die Spreu verzehren. Die Zeit wird kommen, wo Niedertracht und Leidenschaft verzehrt sind und nur der Weizen übrigbleibt. Das geheiligte Feuer erlischt niemals völlig in ihnen, und dieses Feuer ist es, das die Seele vor dem Äußersten bewahrt."

„Weißt du dies", fragte ich mit großem Eifer, „oder hoffst du nur, daß es so ist?"

„Wir wissen es. Es ist weiter nichts, als eine Wirkung des einzigen großen Lebensgesetzes, das überall hier herrscht. Auch auf Erden könnte das so sein. Nur tragen die vielen Worte, die die Menschen machen, jedes wahre Wissen zu Grabe; und das Licht der Erleuchtung wurde auf diese Weise zum Schweigen gebracht und in die Dunkelheit dieser Gruft vertrieben. Hier wirst du keine Predigten darüber hören, wie du das Wort zu verstehen hast. Für uns heißt Predigen: Handeln. Und alles Handeln hat allein die göttliche Liebe als Beweggrund. Wer in der Liebe wohnt, wohnt in Gott und Gott in ihm. Es ist das Evangelium der Liebe, wie es den Menschen verkündet wurde."

„Was für ein Evangelium der Liebe verkündest du! Da begreife ich, daß ‚Liebe nie versagt'. Welch eine Musik wäre dies für die Menschen auf Erden!"

Eusemos Antwort hatte mir das gewaltige und doch so einfache Gesetz offenbart, das in meiner neuen Umgebung

Anfang und Ende bedeutete. Aber immer noch dachte ich an die Frau, deren Weg wir zuvor beobachtet hatten.

„Sage mir doch", bat ich meinen Begleiter, „wie läßt sich dieses Gesetz der allmächtigen Liebe damit vereinbaren, daß man diese Frau das Glück anderer mitansehen ließ, bevor sie ihren Weg fand?"

„Du glaubst, daß dies ihre Bestrafung noch verschärfen könnte? Nun, das will ich für den Augenblick gerne zugeben. Doch du mußt zunächst einmal daran denken, daß sie den gleichen Weg kam, den alle anderen kommen. Auch ist alles, was sie hier durchgemacht, die natürliche Folge bewußter Sünde, denn Dinge, die in Unwissenheit oder ohne Absicht begangen wurden, werden im Urteil, das in der Nebelregion gefällt wird, nicht als Sünde registriert. Diejenigen aber, die in bewußter Absicht gefrevelt haben oder in schuldhafter Nachlässigkeit, oft durch viele Jahre hindurch, und gegen die innere Stimme ihres Gewissens handelten, empfangen den unvermeidlichen Lohn. Es ist nur natürlich, daß ihr Schmerz vergrößert wird, wenn sie erkennen, wie es sein könnte, wenn sie anders gehandelt hätten."

„Aber könnte dieser zusätzliche Stachel ihnen nicht erspart werden?"

„Nein, Gott wendet sich niemals ab, um die Folgen menschlicher Torheit nicht zu sehen! Und selbst der zusätzliche Schmerz, von dem du sprichst, ist nur möglich durch das gleiche Gesetz der Liebe. Wenn es ihr jetzt auch noch nicht bewußt ist, so hat doch diese Frau etwas gelernt, das ihr bald Hoffnung und Trost geben wird. Sie weiß, daß es kein Himmelstor gibt, an dem ein Engel steht, um sie zurückzuweisen, und es wird ihr bald verständlich gemacht werden, daß das einzige Hindernis zum ewigen Glück in ihr selbst liegt. Wenn sie das erst einmal begreift, wird für sie der Weg frei sein.

Sie wird einsehen, daß ihre Bestrafung zur Reinigung der Seele nötig war und nicht aus Rache erfolgte. Das wird der Grundstein sein, auf den die ihr Helfenden ihre Beweggründe aufbauen können, bis sie erkennt, daß sie selbst in der Dunkelheit nicht vergessen ist und daß, auch wenn sie es nicht wußte, die Hand Gottes über ihr war."

Ich dankte Eusemos für seine Worte, die mir immer mehr das Wirken der göttlichen Gnaden offenbarten. Doch schon wieder tauchte eine neue Frage in mir auf.

„Es gibt doch viele, die von der Geburt bis zum Tode geistig nicht in der Lage sind, Recht vom Unrecht zu scheiden. Wie werden sie bei ihrer Ankunft hier beurteilt?"

„Gottes Gerechtigkeit wird auch dem Letzten von ihnen ungeschmälert und unfehlbar zuteil", war die Antwort, „und die Strafe wird in jedem Falle den wirklichen Sünder treffen. Von einem irdischen Gericht würde ein Kleptomane oder sonst nicht zurechnungsfähiger Mensch vielleicht in eine Heilanstalt eingewiesen, aber doch jedenfalls nicht bestraft werden. Warum sollte Gott weniger gerecht sein? Ein mißgestalteter Körper, ein kranker Geist sind oft kein Zufall, sondern die Folge irgend einer Sünde, für die jemand die Strafe zu tragen hat. Wer, meinst du, wird das wohl sein? Das Gesetz ist unerbittlich und es lautet: Jeder Mensch muß Rechenschaft ablegen über die Taten, die er im Fleische begangen hat. Zu diesen Taten, für die wir einzustehen haben, gehört auch die schwere Sünde, Leben zu zeugen, ohne daran zu denken, daß Körper und Geist des Kindes vielleicht eine erbliche Belastung tragen müssen — und so dem Kind die Sünden des Vaters oder der Mutter aufbürden. Doch bestraft wird immer der Verantwortliche! Die Sünden müssen wohl von den Nachkommen am eigenen Körper und Geist getragen werden, doch die Taten, die die Kinder in Geistesschwäche begangen haben mögen, werden vor Gott nicht ihnen zugerechnet, sondern ihren Vätern!"

„Es ist fürchterlich, sich das vorzustellen", sagte ich nachdenklich.

„Es ist nichtsdestoweniger wahr, — was der Mensch säet, das wird er ernten."

*

Ich war zu sehr in unsere Unterhaltung vertieft gewesen, sodaß ich meine Umgebung nur flüchtig betrachtete. Jetzt aber blieb mir nicht länger eine Veränderung bei meinem Begleiter verborgen: er war umgeben von einer in weichem Licht strahlenden Aura, die von Augenblick zu Augenblick intensiver wurde. Gleichzeitig spürte ich deutlich, wie ein Kraftstrom von ihm auf mich überging, der es mir erst ermöglichte, auf unserem Wege fortzuschreiten. Dieser Weg bildete genau die Mitte und die Krönung der uns umgebenden Landschaft und mit ihm, so wurde mir jetzt offenbar, hatte es eine ganz besondere Bewandtnis. Mit jedem Schritt, den wir vorwärts taten, wurde die Atmosphäre leichter und lichter. Um uns war eine durchscheinende Kraft, die unseren Weg wie ein Bündel hellgoldener Sonnenstrahlen erscheinen ließ, auf denen wir mehr zu fliegen als zu schreiten schienen. Eine zarte und federleichte Luft umhüllte uns, die jedes Gefühl der Schwere zu verbannen schien. Ein Lufthauch voller Süße und Ruhe streichelte uns und hielt uns wie in liebender Umarmung, und die Strahlen einer ewigen Sonne durchdrangen unser Selbst mit einem göttlichen Glanz, so wie ihn Moses auf dem Berge Sinai gesehen haben mochte.

Für mich war alles wie ein herrlicher Traum, in dem Wirkliches und Unwirkliches in vollkommener Harmonie

zusammenklang, so daß ich nicht einmal Überraschung empfand. Hin und wieder ertappte ich mich bei der Vorstellung,
es könne wirklich nur ein Traum sein, aus dem ich — um
eine Enttäuschung reicher — nur zu bald wieder erwachen
würde. Mein Begleiter mochte den kalten Schauder gespürt
haben, mit dem mich dieser Gedanke durchzuckte, denn er
zog mich näher zu sich heran und beantwortete meine Gedanken mit einer jener halbbewußten Träumereien, wie sie
für dieses Leben so charakteristisch sind und die weit mehr
Ermutigung und Anregung als irgendwelchen Tadel enthalten. Ich erfaßte mehr von ihrem Geist als von den einzelnen
Worten. Da ich ihn aber nicht bitten wollte, das Gesagte zu
wiederholen, kann ich es leider nur ungefähr wiedergeben:

Die Träume alle sind, wie Wachsein, wahr
Die Seele hebt sich auf erlauchte Höh'n . . .
Wie wollten solche Freude wir verschmäh'n?
Der Schlaf gebeut dem Herzen: Höre auf mit Klagen!
Die Seele blickt umher mit hellen starken Augen
und bald erreicht sie die versprochene Heimat.
Des Menschen ewiger Teil ist seine Seele,
sein Körper lebt kaum eine Zeitenstunde.
Vom Berg des Schlafs winkt sie in Tag-Visionen
über den Fluß froh den Geliebten zu,
die in dem Land der Ewigkeit schon weilen.
Ob Kind, ob Mann, ob Mädchen, alle träumten
und träumen wieder. Selbst den bedrückten Menschen
                                    bringt dies Trost.
Einst, wenn der letzte Schlaf sich auf dich senkt,
geht deine Seele in den Himmel ein:
dein Traum wird ohne Spuren sein!

Ich besaß in diesem Augenblick weder die Fähigkeit zu
antworten, noch hatte ich eine Gelegenheit dazu. Denn als

wir jetzt stehen blieben, öffnete sich vor uns ein Panorama von so unbeschreiblicher Pracht, daß es mich alles andere vergessen ließ.

Von unserem Ausgangspunkt aus gesehen hatten die zahlreichen Wege in verschiedenen Farbtönen das Landschaftsbild beherrscht. Zu unseren Füßen lag ein Weg von dunkelster Farbe, schwärzlichem Rot, auf dem ich jene unglückliche Frau hatte unter dem Hügel verschwinden sehen. Jeder nächsthöhere Pfad hatte eine hellere Tönung, und erst in der Mitte erstreckte sich, wie ein Prisma zur Krönung des Ganzen, jener Strahl von blendender Reinheit, auf dem wir gegangen waren. Die Anordnung dieser Wege erschien mir jetzt als ein prophetisches Wahrzeichen, das den natürlichen und ununterbrochenen Fortschritt anzeigte, den die Seele auf dieser Seite des Daseins machen darf. Mein Herz war von Freude erfüllt.

In weiter Ferne über dem westlichen Horizont standen die Nebelwände. Sie erschienen mir von hier aus nicht schwarz und kalt, wie ich sie vorher empfunden hatte ,sondern wie durchdrungen von einem weichen, karmesinroten Gewebe — ähnlich vielleicht den Wolkenzügen am Horizont, die die Sonne vor ihrem Sinken noch einmal flammend aufleuchten läßt. Nach Osten zu jedoch zog sich eine Bergkette, über deren Gipfel Strahlen göttlichen Glanzes herniederkamen, die das ganze Land vor uns einhüllten. Es war, als ob eine unsichtbare Sonne im Westen unterginge, während im Osten schon ein neues Gestirn — eine göttliche Sonne — ihren Lauf begann. Zwischen diesen beiden Horizonten sah ich, soweit wenigstens das Auge reichte, überall ruhende Gestalten, die gleich mir erst vor Kurzem dieses Reich betreten haben mochten.

Unser Weg führte in direkter Linie auf eine majestätische

Gebirgskette zu, deren Höhe mein Vorstellungsvermögen übertraf. Ich suchte den höchsten Gipfel; doch meine Augen wurden geblendet von dem strahlenden Licht, das von dort oben auf uns niederkam. Auf Erden wäre ein solches Gebirge wahrscheinlich die Grenze zwischen zwei Nationen. Warum sollte es hier anders sein? Rechts und links vor dieser mächtigen Wand lagen Ebenen offenbar gewaltigen Ausmaßes; Hügel und Täler, Seen und Flüsse, Terassen und Plateaus, Parks und Weiden, Haine und Gärten, Städte und Dörfer wechselten in unendlicher Vielfalt miteinander, bildeten aber auch auf unbeschreibliche Weise ein Ganzes von vollkommener Harmonie. Jedes Gebäude, jedes Gebüsch, jedes Rinnsal schien seine eigene ganz bestimmte Aufgabe zu haben, wie ein Steinchen in einem Mosaik von ergreifender Schönheit. Und doch war all dies noch nicht der Himmel selbst, sondern nur eine Provinz an der Peripherie, eine der vielen Stationen, an denen sich Gottes Kinder auf ihrem Weg zum Vater ausruhen können.

Ich sollte es mit diesem Versuch, das Unmögliche zu vollbringen und meinen Brüdern auf Erden die Wunder einer für ihre Wissenschaft nicht faß- und meßbaren Welt zu schildern, vielleicht genug sein lassen. Auch bin ich mir der Unvollkommenheit bewußt, mit der ich die von mir erkannte und erlebte Wahrheit zu schildern in der Lage bin. Für den Augenblick will ich mehr als zufrieden sein, wenn ich meinen Lesern verständlich machen konnte, daß das Dasein im „Jenseits" kein vages Dahinschweben in einer Ätherwolke ist. Für uns ist es so wirklich und greifbar, wie die Erde für euch. Wenn ich daher zur Beschreibung der Schönheit und Größe dieses Lebens Begriffe verwende, mit denen meine Brüder auf der Erde vertraut sind, so bedeutet das nicht, daß es etwa stofflich eben so grob und unbehauen ist wie manche Lebenserscheinungen auf der Erde, sondern vielmehr, daß mir die verständlichen Worte fehlen, es ausreichend zu beschreiben.

Während ich in die Betrachtung des himmlischen Panoramas versunken war, kam mir zum Bewußtsein, daß sich meine Sehkraft um ein Vielfaches erhöht hatte. In der kristallklaren Atmosphäre konnte ich bis zu den äußersten Ausläufern des Horizonts jede Einzelheit erkennen. Vor meinen Augen öffneten sich ganze Kontinente von berauschender Fülle und Schönheit und umgeben von glitzernden Meeren und Wasserläufen. Häuser und Paläste erstrahlten im schattenlosen Licht einer ewigen Sonne. Verschwenderisch waren sie mit Terassen, Gärten und Laubengängen von solchen Ausmaßen ausgestattet, daß ihr Anblick wohl dem schlafenden Nimrod als das Königliche Babylon erschienen wäre. Porphyr, Marmor, Alabaster, Malachit und Jaspis genügen auch nicht annähernd, um die lebendige Schönheit der himmlischen „Baustoffe" und ihrer vielförmigen Mosaike hervorzubringen. Da gibt es Farben und kostbare Steine, die die Erde nie gesehen hat! Die Bauten Ägyptens, die Tempel Griechenlands und die Werke der größten Bildhauer — sie alle verblassen — werden zu einem Nichts vor diesem lebendigen Reich Gottes.

Die Landschaft war von zahllosen Personen belebt, die sich mit der Herzlichkeit und Gelassenheit von Menschen bewegten, die keinen Zeitbegriff, keine Hetze, keine tägliche Mühsal und Beschwernis kennen. Angehörige aller Rassen verkehrten völlig zwanglos und ohne jedes Vorurteil untereinander. Keine kalte Förmlichkeit, Herablassung oder Gönnerschaft schien ihr Zusammenleben zu bestimmen, vielmehr die Überzeugung, daß jeder auf seine Weise dazu beitragen konnte, seine Mitmenschen noch glücklicher zu machen.

Ich konnte den Blick nicht von diesem zutiefst mein Herz

anrührenden Schauplatz des Glücks und des Friedens ab-
wenden. Und während ich noch über die unfaßliche Kraft
nachdachte, die alles um uns erfüllte, flüsterte ein Wind-
hauch in mein Ohr:

> Heut ruhen sie von ihrem Tagwerk aus.
> Kaum daß der Wind sich legte, ringsum Stille.
> Die Freunde sind mit ihnen, die vermißten,
> die ihnen ewiglich verloren schienen.
> Kaum daß der Sorge Tränen ganz getrocknet,
> krönt sie ein Frieden, da sie neu vereint.
> Nun ruhen sie, da sie sich endlich trafen,
> und niemals wird ein Morgen für sie kommen.

Als ich mich genügend gefaßt hatte, wandte ich mich an
meinen Begleiter: „Wie heißt dieser Ort?"

„Der Berg Gottes. Es ist einer der Vorräume zum Himmel."

„Wenn dies nur ein Vorraum ist, wie groß muß dann die
Herrlichkeit im inneren Tempel sein?"

Demütig klang seine Antwort: „Ich weiß es nicht." Seine
Worte erklangen mit einer solchen Sehnsucht, daß ihr Echo
noch heute in mir nachschwingt.

„Gibt es noch andere Eingänge von der Erde als diesen?"
fragte ich.

„Ja, viele."

„Und sind sie alle gleich?"

„Gewiß."

„Aber etwas erstaunt mich doch ein wenig, nämlich: daß
Hautfarbe und Charakter jeder Rasse und Nation auch hier
beibehalten sind."

„Die irrtümliche Vorstellung, daß dem nicht so wäre, ist
auf Erden weit verbreitet", sagte Eusemos. „Und doch gibt es
keinen Grund dafür, besonders wenn man sich so sehr mit

der Bibel beschäftigt hat wie in deinem Lande. Sagt nicht Johannes in seiner Offenbarung: ‚und siehe, eine große Volksmenge, welche niemand zählen konnte, aus jeder Nation und aus Stämmen und Völkern und Sprachen . . .‘ (Offenbarung 7, 9.)

„Nun siehst du selber, daß die Menschen ihre Herkunftsmerkmale behalten haben. Ist es etwas anderes als die Bestätigung der biblischen Vision?"

Ein mildes Lächeln legte sich über seine Züge, als er meine Verwirrung sah. „All diese fehlerhaften Vorstellungen, lieber Bruder, sind nur die Folgen der wenig folgerichtigen Methoden, die die Menschen beim Studium ihrer heiligen Bücher anwenden. Tatsachen und Sinnbilder, Parabeln und Geschichtliches werden ständig durcheinandergeworfen, um irgendwelche sehr bedeutungslose Beweggründe nachzuweisen, sodaß die meisten Menschen schließlich außerstande sind, das eine vom andern zu unterscheiden. Gleichzeitig h i n - d e r t d e r u n n ö t i g e N a c h d r u c k , der auf manche Stellen ungeachtet des Zusammenhanges gelegt wird, die meisten Menschen daran, in erster Linie die einfachen Lehren der von ihnen so ehrfürchtig gehaltenen heiligen Schrift zu erfahren und zu erkennen. Ich sah vorhin dein Erstaunen, als ich erwähnte, daß Myhanene hier ein Herrscher ist. Du sahst so ungläubig drein, als hätte ich etwas völlig Unmögliches ausgesprochen."

„Das war nur, weil ich nicht wußte, daß es hier noch eine andere Kraft außer Gott gibt."

„Die gibt es auch nicht! Aber seine Macht wird durch sorgsam auserwählte Statthalter verwaltet. Daran ist nichts Erstaunliches, wenn man die Bibel richtig liest. Jesus hat in dem Gleichnis von den Talenten klar zu verstehen gegeben, daß die Weisen unter den Dienern zum Herrscher über zwei, fünf oder zehn Städte gesetzt werden sollen. Er versprach seinen Jüngern, daß sie dereinst Richter sein werden, und seinen Anhängern, daß die Zeit kommen würde, wo sie zusammen mit ihm herrschen werden. Was du jetzt hier vorfindest, ist weiter nichts als die Bestätigung dessen, was verkündet wurde. Ebenso irrtümlich ist die Vorstellung von der Lebensform im Jenseits überhaupt. Jesus lehrte seine Jünger, daß im Hause seines Vaters viele Wohnungen sind. Hesekiel und Johannes sahen himmlische Städte in ihren Visionen, und von Jerusalem wurde den Pilgern gesagt, daß es ein mächtiges und erhabenes Gegenstück im höchsten Himmel habe. Vermutlich wären sie aufs höchste verblüfft, wenn ihnen jemand versichern würde, daß es alle diese Dinge im Jenseits w i r k l i c h gibt. Sie würden uns der Gotteslästerung beschuldigen.

In der Tat scheinen die Menschen auch heute noch nichts Vernünftigeres gefunden zu haben als die Vorstellung, das Leben im Himmel bestehe in einer Art Umherschweben im Äther und damit wäre die ewige Ruhe gefunden. — Jetzt aber, lieber Freund, muß ich dich allein lassen, bis Cushna eintrifft, der dich auf deinem Wege weiter führen wird."

Während unseres Gesprächs waren wir vor einem friedvollen Hain angelangt, und mein Begleiter machte eine Handbewegung auf die Bäume zu, als ob er sagen wollte, daß mein nächster Betreuer daraus hervortreten würde.

Ich bin dir sehr dankbar für alles, was du mich gelehrt hast", sagte ich, während Eusemos mich zum Abschied in die Arme schloß, „aber darf ich noch eine letzte Frage stellen? Kannst du mir sagen, warum ich so hoch über meinen eigenen Zustand hinaussteigen und all das sehen konnte, was du mir zeigtest, während die arme Frau einen vorbestimmten Weg gehen und ihn selbst finden mußte?"

„Ja! Bei uns haben Boten oder Lehrende die Möglichkeit, etwas von ihrer spirituellen Kraft an jene abzugeben, denen sie helfen. Manchmal können sie ihre Schutzbefohlenen auf größere Höhen bringen, um sie einen Blick auf das tun zu lassen, was sie in Zukunft erwartet. Dies fördert den Drang des Schülers nach weiterer Fortentwicklung. Der Punkt, an dem wir auf den Kontinent hinunterblickten, war der Höchste zu dem ich dich bringen konnte — hoch genug jedenfalls, um dich die Kraft der Liebe, mittels der sich die ganze Gemeinschaft allmählich zu Gott erheben kann, besser verstehen zu lassen."

Damit sagte er mir Lebewohl und entschwand meinen Blicken mit der Geschwindigkeit eines Blitzstrahls. Ich war wieder allein, doch mein Herz war froh.

V

DAS RUHEHEIM

Eines der stärksten Merkmale des Lebens im Jenseits ist das unfehlbare Aufeinander-Abgestimmtsein jedes Ereignisses mit dem Ort und der Zeit, an dem es eintritt. Jeder Wunsch steht auf das engste in Verbindung mit der Gelegenheit zu seiner Verwirklichung. Man hatte mir gleich zu Beginn gesagt, ich befände mich in einem Lande der Überraschungen. Und jetzt, da ich ein wenig Zeit zum Nachdenken hatte, erschien mir als eine der größten, daß alles Geschehen — äußerlich, seelisch und geistig — in vollkommener Harmonie verlief. Solange mein Begleiter neben mir weilte, waren alle meine Sinne auf das höchste angespannt, um durch ihn so viel wie möglich zu sehen und zu lernen, ohne daß ich viel Zeit zum Nachdenken hatte. Wieviel Neues ich noch unverarbeitet in mir aufgenommen hatte, war mir selbst nicht bewußt — zweifellos aber meinem Lehrer. Deshalb ließ er mich allein, um mir Gelegenheit zu geben, auszuruhen und meinen Zuwachs an Wissen zu überdenken. Sobald ich allein war, erfüllte mich eine dankbare Freude, daß ich diese Gelegenheit jetzt hatte. Gleichzeitig kam es wie eine Offenbarung über mich, daß dieser Platz und kein anderer von Anbeginn an, ja schon im früheren Leben, für mich bestimmt war.

Ich stand unmittelbar vor einem Hain, der zu beiden Seiten, im rechten Winkel von dem Weg abzweigte, den wir gekommen waren. Wohl eine Meile weit erstreckten sich die stattlichen Bäume, die so geordnet waren, daß sie einen sanften Abstieg bildeten und sich mit ihren Zweigen zart berührten. Direkt über mir ein Dach, das selbst die großartige architektonische Schönheit der Westminster Abbey weit übertraf, in der ich früher so viele Stunden trostreicher Andacht verbrachte. Blätter gleich farbigem Glas gaben den Sonnenstrahlen eine duftige Zartheit, die mich einhüllte und liebkoste. Ein smaragdner Baldachin lud mich ein, unter ihm auszuruhen und die Früchte von aberhundert Gebeten zu ernten, die auf der Erde ohne Antwort geblieben waren.

Ich war jetzt vollends in die natürliche Kathedrale getreten. Über meinem Kopf rauschten die Blätter ihr Lied, und zu meinen Füßen breitete sich ein dichter, duftiger Blumenteppich. Aus der Entfernung tönte das Plätschern eines Wasserfalls und vollendete die Harmonie, von der alles und jedes hier durchdrungen war. Die süßen Stimmen gefiederter Sänger brachten mir zum Bewußtsein, daß auch die Vögel im himmlischen Paradies ihr Leben fortsetzen.

Der Hain lag inmitten einer parkartigen Landschaft, die mit vielen kleineren, aber starken und weitausladenden Bäumen bestanden war. In ihren Schatten schmiegten sich weiche, mit Moos und Blumen gepolsterte Ruheplätze, auf denen ich hier und dort Menschen liegen sah. Andere wandelten umher mit vorsichtigen, langsamen Schritten, wie sie ein Rekonvaleszent nach dem Verlassen des Krankenlagers zu machen pflegt. Wirklich machte die ganze Umgebung auf mich den Eindruck eines Genesungsheimes, und das schien mir nichts Ungewöhnliches. Denn braucht nicht auch die Seele nach der Trennung vom Körper, nach vielleicht bitteren und schmerzhaften Erfahrungen einen Platz, an dem sie ausruhen und Kraft für ein neues Leben gewinnen kann? Kein Zweifel, daß auch ich dieser Ruhe bedurfte und nun diese Stätte in Anspruch nehmen durfte. So suchte ich mir denn einen freien, moosgepolsterten Platz unter den Zweigen eines Baumes und legte mich nieder.

Ich fiel in einen Wachtraum, von dem ich weder weiß, wie

lange er dauerte, noch daß meine Gedanken auf einen bestimmten Gegenstand gerichtet waren. Es war unendlich viel mehr als eine der Ruhepausen, wie man sie sich auf der Erde mehr als Folge einer Überanstrengung der verfügbaren Kräfte nimmt. Mich durchströmte ein Gefühl zurückkehrender Kraft und Jugend — ein Ahnen, das immer mehr zur Gewißheit wurde, daß sich das Rad des Lebens schneller und schneller zurückdrehte und ich die Kraft wiedergewann, die mir seit vielen Jahren entschwunden war. Es war eine Art Trancezustand, dem ich mich willig und mit großer Dankbarkeit hingab; jeder Augenblick bereitete mir neue Überraschungen und tausend Fähigkeiten schienen sich plötzlich in mir zu entfalten, deren ich mir bisher nie bewußt gewesen war. Als ob ich in Fesseln gelegen hätte, die nun gesprengt wurden, meine Seele mit jubelnder Freiheit erfüllend. Eine Stimme flüsterte mir zu, daß all dies nicht ein kurzer Traum sei, sondern ein endgültiger Sieg über Vergangenes.

Es ist unmöglich, diese überwältigende Offenbarung jemandem ausreichend zu beschreiben, der sie an sich selbst noch nicht erfahren hat. Alles in mir trank und dürstete immer noch mehr nach dem Born unaussprechlicher Kraft, der auf mich zufloß. Jede Faser meines Körpers bebte unter den geistigen Strömen, die ihn plötzlich belebten. Halb berauscht, erfüllt und umgeben von unirdischer Wonne fiel ich zurück und versank in den Verjüngungsschlaf des Paradieses.

*

Wie lange ich geschlafen habe, kann ich nicht sagen. In diesem Leben wird die Zeit nach den erzielten Ergebnissen gemessen und nicht nach den Umdrehungen eines Uhrzeigers. Ich weiß nur noch, daß bei meinem Erwachen all die Veränderungen vollzogen waren, die sich beim Einschlafen bereits angekündigt hatten. Die Furchen auf meinem Antlitz waren fort, die grauen Strähnen in meinem Haar verschwunden. Jede Müdigkeit schien wie weggeblasen und meine neuen Kräfte schienen so vollkommen in mein Wesen eingefügt, daß — obgleich Bewußtsein, Erinnerungsvermögen und meine Persönlichkeit mit ihren Wünschen und Hoffnungen die gleichen geblieben zu sein schienen — ich mir ebenso stark einer neuen und stärkeren Lebensnatur bewußt war, einer Natur, die Müdigkeit und Enttäuschung fortan nicht mehr kennen sollte.

Im gleichen Augenblick geschah etwas, das zu meinen seltsamsten Erfahrungen in diesem Leben gehört. Kaum hatte ich mich aus der Umarmung des Schlafes gelöst, als ich fühlte, daß er mich jetzt für immer verlassen würde. Ich kann nicht sagen, woher dieses Gefühl kam, aber es war absolute Gewißheit. Es berührte mich seltsam — Schmerz, Zweifel, Enttäuschung und die hundert anderen Begleiterscheinungen des Erdenlebens sind Dinge, die man leichter ablegt. Aber Schlaf — ist doch der am stärksten benötigte und bei weitem der treueste Freund der Menschheit und der einzige Wohltäter für die Armen und Bedrängten. Er spendet seine Gaben immer aufs neue selbst dem armseligsten Vagabunden, der bei ihm Vergessen sucht. In seiner Nichtachtung der Person ist er gottähnlicher als irgend ein anderes Geschenk der Erde. Der große Tröster gibt sich allen gleichermaßen zu eigen. Die ihn unstet schelten, wissen nicht, daß der Fehler in ihnen selbst liegt. Er ist die sicherste Brücke zwischen diesseits und jenseits, öffnet die Tore des Todes und läßt die, die sich liebten, wieder zusammenkommen. Das alles war der Schlaf auch für mich; er war mein bester Freund auf Erden, der einzige, der mich niemals im Stiche ließ.

Jetzt mußten wir voneinander scheiden — für immer. Er hatte mich zur Grenze seines Reiches geleitet, mein Weg ging weiter in eine Zukunft ohne Nacht. Und deshalb fiel es mir nicht schwer, von diesem treuen Gefährten Abschied zu nehmen; dies war für mich ein weiterer Schritt hinauf auf der Leiter des Lebens. Möge er denen, die ihn brauchen, ein ebensolcher Wohltäter sein wie mir während meines ganzen Lebens auf Erden.

Ich hatte mich kaum halb aufgerichtet, als mein Blick auf einen Mann fiel, der so aussah, als sei er der Arzt in dem „Sanatorium", das mich umgab. Während er langsam näher kam, verweilte er hier und dort bei anderen Menschen, die gleich mir hier ruhten — kurz, wie der Doktor bei der Visite. Dies gab mir Gelegenheit, ihn zu beobachten, bevor er zu mir kam; denn ich hegte die freudige Erwartung, daß dies seine Absicht sei.

Anders als Eusemos war er von recht kleiner Statur, doch schlank, sodaß er nicht eigentlich klein wirkte. Seinem ganzen Aussehen nach war er Ägypter. Er hatte leuchtend dunkle Augen, die Güte und Frohsinn ausstrahlten. Er sah aus wie ein junger Mensch, doch in seinem Tun, seinen Bewegungen lag etwas, das ihm ein hohes Alter zuzuschreiben schien — ein sehr hohes, dessen Erfahrung vielleicht nur zu tragen war durch die jugendliche Kraft und Zuversicht, die er zur Schau trug. Es war nichts von der Nervosität und Spannung um ihn, die man oft an jungen Männern wahrnimmt, denen Autorität gegeben ist. Im Gegenteil, jede kleinste Handlung, die er vollführte, erfolgte mit einer Geduld und Gründlichkeit, als gäbe es außer ihr nichts Wichtigeres. Es war offensichtlich, daß „Zeit" für ihn nichts bedeutete, während er einem Patienten das Lager ordnete, oder einem anderen, der ein wenig zu gehen wünschte, den

Arm um die Schulter legte, um ihn zu stützen. Bei jedem, den er auf diese Weise betreute, verweilte er ein wenig, um sich dann mit einem freundlichen Winken der Hand zu verabschieden und sich nach dem Nächsten umzusehen, der ihn brauchte.

Während er sich mir auf diese Weise langsam näherte, konnte ich ihn ausgiebig beobachten und verlor schließlich wie von selbst jedes Gefühl, daß er ein Fremder für mich sei. Ich hatte mich von meinem Lager erhoben, doch der halb scherzhafte, halb vorwurfsvolle Blick in seinen Augen ließ mich meine Absicht vergessen, dafür um Entschuldigung zu bitten, daß ich mich auf diesem Blumenbeet zur Ruhe gelegt hatte. Er trat auf mich zu, ergriff meine Hand, legte seinen Kopf zur Seite und fragte mit einem Lächeln in den Augenwinkeln: „Darf ich dich d i e s m a l beglückwünschen?"

„Diesmal?" fragte ich, vergeblich in meinem Gedächtnis forschend, wo ich ihn vielleicht schon gesehen haben könnte.

„Nun —", sagte er gedehnt und drohte mir dabei scherzhaft mit dem Finger, „das letztemal habe ich dich beim Schlafen ertappt."

„Ja, ich habe geschlafen", sagte ich etwas verwirrt, „aber es tut mir sehr leid, wenn ich Euch damit eine Ungelegenheit bereitet habe."

„Still und kein Wort der Entschuldigung! Was natürlich ist, ist richtig und braucht dir nicht leid zu tun. Und was die „Ungelegenheiten" betrifft, so hast du sie hinter dir gelassen, als du durch die Nebel kamst und ich fürchte, du wirst sie nie wieder erleben, denn es gibt sie nicht in diesem Leben."

„Dann hoffe ich wenigstens, daß ich dich durch mein Schlafen nicht aufgehalten habe, denn ich vermute, du bist der Freund, den ich hier treffen soll."

„Ja, ich bin C U S H N A . Und dein Schlaf — er war weit mehr ein vorgesehener Punkt im Programm als eine Störung."

„Das freut mich zu hören. Aber sag mir, habe ich lange geschlafen?, Ich habe nicht den geringsten Zeitbegriff."

„Ich auch nicht", sagte er mit einem humorvollen Achselzucken, das ich schon vorher an ihm wahrgenommen hatte. „Das macht uns wohl ein wenig rückständig gegenüber der Erde, aber vielleicht ist das nur gut, denn einmal haben wir keine Uhren hier, und zum anderen würden sie nicht gehen, hätten wir sie."

„Warum nicht?"

„Laß es mich erklären. Dieser liebliche Ort hier ist ein Platz zum Ausruhen, und alle, die hier um uns sind, sind zu diesem Zweck hergekommen. Es war also absolut nichts Ungewöhnliches, daß ich dich schlafend angetroffen habe. Nun, vor sehr, sehr langen Jahren, wohl in den Kinderjahren der Erde, soll die Zeit einmal zu Besuch hierher gekommen sein. Und sie war so angetan von diesem Ruheplatz, daß sie stehen blieb und niemand sie seither wieder in Bewegung zu bringen vermochte. Darum kann ich dir nicht sagen, wie lange du geschlafen hast, und darum würden hier auch keine Uhren gehen. Ist das eine Erklärung?"

„Sie ist ausgezeichnet! Aber ich bin überrascht . . ."

„Das ist verständlich", unterbrach er mich, ehe ich fortfahren konnte. „Die Überraschung ist ein Bestandteil dieses Lebens und ein sehr angenehmer Begleiter, mit dem man gern Bekanntschaft macht. Wenn sie die Erde besucht, verkleidet sie sich oft und kommt gerne in den Schattenstunden des Lebens, sodaß nur wenige Menschen spüren, mit welchem Abgesandten Gottes sie zu tun haben. Doch hier wirst du sie bald lieben lernen und mit Entzücken ihrer Silberstimme lauschen, die bis in den entferntesten Winkel reicht. Keiner der Engel bringt uns soviel Freude wie sie und ihre Besuche sind uns immer willkommen."

„Es war eigentlich schon eine Überraschung für mich", meinte ich, „daß ich hier schlafen konnte."

„Warum? Die Müdigkeit ist die Braut des Schlafes, sie gehören zusammen. Wenn jemand infolge einer Krankheit stark erschöpft ist, muß er auch nach dem Überstehen der Krise seinem Körper noch Ruhe gönnen. Und wenn die Krankheit nach längerem Kampf obsiegt und den Körper von der Seele scheidet, setzen wir dann ein Wunder voraus, um die in diesem Kampf auch der Seele zugefügte Erschöpfung sofort ungeschehen zu machen? Alles in der Natur, Pflanzen, Tiere und Gestein, hat seine Ruhezeit. Warum sollte es bei einer müden Seele nicht ebenso sein? Erst Ruhe und Schlaf geben ihr wieder jugendliche Kraft und in diesem Schlaf wird zugleich die Müdigkeit für immer zurückgelassen."

„Schlafen denn alle Menschen nach der Ankunft in diesem Leben?"

„Nicht unbedingt. Der Schlaf trennt zwei seelische Entwicklungszustände wie die Nacht zwei Tage trennt. Unter den Menschen, die hierher kommen, befinden sich auch solche, die im Augenblick noch nicht die Entwicklung erreicht haben, um schon auf den Schlaf verzichten zu können. Diese führen ein ähnliches Leben, wie sie es auf Erden geführt haben, bis sie eines Tages zu einem Ruheheime wie diesem gelangen, und dort über den Bereich des Müdewerdens hinausschreiten, um danach niemals mehr schlafen zu brauchen. Doch gibt es auch andere, die die spirituelle Ebene schon auf der Erde erreichen, sodaß sie hier nur zur Gewöhnung kurze

Zeit verbringen, um sich dann auf den Weg zu ihrer höheren Heimat zu begeben."

„Die Gewöhnung kommt mir im Augenblick noch so schwierig vor — alles ist so völlig anders, als ich es erwartete. Es gibt so viele Offenbarungen für mich, daß ich fast glaube, es wird eine Ewigkeit dauern, bis ich alles verstanden habe."

„Wir werden niemals a l l e s verstehen, lieber Bruder", antwortete Cushna mit einem tiefen Ernst, wie ich ihn vorher nicht an ihm bemerkt hatte. „Ich selbst beginne gerade erst, zu verstehen, und andere, die viel größere Höhen erreicht haben, sagen dasselbe. Die erhabendste Seele, die wir hier kennen, sagt, daß sie erst an einem Ufer steht, vor sich die Weite der Unendlichkeit, die zu durchmessen Ewigkeiten währt. Sie weiß nicht, was es am anderen Ufer noch zu erkennen und zu entdecken gibt, ehe sie die Fülle des Heils erkennen kann, die Gott für sie bereitet hat. Wir können nur danach streben, alles zu erkennen, was uns hier umgibt. Wenn uns das gelungen ist, wird uns das göttliche Gesetz zu höheren Bereichen führen. So steigen wir Stufe um Stufe auf der Leiter, deren Spitze an den Thron Gottes gelehnt ist."

„Wenn ich meine bescheidenen Kräfte bedenke und sehe, daß jede meiner Fragen hundert neue auftut, erschreckt mich fast der Gedanke, wie lange es dauern wird, bevor ich überhaupt anfangen kann, hinaufzusteigen. Was ich bisher gesehen habe — scheint mir — werde ich mir noch in tausend Jahren nicht zu eigen gemacht haben — wie darf ich da hoffen?"

„Ich kann sehr gut verstehen, was du fühlst", sagte Cushna mit Wärme. „Mir ging es einst nicht anders und die Erinnerung daran läßt es mir umsomehr zur Freude werden, dir zum Beginn deiner Reise zu helfen. Was die Zeit betrifft, die du benötigen wirst, so sorge dich nicht deswegen. Wie ich schon sagte, steht die Zeit hier still und du wirst keinen Nachteil daraus erleiden, wie lange es auch immer dauert. In dieser Hinsicht unterscheidet sich unsere Arithmetik von der auf der Erde: wenn du all die Spannen zusammenzählst, die zur Vollendung deiner spirituellen Erziehung nötig sein mögen, so wird dir doch immer noch das gleiche Maß an Unendlichkeit übrigbleiben. Wenn du etwas siehst, das du nicht verstehst, frage; — und frage so lange, bis dir erschöpfend Antwort geworden ist. Auf diese Weise wirst du gut vorankommen und jede Seele auf deinem Weg wird dir mit Freuden helfen."

„Das habe ich schon erfahren. Seit meiner Ankunft habe ich nichts als Fragen an alle gestellt, die ich traf."

„Fahr fort damit, du wirst sehen, daß Wissen leichter zu erwerben ist, als du im Augenblick glaubst."

„Ich werde deinen Rat nicht vergessen. Aber sage mir noch dies: ist es üblich, daß alle Neuankömmlinge so herumwandeln, wie ich es schon tun durfte?"

„Das Gesetz der Liebe, das uns hier allein regiert, paßt sich jedem Einzelfall an, wobei nur das Ziel — die größte Wirkung in jeder Hinsicht zu erzielen — das gleiche bleibt. Aus diesem Grunde prüfen die Wächter an der Nebelwand jede ankommende Seele, nicht um sie zu richten — das gehört nicht zu ihrer Aufgabe — sondern um ihnen so weit wie möglich zu helfen. Sie haben Erfahrung im Lesen der Charaktere, erfassen die seelische Entwicklung jedes Einzelnen und geben im Gedankenflug ihre Berichte an übergeordnete Stellen, die über die im Einzelfalle notwendige Hilfe entscheiden. In kürzerer Zeit, als ich jetzt zur Erklärung benötige, sind alle Vorkehrungen getroffen und einer oder mehrere Helfer ausgesandt, um den Neuankömmling zu empfangen — auf der Ebene oder einem Wiesenhang, wie du ihn selbst kennengelernt hast."

„Wie erkennen die Helfer in der Menge gerade denjenigen, der ihnen anvertraut werden soll?"

„An seinem Gewand."

„Aber wo so viele das gleiche Gewand tragen, kommen da nicht häufig Verwechslungen vor?"

„Niemals. Die Helfer sind zu gründlich auf ihre Aufgabe vorbereitet, um jemals fehl zu gehen. Die Farben der Gewänder mögen dir gleich erscheinen, in Wirklichkeit aber gibt es zahlreiche feine Unterschiede, deren jeder eine ganz bestimmte seelische Verfassung anzeigt, nach der sich wiederum die Betreuung durch die Helfer richtet. Fehler gibt es dabei nicht."

„Die Farben sind also ein unfehlbarer Gradmesser?"

„Sie sind es. Es gibt eine Art spiritueller Farbenchemie, deren Wirken von dem Leben bestimmt wird, das man auf der Erde geführt hat und keine Anstrengung kann ihre Äußerungen ändern oder verfälschen. Wer von den Unsrigen dein Gewand sieht — eine Mischung von rosa und blau — weiß sofort, daß in dir der Drang nach Wahrheit wohnt und ein aufgeschlossener Geist, sie zu empfangen. Denn blau bedeutet Wahrheit und rosa Mitgefühl mit dem Nächsten. Dein Gewand verrät noch andere Einzelheiten, die von deiner Wahrheitssuche und deinen Enttäuschungen in der Vergangenheit zeugen. Wer immer hier auf dich trifft, wird besorgt sein, dir alle Hilfe zu leisten, um diese Mißerfolge des Erdenlebens wettzumachen. Darum wirst du auch angeregt, solange wie nötig herumzureisen und deinen Durst nach Wahrheit zu befriedigen. Jetzt aber, wenn du genug ausgeruht bist, will ich dich etwas besser mit deiner näheren Umgebung und unseren Aufgaben hier bekannt machen."

Wir erhoben uns, und Cushna führte mich, den Arm um meine Schulter gelegt, in der Richtung fort, aus der ich ihn hatte kommen sehen.

„Ging ich fehl in der Annahme, daß dieser Ort eine Art Heim für Genesende ist?" fragte ich.

„Nicht sehr, ich möchte dir gerade an einem Beispiel die Methode erläutern, mit denen wir hier Kranke und Schwache behandeln."

VI

EIN MAGNETISCHER CHORAL

Während wir so dahingingen, hörte ich plötzlich ein Glockenspiel in der Ferne. Im gleichen Augenblick wurde ich von einer unerklärlichen Begeisterung gepackt, einer Verzauberung, die mit jedem Schritt stärker wurde und mich schließlich bis ins Innerste durchbebte und beherrschte. Zuletzt fühlte ich mich durch irgend einen unsichtbaren, doch äußerst fühlbaren Einfluß angetrieben, der Einladung zu folgen, die diese rhythmischen Glockenzungen von nah und fern sandten. Unklar blieb mir, aus welchem Grunde sie einen solchen Einfluß auf mich gewinnen konnten. Das in mir erzeugte Gefühl war ebenso neu wie berauschend, ja einfach nicht zu beschreiben. Auch schien die Wirkung des himmlischen Glockenrufs nicht auf mich beschränkt zu sein, denn ich gewahrte sie ebenso bei meinem Begleiter. Dennoch schien dieser Klang, ohne daß ich es mir erklären konnte, mich ganz persönlich um Hilfe und Beistand anzurufen, die einzig von mir gewährt werden konnten. Aber warum wandte sich der Ruf ausgerechnet an mich, dem hier noch alles fremd war, mit einer Dringlichkeit, die keinen Aufschub duldete? Warum galt er nicht ausschließlich denen, die jetzt von allen erdenklichen Himmelsrichtungen auf das gleiche Ziel zustrebten? Als ich aber die Gesichter derer betrachtete, die in meiner Nähe gingen, bemerkte ich schnell, daß auch sie von einem unerklärlichen Drang beherrscht und magnetisch angezogen wurden.

Mein Begleiter hatte ohne Zweifel meine Verwirrung bemerkt, doch als ich mich ihm zuwandte, lächelte er nur, und mein Mund blieb stumm. So gingen wir vorwärts, gehorsam dem alles beherrschenden Impuls folgend. Wenig später sah ich in der Ferne die Umrisse stattlicher Gebäude durch die Bäume schimmern. Der Gedanke, zum erstenmal die Architektur des Himmels aus der Nähe bewundern zu dürfen, erfüllte mich noch mehr mit erwartungsvoller Freude und Ungeduld. „Wird das mein eigenes Heim sein?" fragte ich mich im Stillen, nur um aus mir selbst sofort eine verneinende Antwort zu erhalten. Die Erkenntniskraft dieses Lebens schien sich mir auch in den kleinsten Dingen kundzugeben.

Wir traten aus dem baumbestandenen Park ins Freie und vor unseren Augen lag das Ziel — ich wußte sofort, daß es das Ruheheim oder Sanatorium war, in dessen Bereich auch mein eigener Hain gelegen hatte. Seine Architektur verriet auf den ersten Blick, wozu es diente: als eine Schutzburg des Ausruhens, eine Zwingburg der Freude für jeden, der es betrat. In einem Zusammenklang von unaufdringlicher Größe und makelloser Reinheit schien es in seinen Fundamenten auf der göttlichen Allmacht zu ruhen, schien jeder Baustein, jeder Teil durchpulst vom Geist göttlicher Gnade und Vergebung. Verehrung, Dankbarkeit, Anbetung und Ehrfurcht schienen die Wächter der vier Türme zu sein.

Im Vordergrund der Anlage lag ein Amphitheater von riesigen Ausmaßen, das auf drei Seiten von großen Tribünen umsäumt war. Das Ganze bildete ein vollkommenes Viereck, an dessen Ecken die vier Türme einen korinthischen Säulengang abschlossen, der mehr aus Ebenholz denn aus Marmor gebaut zu sein schien. Die Säulenfüße waren stark wie die Ecksteine einer Pyramide und mit kunstvollen Reliefs geschmückt, während Statuen von größter Vollkommenheit die Zwischenräume füllten. Von den silbern schimmernden

Turmspitzen klang aus der Höhe die Musik der Glocken, die mich so unwiderstehlich angezogen hatte.

Gebannt stand ich und schaute auf diese Szene, die nichtsdestoweniger von vollkommener Natürlichkeit war und den harmonischen Mittelpunkt des himmlischen Parks bildete, den wir durchwandert hatten. Als Cushna weiterging, folgte ich ihm mechanisch, bis mir bewußt wurde, daß er offenbar keinen der Eingänge benutzen wollte, die sichtbar vor uns lagen. Für einen Gedankenbruchteil mochte ich gezögert haben, denn er wandte sich jetzt zu mir, um mir zu versichern, daß wir an das Ziel meiner Wünsche — das Amphitheater — gelangen würden. Dann führte er mich zu dem Hauptteil des Gebäudes, der zuvor meinen Blicken verborgen war. Wir waren kaum eingetreten, als die Glocken schwiegen, sodaß Cushna mich, ohne mir mehr zeigen zu können, einen Gang in Richtung auf den Versammlungsplatz führte. Ein Vorhang wurde beiseitegrafft — ich stand im Amphitheater!

Soll ich versuchen, dieses Bild zu beschreiben? Menschen auf allen Seiten, wohin ich blickte, und um uns eine Atmosphäre reinsten Friedens. Ich fühlte deutlich, daß ich ein Ziel erreicht hatte; eine Periode der Ungewißheit lag hinter mir. Ich tat einen tiefen Atemzug und war erfüllt von Freude und Dankbarkeit.

Der blumenbedeckte Boden der weiten Arena war an einigen Stellen zu aromatischen, federleichten Ruhelagern aus Moos ausgeformt. Cushna machte mich auf die verschiedenen Duftreize aufmerksam, die von diesen Lagern ausgingen und forderte mich auf, eines von ihnen auszuprobieren. Dabei erklärte er mir, wie der von diesen Stellen besonders stark ausgehende Magnetismus für die Kräftigung und Heilung der Seele wirkt. Dann geleitete er mich zu einem freien Sitz und übergab mich in die Obhut eines Freundes.

Inzwischen hatte sich das Auditorium gefüllt. Der dauernde Zustrom neuer Ankömmlinge riß plötzlich ab, und für den letzten von ihnen war gerade noch ein letzter Platz frei. Reihe über Reihe glücklicher Gesichter konnte ich erblicken. Die Gewänder von verschiedenen Farben, doch nur in den helleren Schattierungen. Die unteren Reihen waren besetzt mit Kindern in makellos weißen Kleidern oder solchen von zartester Tönung. Hinter ihnen folgten Jünglinge und Mädchen zu Tausenden und über diesen Frauen in noch größerer Zahl. Schließlich Rang über Rang von Männern, bis an den äußersten Rand des riesigen Halbkreises. Jede Rasse war vertreten, und alle zusammen ergaben ein Bild, das auf das harmonischste abgestimmt war — das Bild einer einzigen Familie Gottes, in der niemand gegen den anderen Haß oder Vorurteile hegte. Katholik und Protestant, Moslem und Hindu, Buddhist und Sektenanhänger saßen beieinander in Demut, Frieden und Eintracht, geeint vom allmächtigen Band einer göttlichen Kraft.

Ich war noch immer versunken in diesen Anblick, als der erste Ton jenes unvergeßlichen Chorals erklang. Aller Augen richteten sich plötzlich auf den Himmelsdom, von wo im Glanze eines sprühend hellblauen Lichts eine Taube herniederkam. Sie hielt etwas im Schnabel, das noch hundertfach stärker strahlte und die riesige Arena in ein überirdisches Licht tauchte. Wie auf ein Signal erhoben sich alle — ohne daß es dabei das geringste Geräusch gab — und beugten in Demut den Kopf.

Einen Augenblick später entschwand die Taube unseren Blicken, während das strahlende Juwel aus ihrem Schnabel langsam, als sei es eine Luftblase, in unsere Mitte niedersank. Immer näher kam es herab, wurde größer und nahm noch mehr zu an strahlendem Glanz. Ich verfolgte es mit pochendem Herzen, bis es schließlich über dem Boden mit einem weichen hellen Klang in Myriaden kristallener Pünktchen zersprang, die über uns herniedersprühten und bis zum Schluß auf dem Haupt eines jeden von uns als sichtbares Zeichen des göttlichen Segens verharrten.

Wir setzen uns wieder und verweilten für sieben Takte in Schweigen; dann erklang im Pianissimo die Anfangsmelodie des ersten Gesanges. Doch was für ein Gesang war das! Es war ein harmonischer Zusammenklang magnetischer Wellen und nicht ein einziger artikulierter Laut war zu hören. Ich schaute um mich und sah violette Strahlen von den Köpfen der Männer ausgehen, sich in der Mitte des Rundes vereinigen, um dann in Kreisen, bald größer, bald kleiner, den Raum zu durchziehen. Die Bewegung der Strahlenkurve erzeugte — je nach ihrer Größe und Geschwindigkeit — tiefere oder höhere Tonschwingungen. Die Melodie war so süß und glockenrein, daß Worte sie nur gestört hätten. Was mich am meisten beeindruckte, war die vollkommene Harmonie aller Rassen, Religionen und Sprachen, die hier ihren Triumph feierte und die Erde und Himmel aufforderte, es ihr gleich zu tun: „Sieh, wie so gut und schön es für Brüder ist, in Ewigkeit zusammen zu leben!"

Mit dem Ausklingen des ersten Chores verlangsamten sich die magnetischen Kreise, trafen und umschlossen einander, um sich schließlich wie ein Baldachin über die Arena zu legen. Nun setzten die Jünglinge und Mädchen mit einem Zweiklang von blauen und goldgelben Stimmen ein, der langsam zum Creszendo anschwoll. Schließlich fielen auch die Frauen ein — Schwingungen aus zartestem Rosa, die sich mit anderen zu einem herrlichen Dreiklang vereinten, wie der Tau, der auf die Berge Zions herniedersank. Mit den reinen Stimmen der Kinder erreichte der tausendstimmige Chor schließlich seinen vollen Umfang — und dieser war von so majestätischer durchdringender Kraft, daß er alle Himmel zu füllen schien. Dann strömten alle Harmonien oben, unten und rundherum mit allen Akkorden und Stimmen, über die die Natur gebietet, zu der allumfassenden Bekräftigung zusammen: „So gebot der Herr seinen Segen, beständiges Leben immerdar." Mehr und mehr farbige Kreise bildeten sich zu einem Baldachin über unseren Häuptern, und jeder Klang, jedes Echo, erzeugte neue Farbensymphonien. Als endlich der Schlußakkord ertönte, hatte sich über uns eine Wolke aus feinsten Farbströmen aller Schattierungen gesammelt, die alsbald als sichtbares Zeichen unseres Dankes an Gott himmelwärts emporstieg.

Doch noch bevor sie unseren Augen entschwunden war, setzte ein neuer Klang von noch süßeren Stimmen ein. Ergriffen wurde ich gewahr, daß die Kristalltropfen auf unseren Häuptern die Antwort Gottes gaben und das „Amen" hinter die Huldigung seiner Kinder setzten.

Bis zu diesem Augenblick hatte Cushna als Lenker in der Mitte der Arena gestanden, umgeben von einer Anzahl junger Männer und Frauen, die sich im Rhytmus der Musik bewegten. Auf meine Frage wurde mir gesagt, daß der Choral nur als Einleitung zu der eigentlichen Zeremonie diene. Durch ihn werde ein magnetischer Zustand erzeugt, der für die Behandlung der Patienten günstig sei. Bei genauerem Hinsehen war denn auch deutlich zu erkennen, daß sich nicht alle magnetischen Ströme mit der Wolke verflüchtigt hatten; vielmehr waren einige in Form eines zarten, äthergleichen Schleiers zurückgeblieben, der die Arena ausfüllte. Trotz seiner Zartheit besaß dieses Etwas jedoch mehr

„Substanz" als eine Wolke und die Helfer auf dem Rasen bewegten sich in ihm wie Badende in flachem — wenngleich luftleichten — Wasser. Der Anblick schien mir wie die Luftspiegelung eines Sees, die für eine gewisse Zeit zum Verweilen gebracht worden war, auf daß einige Kinder der Schöpfung die letzten Spuren des Erdenlebens in ihr fortwüschen.

Jetzt aber wurde meine Aufmerksamkeit auf einen Mann gelenkt, der das große Rund durch den gleichen Korridor betreten hatte, durch den auch ich gekommen war. Seine große aufrechte Gestalt war von einem strahlend-hellgrauen Gewand umschlossen, über dem er einen weiten Mantel trug. Haltung und Aussehen erinnerten an einen Araberscheich, doch sprach aus seinen milden Gesichtszügen keine Spur von unnahbarer Amtswürde. Um Kopf, Hüfte, Hand- und Fußgelenke trug er Streifen aus einem mir unbekannten Metall; sie waren mit Edelsteinen besetzt, von denen Lichtstrahlen ausgingen, die sich an Haupt, Rumpf und Gliedern zu sechs Strahlenkronen vereinigten und ihrem Träger eine besondere Kraft zu verleihen schienen.

Der Fremde war, begrüßt von einem Lichtstrahl des Willkommens, jetzt in die Mitte der Arena getreten und beugte sein Haupt zur Begrüßung Cushnas, während dessen Helfer sich auf dem gleichen Wege zurückzogen. „Wer ist das", fragte ich meinen Nachbarn.

„Siamedes, ein Meister des Magnetismus. Er wird den Choral leiten."

„Vermutlich ein Orientale?"

„Richtig. Er ist Assyrer."

Es blieb uns keine Zeit mehr zum Sprechen. Der Assyrer hob seine Hand, die im Augenblick von einer seegrünen, transparenten Wolke umgeben war. Dann beschrieb er mit majestätischer Gebärde einen Kreis und schleuderte so den Farbkranz in die Luft. Nach kurzer Pause ein zweiter, dritter und vierter Schwung, deren jeder einen neuen Farbstreifen hervorbrachte. Es war, als ob ein großer Dirigent den Taktstock gehoben hätte. Wenige Sekunden später setzte das Orchester der tausend und abertausend Stimmen ein, formte sich zu einer machtvollen Hymne, die wiederum Wellen magnetischer Farben entstehen ließ. Es waren sanfte Wellen und Linien — keine Kreise wie zuvor — und jede Stimme zeugte ihre eigene Farbe, rosa und blau, braun und tiefrot, grün und gold, weiß und violett umschlangen und durchflossen sich, verwebten zu neuen Farben und fügten zu der Musik einen besonderen Wohlgeruch, bis die Luft erfüllt war von duftenden Schwingungen, die sich bei jedem Akkord zu neuer Form und Gestalt veränderten.

Als das Amphitheater schließlich wie ein wogendes Meer angefüllt war mit Farbe, Wohlklang und Duft, hob der Assyrer von neuem seine Hand, diesmal, um in die Farbschleier um uns Lichttropfen zu werfen, die wie Juwelen in der Sonne funkelten und sich zu Myriaden nach allen Richtungen ausbreiteten. Endlich ging vom Kopf des Adepten ein Lichtsignal aus: die Musik ebbte langsam ab, aber Düfte, Licht und Farben blieben zurück.

Inzwischen hatten die Helfer die Patienten hereingetragen und sie — unter der Aufsicht Cushnas — mit größter Behutsamkeit auf die Mooslagen gebettet — ganz so, als hätten sie körperliche Gebrechen und nicht seelische. Aufmerksam verfolgte der Assyrer den Zustand der Patienten, beobachtete, wie jeder von ihnen neue Kräfte gewann, wie das Bad in den liebkosenden Wellen magnetischer Lebenskraft die erwünschte Heilung brachte.

Die tausendköpfige Sängerschar verharrte in völliger Ruhe und Ausgeglichenheit.

Mit dem Ergebnis zufrieden, schlug sich der Assyrer schließlich seinen Mantel wieder um die Schultern, hob die Arme und schwang sie mit königlicher Geste hin und zurück. Die Wirkung war frappierend: ein mystisches Gesetz, durch ihn ausgelöst, schied die Farbströme voneinander und formte einzelne Gebilde, aus ihnen, die wie Früchte und Blumen, oder reich geschmücktes, edelsteinbesetztes Brokat anmuteten. Andere wieder bildeten herrliche Sinnzeichen und Banner, die die ganze Arena ausfüllten, während sich das Weiß der Kinderstimmen zu Dekorationen aus strahlend weißem Spitzengewirk formte. In wenigen Sekunden war der Schauplatz umgewandelt in ein Stadion, wie es für eine Dankesfeier oder den Empfang eines heimgekehrten Königs geschmückt sein mag.

Wem konnte diese grandiose Demonstration dienen als der Ehre Gottes? Siamedes hatte die Hände zum Himmel emporgehoben und seine Gedanken auf I H N gerichtet, der alles sichtbar-unsichtbar lenkt und in dessen geheiligte Nähe nur unbefleckte Reinheit gelangen kann. Wir knieten nieder, und — obwohl ich keine Worte hören konnte — vernahm ich die Worte seines Gebetes: „Dein, O Herr, ist die Größe, die Macht und die Herrlichkeit, der Sieg und das Königreich; Dein ist alles im Himmel und auf Erden, in Deiner Hand liegt es, den Deinen Stärke und Größe zu geben. So danken wir Dir und preisen Deinen herrlichen Namen."

In diesem Gebet war keine Selbstanklage: Vertrauen und absoluter Glaube machten das unnötig, und Gott verlangt nichts Unnötiges. In reiner Demut legte der Assyrer das Wohl derer, denen zu helfen er auserwählt war, in die Hände dessen, von dem alle Hilfe kommt.

Ein Mantel absoluter Stille fiel über die Versammlung, als Gottes Antwort kam: eine goldene Strahlenwolke senkte sich hernieder und umgab den Assyrer als sichtbares Zeichen der Gegenwart Gottes. Das Werk konnte beginnen!

Siamedes trat auf das erste Krankenlager zu. Auf dem Moosbett lag eine junge Frau, deren Körper fast bis zur Unkenntlichkeit entstellt war. Fast jeder Körperteil trug irgendeine Prothese, doch nicht etwa, um ihr zu helfen, sondern vielmehr um sie zu peinigen und ihre Glieder in verkrümmte und unnatürliche Formen zu zwingen. Ihre Augen waren verdreht, um das Sehvermögen zu beschränken, die Beine waren verkrümmt und verunstaltet.

*

Wir müssen an dieser Stelle wohl für einen Augenblick innehalten. Zunächst sei noch einmal nachdrücklich betont, daß die so sichtbaren Verstümmelungen s p i r i t u e l l e r Natur waren. Wiewohl mich der Anblick damals überraschte und bestürzte, so fand ich es später durch noch gründlicheren Augenschein bestätigt, daß dogmatische und andere Fesseln, die auf Erden einer nach Wahrheit dürstenden Seele auferlegt werden, Fehlwuchs und Verkrümmungen hervorrufen, die für den Seelenkörper so wirklich sind wie chirurgische Veränderungen am physischen Leib. Wie für alle anderen, hat Gott auch für diese bedauernswerten Seelen Vorkehrungen getroffen, um sie unmittelbar nach ihrem Eintritt in dieses Leben von ihren Fesseln zu befreien. Und der Choral, den ich miterleben durfte, diente vor allem diesem Zweck. Ich möchte nicht die Vermutung aufkommen lassen, daß ich bei seiner Schilderung einer dichterischen Phantasie habe die Zügel schießen lassen; die Wahrheit ist oft weit seltsamer als alles, was sich der Mensch ausdenken kann. So habe ich in diesem Bericht nichts anderes geschildert als die reinen Tatsachen, wie ich sie vorfand —und wie meine Leser sie eines Tages selbst vorfinden werden.

Vielleicht sind meine Beschreibungen für manchen zu nüchtern, zu „materiell", als daß sie der irdischen Vorstellung vom Leben im Jenseits gerecht werden könnten. Ich kann es nicht ändern und bin bestrebt, die Dinge dieses Lebens in der Sprache der Erde so anschaulich wiederzugeben, daß sich der Leser etwas darunter vorstellen kann, auch wenn diese Sprache notwendigerweise hinter der Wirklichkeit, der allumfassenden Harmonie des himmlischen Lebens, zurückbleiben muß. So stumpf daher die Wiedergabe auch sein mag, — mit dieser Einschränkung entspricht mein Bericht der vollen Wahrheit. Wer versuchen wollte, ihn aus seiner für die Erdenmenschen bestimmten Sprache ins Spirituelle zurück zu übersetzen, möge sich einen Rat zu eigen machen, der ihm einen guten Teil seiner Schwierigkeiten zu lösen helfen wird.

Der Tod bringt e i n e Veränderung, jedoch eben nur diese e i n e! Im physischen Auflösungsprozeß ändert sich die Materie, Du selbst änderst dich nicht! Von der Bühne deines Lebens tritt eine Welt ab, um von einer anderen abgelöst zu werden, und der Kulissenwechsel geschieht — im Augenblick des Todes — in Sekundenschnelle. Die Materie löst sich für dich auf, um fortan nur noch als unsteter Schatten zu bestehen, den man aufsuchen muß, um ihn zu bemerken. Ebenso plötzlich nimmt eine andere, bisher visionäre Welt für dich greifbare Gestalt an; sie ist von ewiger Dauer und Gültigkeit, sie ruht in der Unendlichkeit. Ihre Einwohner sind durch die Pforte der Unsterblichkeit gegangen. Bedenke dies, lieber Leser, wenn du die folgenden Zeilen liest. Dann wirst du auch verstehen, warum ich nicht gezögert habe, eine Sprache zu gebrauchen, die am ehesten geeignet ist, dir klarzumachen, daß die Umgebung, in der ich mich bewege, für mich genauso greifbar und wirklich ist, wie die Erde zur Zeit für dich!

Vielleicht kann noch eine andere Überlegung den Verdacht widerlegen, ich ließe bei der Beschreibung spiritueller Entstellungen meiner Phantasie freien Raum: es ist bekannt, daß sich Ausschweifungen und Laster der Eltern, Unglücksfälle und hundert andere vorgeburtliche Einflüsse zum körperlichen und geistigen Schaden eines Kindes auswirken können. Warum also sollte es unwahrscheinlich sein, daß die Seele ähnlichen Mißbildungen unterworfen ist, wenn ihr während des Erdenlebens eine Art geistiger Zwangsjacke angelegt wurde, wenn sie in Irrtum oder Anmaßung befangen war? Ob mein ungläubiger Leser sich von solchen Argumenten überzeugen läßt oder nicht — es ändert nichts an den Tatsachen und dem ihnen zugrunde liegenden Gesetz, das er eines Tages selber erkennen wird. Wohlgemerkt: die aus eigener Sünde an der Seele entstehenden Krankheiten können nur durch langsame und schmerzvolle Prozesse ausgeheilt werden. Seelische Gebrechen, die ohne eigene Schuld durch die Sünde anderer oder die Gewalt der Umstände entstanden, werden dagegen durch Maßnahmen, wie sie in diesem Kapitel geschildert sind, schnell geheilt werden.

Aber nun zurück in die Arena.

Ich hatte jede Bewegung des Assyrers verfolgt, und zuerst schien es, als sei alle seine Mühe vergebens. Die Patientin schien kaum noch einen Funken Leben in sich zu haben und ich dachte für einen Augenblick — vergessend, daß es einen Tod ja nicht mehr gab — es wäre besser, dieses erbarmungswürdig verstümmelte Wesen in Frieden entschlafen zu lassen. Bald stellten sich jedoch Anzeichen ein, daß die junge Frau sehr wohl fühlte, was mit ihr vorging. Mit zarterer Sorgfalt, als sie eine Mutter für ihr Kind üben könnte, lösten und beseitigten die Hände des Assyrers Fessel auf Fessel. Als die letzte gefallen war, wurde der Erfolg offensichtlich: die Patientin dehnte und streckte sich im Gefühl der Freiheit und fiel schließlich, wohlig gebettet, in den tiefen Schlaf des Wiedergesundens. Es war, als wenn ein Mensch aus einem furchtbaren Alptraum erwacht und, fühlend, daß der Schrecken gebrochen ist, erleichtert wieder in die Kissen zurückfällt, ohne das volle Wachbewußtsein erlangt zu haben.

Siamedes, der jede Bewegung der jungen Frau mit gespannter Aufmerksamkeit und tiefster Anteilnahme verfolgt hatte, richtete sich nun auf, um sich dem nächsten Patienten zuzuwenden.

Ich bat meinen Nachbarn um eine Erklärung des Geschehens.

„Ich glaube gern", war die Antwort, „daß all dieses dich mit ungläubigem Staunen erfüllt. Es muß notwendig so sein, bis dir die Gesetze vertraut sind, von denen unser Leben hier regiert wird, bis du erkannt hast, ein wie genaues Abbild des Lebens es ist, das du hinter dir gelassen hast. Heuchelei und Scheinheiligkeit sind Masken, die vom Menschen abfallen, wenn er die Nebelwand passiert. Übrig bleibt der wirkliche Mensch — ob niedrig oder edel — um zu erkennen und von allen anderen erkannt zu werden. In dieser Welt gibt es keine Mittel, das Brandmal der Sünde zu verbergen, gleich, ob es durch eigene Schuld oder die eines Anderen entstanden ist. Alles wird sichtbar.

Für die geübten Augen von Siamedes, Cushna und tausenden anderer Helfer ist der wirklich Schuldige oder die Ursache jeder seelischen Mißbildung auf den ersten Blick erkennbar, und kraft eines unerbittlichen Gesetzes, vor dem es kein Ausweichen gibt, fällt die Strafe für jeden Irrtum und jede Sünde auf ihren Urheber. Der gerechte Ausgleich vollzieht sich für alles, was im Fleische begangen wurde. Es ist ein trauriger Irrtum, zu meinen, daß im Tode alle Menschen gleich sind, daß dies ein neues Leben sei, in dem alle Vergangenheit durch den Tod ausgelöscht ist. Alles Leben ist nur eine Fortsetzung dessen, was vorher war. Wer in dieses Leben tritt, beginnt nur ein neues Kapitel — das Buch, und was in ihm bisher geschah, bleiben dasselbe.

In den neuen Kapiteln aber müssen die Fehler und Irrtümer der vergangenen berichtigt, muß schuldig Gebliebenes nachgeholt werden. Der Mensch wird auf der Waage Gottes gewogen, und gegen seinen Spruch gibt es kein Mittel außer der Reue. Du wirst keine Bestechung oder Begünstigung hier finden und keine Täuschung. Jeder Mensch erscheint so, wie er wirklich ist.

Die Patienten dort unten waren auf der Erde das Opfer geistiger Vergewaltigung. Wären sie gleichgültig oder blindgläubige kleine Seelen gewesen, es hätte kein Anlaß bestanden, sie zu fesseln. Sie ahnten und suchten wohl die ewige Wahrheit Gottes, waren aber zu schwach, sich den Kräften zu widersetzen, die keinen geistigen Widerstand dulden wollten, weil er ihnen gefährlich werden konnte. Geistig geknebelt und gefesselt, unterdrückt von fremdem Willen, haben diese Menschen ihr Leben lang gegen die Übermacht der Umstände gekämpft. Während ihre Seele danach verlangte, den Willen Gottes zu tun, wurde ihr Geist durch engstirnige Regeln eingeengt. Oder ihr Körper und Intellekt wurden gezwungen, sich für ein materielles Ziel abzurackern. Mannigfache Gaben und Möglichkeiten, ja ganze Leben wurden vergeudet. Für all das werden die Verantwortlichen gerichtet.

Während jeder Schuld die gerechte Sühne folgt, findet das Übermaß an Pein, das die Opfer ertragen haben, seinen gerechten Ausgleich. Mit der Sühne haben wir hier nichts zu tun; das allumfassende Gesetz dieses Lebens sorgt von selber dafür, daß jede Seele erntet, was sie einst gesät hat. Wir sind hierher gekommen, um Anteil zu nehmen an der Erlösung der Opfer, die nach dem gleichen Gesetz unverzüglich von ihren Fesseln befreit werden müssen. Wir helfen dabei, diesen Seelen wieder Lebenskraft zu geben, damit sie die volle Entfaltung erlangen, an der sie auf Erden gehindert wurden, so sehr sie auch danach strebten."

„Es muß in diesem System der durch Gesetz verbürgten Gerechtigkeit doch aber auch die Gnade und Barmherzigkeit geben?" fragte ich.

„Jede Eigenschaft Gottes hat das ihm zugewiesene Wirkungsfeld", war die Antwort. „Sie kann und darf nur auf dem Gebiet wirken, für das unser Vater sie vorgesehen hat. Nimm einmal an, daß Gnade in einem einzigen Fall vor Gerechtigkeit gehen würde — die Folge wäre eine Ungerechtigkeit gegenüber denen, die unter den Missetaten des Sünders zu leiden hatten, sofern ihnen nicht gleichzeitig Gnade zuteil werden kann; da jeder nach dem gleichen Grundsatz behandelt werden muß, würde es schließlich nur noch die Gnade geben, und jede gerechte Sühne würde unmöglich. Das Gesetz wäre gebrochen und die Sünde könnte sich ungehemmt und frei von Furcht austoben. In seiner unendlichen Weisheit hat Gott deshalb Gesetze geschaffen, die der menschlichen Natur und ihrer Entwicklung entsprechen, ohne daß der Schatten eines Fehlurteils möglich ist."

„Auf der Erde gibt es die Gnade. Der Mensch, der immer neue Schicksalsprobleme gestellt bekommt und sich selbst das größte Rätsel ist, bedarf ihrer. Wie oft wäre wohl das Menschengeschlecht schon von der Erde vertilgt worden, wenn für jede Übertretung ein unerbittliches Gesetz gewaltet hätte! Nein — göttlich vollkommene Gerechtigkeit kann nicht auf eine so unvollkommene grobe Form der Existenz angewendet werden; wer auch könnte auf Erden von sich behaupten, daß er sie ertrüge? Ist nicht vielmehr das Fernbleiben der göttlichen Gerechtigkeit von der Erde so offensichtlich, daß es oft genug als „Beweis" für die angebliche Nichtexistenz Gottes herhalten muß? „Das Recht ist die Macht" — dieser Spruch ist im Laufe der Zeiten zum Leitsatz des menschlichen Lebens geworden. Die Besitzenden werden erhöht, die Armen erniedrigt und verfolgt. ‚Ist das gerecht?' wirst du mich fragen, und ich antworte dir: Nein und tausendmal nein! Aber selbst das größte Unrecht des Menschen kann Gott nicht dazu bringen, seine Wege zu ändern und seine Gnade auf Erden durch himmlisches Recht zu ersetzen."

„Gott gibt jedem von uns die Zeit, sich seiner Gnade durch tätiges Leben würdig zu erweisen, sich zu reinigen, bevor er zur Verantwortung gezogen wird. Wenn aber der Mensch seinen Körper verläßt, geht er gleichzeitig aus dem Reich der Gnade über in das Reich der Gerechtigkeit. Die Nebelwände bilden die Grenze zwischen den beiden, den Gerichtshof, durch den jede Seele hindurchmuß. Die Gnade kann sie über diese Schwelle nicht begleiten, und jeder steht allein, sein eigener Zeuge und sein eigener Richter. Die Taten seines Erdenlebens sprechen das Urteil, gegen das es keine Berufung gibt."

„Aber die Vergebung der Sünden, wie steht es damit?", fragte ich.

„Das kommt später. Die Bestrafung erfolgt für Sünden, die wir an unseren Mitmenschen begangen haben; sie müssen gesühnt werden und werden niemals vergeben. Niemand, nicht einmal Gott, hat die Macht, andere Sünden zu vergeben als jene, die gegen ihn selbst gerichtet waren; das wäre gegen sein eigenes Gesetz. Erst wenn die Strafe für die Sünden am Nächsten rechtmäßig verbüßt ist, hat die bereuende Seele die Kraft, Gott um Vergebung ihrer Sünden gegen IHN zu bitten, und sie wird immer gern gewährt. Aber es ist nötig, daß der Sünder erst seinen Bruder versöhnt, denn nur wer reinen Herzens ist, kann in die Nähe Gottes aufsteigen, wo Christus seine endgültige Erlösung vollzieht."

Das war die Lösung des Problems, das mich so oft beschäftigt hatte! Ich wußte, daß mein Lehrer nicht seine eigene Meinung vortrug, sondern die Wahrheit sprach, wenn sie auch noch so sehr von allem abwich, was ich auf Erden gehört hatte. Wieder stieg aus der Tiefe meiner Seele der Wunsch auf, einen Weg zu finden, durch den ich die Erde erreichen und meinen blinden und unwissenden Brüdern die Wahrheit verkünden könnte. Ich hatte jedoch nicht viel Zeit zum Nachdenken, denn mein Freund lenkte jetzt wieder meine Aufmerksamkeit auf das Geschehen in der Arena.

Dort waren inzwischen alle Patienten von den Fesseln befreit, die ihre Seele auf Erden gebunden hatten. Man hatte die schwersten Fälle zuerst behandelt, um dann die endgültige Heilung aller möglichst zum gleichen Zeitpunkt zu erreichen. Gebannt verfolgte ich, wie sich die verkrüppelten Glieder der Kranken unter dem Einfluß des sie umgebenden Farbschleiers dehnten und entspannten, bis schließlich das ganze magnetische Spektrum aufgesogen und lediglich noch um die Lagestätten herum sichtbar war. Jetzt lenkte der Assyrer magnetische Strahlen von einzelnen seiner Helfer auf die Genesenden, bis diese sich in andern Farbstrahlen brachen, die von den Liegenden auszuströmen begannen. Ein Zeichen dafür, daß ihre Seelen zu ihrer natürlichen Verfassung zurückgefunden hatten.

Wir waren am Schluß der Zeremonie angelangt. Siamedes löste mit einer Bewegung seines Armes die zu Blumen, Früchten und Wimpeln geformten Farbgebilde zu allen Seiten der Arena und ließ sie wie weiche Wolkenkissen über die Schlummernden streichen, wobei das Hin und Her dieser Bewegung eine süße, unendlich sanfte Melodie erzeugte. Schließlich verklang auch sie, und was an farbigen Schleiern verblieben war, hob sich hinan, über unsere Köpfe. Unsere Patienten lagen in tiefem Schlaf, aus dem sie bald zu einem neuen Leben geweckt werden sollten, das ihnen bisher verschlossen war.

Ich sann darüber nach, ob noch andere Kräfte in diesem Magnetismus verborgen sein könnten, dessen Wirkung ich so deutlich vor Augen hatte. Das offenbare Wunder, das an diesen verstümmelten Seelen vollbracht worden war, regte in mir die Hoffnung, daß ich meinen Lehrer vorhin falsch verstanden hatte.

„Ist es denn nicht Gnade, die diesen Seelen erwiesen worden ist?" fragte ich ihn, auf die Schlafenden zeigend.

„Nenne es Gerechtigkeit! Bisher waren sie die Opfer eines Unrechts, dem sie keinen Widerstand entgegensetzen konnten. Wir hatten ihnen nur dabei zu helfen, die Auswirkungen dieses Unrechts zu beenden und den ihnen zukommenden Zustand wiederzufinden. Du darfst den Begriff „Recht" nicht mehr mit den Maßstäben der Erde messen. Bei uns ist Recht a b s o l u t e Gerechtigkeit, die jeden, auch den kleinsten Umstand mit in ihr Urteil einbezieht, ohne einen Schatten der Unsicherheit oder Begünstigung."

„Aber könnte man nicht sagen: Gerechtigkeit, gemildert durch Gnade?"

„Nein! Absolute Gerechtigkeit bedarf keiner Milderung. Du bist daran gewöhnt, bei der Vorstellung von Rechtsprechung automatisch an Freiheitsentziehung zu denken. Das ist auf der Erde so, nicht aber hier bei uns. Du mußt verstehen lernen, daß es nur eine absolute Gerechtigkeit geben kann. Wenn du auf irgend einer Seite Gnade hinzufügst, wird die Waage der Gerechtigkeit nicht mehr stimmen und Unrecht die Folge sein."

Ich begriff, daß ich einen Denkfehler begangen und den Begriff „Recht und Gerechtigkeit" nach irdischen Vorstellungen ausgelegt hatte.

Das Werk war getan. Siamedes streckte seine Hände aus, um Gott zu danken, während alle auf die Knie niedersanken. Mit ehrfürchtiger Miene hob der Assyrer den Strahlenkranz empor, der ihn bisher umgeben hatte. Vibrierend und gleißend stieg der Strahlenmantel in die Höhe, unserer aller Seelen wie mit tausend Glocken zum Lobe Gottes füllend.

Noch verharrte die Menge in tiefstem Schweigen; ich wußte, daß sie auf den göttlichen Segen wartete, der die Schlafenden in die Wirklichkeit dieses Lebens rufen würde, in das sie ohne Bewußtsein eingetreten waren, der ihnen die Erkenntnis bringen würde, daß sie die große Schwelle überschritten hatten und aller Fesseln und Knebel ledig waren. Dieses Erwachen mußte eine noch größere Offenbarung für sie sein, als das meine für mich! Welch eine Veränderung hatte ihre Seele durchgemacht, seit sich der Tod auf Erden ihnen nahte! Wie würden sie es aufnehmen — wie begreifen — daß alles Wirklichkeit war und kein eitler Traum?

Die Antwort auf diese Frage sollte nicht lange ausbleiben. Plötzlich schien sich das Firmament zu öffnen: von jenem Lichtbogen im Zenith des großen Weges, auf dessen halber Höhe ich selbst vor kurzer Zeit gestanden hatte, bahnte ein Strahl göttlichen Glanzes sich seinen Weg zu uns und tauchte das riesige Rund in goldene Fülle. Doch das war erst der Anfang. Ich traute meinen Augen nicht, als ich auf diesem Strahl einen im gleißenden Licht schimmernden Triumph-wagen herniederfliegen sah. In Sekundenschnelle war das prächtige Gefährt in unserer Mitte und, nachdem ihm ein Insasse entstiegen war, verschwand es sogleich wieder auf demselben Wege.

Der Fremde war ein junger Mann, fast noch ein Jüngling, von anmutiger und edler Erscheinung, und, besonders auf-fallend, vereinigte er in seinem Aussehen die Unschuld eines Kindes mit der Weisheit des hohen Alters. Ich liebte ihn als meinen Bruder im Augenblick, da ich ihn sah. Er flößte mir Vertrauen ein, er bannte jeden Gedanken der Furcht, doch gleichzeitig auch den des Hochmuts und der Überheblichkeit. Stärke und Sanftmut schienen in vollendeter Weise in ihm vereinigt, kurz, alle Eigenschaften, die sich ein Mann bei einem Freunde wünscht. Seine Augen strahlten von Liebe und Güte. Er war ein König, aber sein Königtum bestand darin, zu dienen und den Schwachen zu helfen.

Für einen Augenblick hielt er inne, um den Gruß der an-deren zu erwidern, dann schritt er zur Ausübung seines Amtes — die Schlafenden in den Tag zu erwecken, der kei-nen Abend kennt . . .

Behutsam beugte er sich über jeder der neugeborenen Seelen, löste das Band des letzten Schlummers und, wenn sie erstaunt die Augen öffneten, hob er sie in herzlicher Umarmung auf die Füße, um sie willkommen zu heißen im neuen Leben.

Nochmals erhob sich die Menge im Rund, um eine Hymne zu singen — ein „Willkommen daheim", das von den dankbaren Herzen inbrünstig erwidert wurde.

Als sich die Besucher zu zerstreuen begannen, blieb der Fremde mit dem Assyrer in der Halle zurück. „Wer ist es?" fragte ich meinen Begleiter.

„MYHANENE!"

VII

GOTT IST UNWANDELBAR

Das Amphitheater war beinahe leer. Die ehemaligen Patienten empfingen, noch immer etwas verwirrt, die Glückwünsche alter Freunde, während Myhanene, Siamedes und Cushna allein im Gespräch zurückblieben. Nur mich hielt es noch auf meinem Sitz zurück. In meiner Brust regte sich ein Wunsch, den ich meinem Begleiter nicht einmal anzudeuten wagte, wiewohl keine Absicht dahinter war. Kein Widerstand war möglich gegen diesen Wunsch und nichts anderes schien mir wichtig in diesem Augenblick. Es war wie eine Flutwelle, doch im doppelten Sinne, sie ging zurück, ebbte ab, wurde kleiner und kleiner, bis ich schließlich entmutigt aufstand, um zu gehen. In diesem Augenblick schoß ein Lichtstrahl zu uns herüber, und mein Begleiter sagte:

„Myhanene würde gerne mit dir sprechen."

Meine Hoffnung, mein sehnlichster Wunsch, wurde nun doch noch erfüllt!

Ich eilte auf ihn zu, so schnell es eben ging. Er kam mir entgegen, legte seinen Arm um meine Schultern und sagte nur zwei Worte: „Mein Bruder!" Mehr hätte ich in diesem Augenblick nicht aufnehmen können; es sagte alles und bedeutete mir mehr als tausend Worte zugleich. Den Arm liebevoll in den meinen gelegt führte er mich zurück zu Cushna und dem Assyrer.

Worte sind auch dem Menschen auf der Erde gegeben, aber er spricht sie mit einem scharfen, metallischen Klang. Welche Tonfülle, welche Musik Worte sein können, erfuhr ich erst hier und jetzt. Myhanenes Worte waren gleich einem Akkord, den man niemals wieder vergißt. Sie sanken hinab in meine Seele wie ein Bleilot auf den Meeresgrund, erst einen bleibenden Grundklang anstimmend, dann eine glokkenreine Melodie, etwas nie zuvor Gehörtes, dessen Echo das uferlose Meer der Unendlichkeit mit Harmonie zu füllen schien. Myhanene schwieg, als lausche er selbst diesem Echo, ich aber war überwältigt. Welche Höhen, welche Wonnen mußte es noch geben, wenn nur zwei Worte solche Wirkung haben konnten!

Selbst wenn ich in diesem Augenblick hätte sprechen können, ich hätte es nicht gewagt, um nicht den Nachhall seiner Stimme zu zerstören. Noch heute kann ich dieses Erlebnis nur in seiner äußeren Erscheinung begreifen; es ganz zu erfassen wird eine Aufgabe der Ewigkeit sein. Und bis zum heutigen Tage klingt das Echo dieser Stimme in meinem Innersten nach, ist der Grundton zu aller Freude und wird es bleiben, bis ich die noch süßere Musik S E I N E R Stimme ertragen kann.

Der Assyrer riß mich aus meinen Gedanken und fragte, ob mir der Choral gefallen habe.

„Ich bin kaum fähig, mich auch nur über das Geringste vernünftig zu äußern", meinte ich zaghaft. „Ich bin wie verstrickt in ein Netz von unfaßlichen Dingen, das es mir unmöglich macht, Worte für meine Gedanken und Gefühle zu finden."

„Glücklicherweise erwartet man von dir auch gar nicht, daß du alles, was du siehst, sofort verstehen und einordnen kannst. Du wirst diese Fähigkeit aber im Laufe der Zeit erlangen. Unsere Zeremonie ist ein Beispiel dafür, welche Methoden wir anwenden, um auf Erden geschehenes Unrecht wieder gutzumachen und diejenigen zu belohnen, die im Fleische versucht haben, ihre Pflicht zu tun, auch wenn ihnen kein Erfolg beschieden war."

„Die Pflicht wäre leicht zu erfüllen", antwortete ich, „wenn die Menschen in einer Kampfpause des Lebens nur einmal einen kurzen Blick auf das Nachher tun könnten. Aber ich möchte noch gern wissen, ob man in diesem Leben immer eine so sichtbare Antwort auf sein Gebet erhält wie jene Wolke, die vorhin nach der Anrufung auf Euch niederkam?"

„Mein lieber Bruder!" — es war Myhanene, der jetzt sprach, — „kein inbrünstiges Gebet, weder hier noch auf Erden, dürfte ohne bestimmte und sichtbare Antwort bleiben. Wenn du früher deinen Vater oder einen Freund um etwas batest, erwartetest du dann nicht auch eine Antwort?"

„Sicherlich, von unseren Mitmenschen; aber in diesem Fall waren wir ja sozusagen auf gleicher Ebene. Von Gott aber, als geistigem Wesen, haben wir auch immer nur eine Antwort in geistiger Hinsicht erwartet."

„Du vergißt, daß deine Bitte sich vermutlich auf dich selbst bezog. Da du selbst Materie warst, mußte die Antwort auch notwendigerweise materiell sein! Wenn du zum Beispiel für Nahrung gebetet hast, um vom Hunger bedrohten Menschen zu helfen, mußte die Antwort nicht in Form von Brot kommen, statt in geistiger Nahrung für die Seele?"

„Durchaus, und Gott würde das Gebet beantwortet haben, indem er in die Herzen seiner Menschen den Gedanken senkte, zum Kauf solcher Nahrung praktisch beizutragen."

„Glaubst du, es gereicht Gott zur Ehre, wenn wir jene s e i n e Menschen nennen, die erst an eine einfache Tat der Menschlichkeit denken, wenn er sie dazu bringt? Hätte nicht die Nächstenliebe sie von selbst dazu bringen sollen?"

„Das gebe ich gern zu; doch da jede Gabe von I H M kommt, würde ich auch ein solches Resultat als Antwort auf meine Bitte auffassen."

„Aber du hast keinen schlüssigen Beweis dafür, daß dein Gebet höher gestiegen ist, als die Decke des Raumes, in dem es gesprochen wurde. Was du als Antwort Gottes ansiehst, war weiter nichts als ein Akt der Nächstenliebe anderer Menschen. Die Juden wären ohne eine mündliche und unzweideutige Antwort nicht zufrieden gewesen?"

„Das war zu biblischen Zeiten, aber man muß doch berücksichtigen, daß solche Dinge seit langem nicht mehr geschehen, ihre Wiedererweckung würde als unnatürlich und den heutigen Wegen Gottes widerstrebend angesehen."

„Dort liegt dein Irrtum! Sage lieber, sie geschehen nicht mehr, weil unnatürliche und irrige Lehren die Oberhand gewonnen haben. Gott ist derselbe gestern, heute und in Ewigkeit, und solange das so ist, ist „das was war, auch das was sein wird". Es müßte Aufgabe der Kirche zu allen Zeiten sein, diese Wahrheit klar darzutun, zu zeigen, daß die überlieferten Dinge der Vergangenheit wahr sein müssen, weil sie in entsprechender Weise auch heute geschehen können. Das folgt einfach daraus, daß es I H N gibt und daß E R unwandelbar ist. Seine Werke gelten nicht für ein bestimmtes Volk, eine Zeit, oder einen besonderen Ort, sondern — wie E R selbst — für alle und für immerdar. Jede andere Auslegung ist falsch und unlogisch."

„Aber besteht noch die Notwendigkeit für so sichtbare Zeichen, seitdem durch Jesus die vollkommene Offenbarung erfolgt ist? Bitte versteht meine Frage nicht falsch; ich frage nur, um die Wahrheit zu erfahren, wie ihr sie aus eurer unendlich größeren Sicht und Erfahrung kennt."

„Frage nur immer frisch drauf los. Wir freuen uns, wenn wir Irrtümer beseitigen und auf Irrtümer aufmerksam machen können. Dagegen steht es uns nicht an, über die Notwendigkeit sichtbarer Zeichen auf Erden zu urteilen. Es genügt zu wissen, daß sie einstmals von Gott versprochen wurden und dieses Versprechen niemals widerrufen worden ist. In der Offenbarung Jesu — die Frage ihrer Vollständigkeit wollen wir im Augenblick dahingestellt sein lassen — waren sichtbare Zeichen ein wichtiges Mittel, dessen er sich zur Bestätigung seiner Mission bediente. Er verkündete auch, daß denjenigen, die ihm im Glauben folgen, ähnliche Zeichen zuteil werden würden — ein Versprechen, das in der frühen Geschichte der Kirche eingelöst wurde. Daraus folgt, daß solche sichtbaren Beweise von der Existenz Gottes in Seinem Wesen und Wirken einbegriffen sind, und daß sie es auch heute sein sollten."

„Worin liegt nun nach Eurer Ansicht die Wurzel aller Irrtümer und Mißverständnisse, denen wir unterliegen?"

„Sie haben verschiedene Ursachen. Vor allem, daß der Bibel eine falsche Rolle zugewiesen wird, wenn man unterstellt, daß sie d a s Wort Gottes ist, also eine vollendete und vollständige Offenbarung, statt sie als das zu nehmen, was sie ist: das Wort Gottes an ein ganz bestimmtes Volk, zur geistigen Führung unter ganz bestimmten Gegebenheiten, und damit nur ein Fragment jener Offenbarung, die in uralten Zeiten begann und bis zum jüngsten Tag fortgesetzt werden wird.

Jesus schrieb kein Gesetz für seine Jünger, noch beauftragte er jemanden, es für ihn zu tun, nachdem er gegangen war. Sein Auftrag war, zu predigen, und das auch nur unter den Eingebungen des Heiligen Geistes. Der Heilige Geist also hatte nach seinem Willen die Offenbarung fortzusetzen bis zum Ende aller Tage.

Eine andere Quelle des Irrtums ist, daß die Bibel durch immer neue Auslegungen zur Lösung all jener Probleme herangezogen wurde, die im Laufe der Jahrhunderte durch den technischen und intellektuellen Fortschritt auftraten. Was in dem einen Jahrhundert gilt, kann in den nächsten längst überholt, ja falsch sein. Das verzweifelte Bemühen, die Autorität der Bibel ohne Ausnahme aufrecht zu erhalten und den Text den jeweiligen Lebensbedingungen entsprechend auszulegen, hat zu zahllosen Spaltungen und Sektenbildungen geführt, deren jede den Irrtum auf ihre eigene Weise austrieb — meist dadurch, daß einer Bibelstelle weit mehr Bedeutung zugemessen wurde, als ihr zukam, und ohne Beziehung zu vielen anderen Stellen, die man hätte genau entgegengesetzt auslegen können. Zahllose enge Dogmen haben sich allmählich immer weiter verbreitet und unvermeidlich zu der Irrlehre geführt, daß Prophetie und göttliche Zeichen der Vergangenheit angehören. Hinzu kam, daß die Kirche auf Grund ihrer Überlieferung und Autorität das lebendige Wort Gottes und seine Mysterien für eigene Machtzwecke mißbrauchte. So mußten Irrtum und Ratlosigkeit die unvermeidliche Folge sein."

„Selbst, wenn wir dies als richtig annehmen und auch nicht die Möglichkeit leugnen, daß es tatsächlich Priester gibt, die durch Verhüllung eines Teils der Wahrheit oder Fälschung aus eigennützigen Motiven Irrtum verbreiten, so werdet ihr doch nicht leugnen wollen, daß es viele aufrichtige Menschen gibt, die nach der Wahrheit und dem Trost des Herrn suchen. Wie ist es zu erklären, daß auch ihnen sichtbare Zeichen der Allgegenwart Gottes vorenthalten werden?"

„Niemals war Gott ohne Zeugen. Gläubige Wächter im Tempel hielten stets das Licht der Offenbarung brennend und die gottgesandte Weisung lebendig. Die Geschichte zeugt von solchen Beispielen, wo einzelne Menschen unter großen Opfern die Offenbarung hochhielten, von der die Kirche abgefallen war. Ihre Erfahrungen drückten nichts als die gleiche Wahrheit aus, die ich dir hier erkläre. Diese Menschen dachten selbständig und suchten, wenn ihnen ein Blick in das Reich Gottes gewährt wurde, nicht gleich angstvoll nach einer Bestätigung durch einen Fachgelehrten. Sie öffneten sich einfach der Stimme ihrer Seele: ‚Sprich Herr, Dein Knecht höret!' Ohne daß sie sich dazu der Hilfe eines Priesters bedienten, wuchsen sie zur Gemeinschaft der Heiligen auf, die keines Mittlers bedarf."

„Du weißt selbst", fuhr Myhanene fort, „was die große Masse auf Erden von solchen Menschen denkt. Man hält sie für hysterische, abergläubische oder nicht ernst zu nehmende Leute, die man allenfalls ein wenig bemitleidet. Oder noch weit schlimmer, man bezichtigt sie, den Täuschungen des Satans zu unterliegen. Die Kirche hält sich gewöhnlich streng von ihnen fern und feuert Warnschüsse aus der festen Bastion ihrer Tradition. Wenn aber Tradition das lebendige Wort Gottes überdeckt, ist es dann ein Wunder, daß die Tage biblischer Gottesgegenwart vorbei sind und die Menschen jeden Gedanken daran ungläubig belächeln?"

„Soll man denn das Wort vom ‚Glauben, der Berge versetzt' etwa wörtlich nehmen?"

„Es gibt materielle, seelische und geistige Berge", antwortete mein Mentor, „und die beiden letzteren sind ebenso schwer zu bewegen wie der erstere, vielleicht sogar schwerer. In allen Fällen bedarf es der Hilfe Gottes, doch mit ihr ist jedes Ding möglich. Auch bei der Heilung unserer Patienten vorhin haben wir ‚Berge versetzt'. Wie das möglich war? Nicht durch untätiges Zuschauen, sondern weil alle Anwesenden ihr Äußerstes gaben. Siamedes erbat erst den Segen Gottes, als alle eigenen Kräfte restlos ausgegeben waren und er wußte, daß er von sich aus nicht mehr tun konnte. Jetzt

— aber auch erst jetzt — m u ß t e die Hilfe Gottes kommen, gerufen von seinem tiefen Glauben und dem der tausendköpfigen Menge. Von solcher Macht angezogen, k o n n t e Gott nicht zögern. So sollte und könnte es auf der Erde sein, aber stattdessen bringt man den Leidenden oft noch ärgere Wunden bei."

„Es besteht doch wohl auf Erden kaum Gelegenheit, solches zu tun, wie ich es eben sah, selbst wenn die Menschen die Kraft dazu hätten", wagte ich einzuwenden.

„Gott ist viel zu gerecht und weise", antwortete Myhanene, „um von irgend einem Menschen etwas Unmögliches zu verlangen. Wenn die Menschen doch wenigstens mit der Kraft und Hilfe ihres Glaubens das zu vollbringen suchten, was im Bereich ihrer irdischen Fähigkeiten liegt! Nichts dergleichen! Sie haben vergessen, daß sie zu Mithelfern Gottes bestimmt waren, wie es hier soeben demonstriert worden ist, und wurden in dem Glauben bestärkt, daß es genügt, die Hände fromm in den Schoß zu legen und Gott alles zu überlassen. Wenn Gott etwas für die Menschen tut, dann immer nur zusammen mit den Menschen! Es steht gewiß nicht in Gottes Gesetz, daß der Herr die Arbeit tut und der Diener nur Wünsche und Befehle auszusprechen habe!"

„Wenn du Gott bittest, den Bau deines Hauses zu segnen und zu fördern, kannst du sicher sein, daß er damit warten wird, bis du selber zunächst die Fundamente gelegt hast. Auf Erden scheint man meist zu glauben, man brauche Gott nur seine Wünsche mitzuteilen und könne dann auf die Ausführung warten. Wenn aber Gott selber eingreift, dann spürt man es nicht und vereitelt seine Pläne. Nehmen wir an, Gott wird angerufen, um einer durch die Zeitereignisse mittel- und obdachlos gewordenen Gruppe Unglücklicher zu helfen. Da es in diesem Reich weder Geld noch Gold gibt, kann das nur durch eine Fügung Gottes geschehen, die sich auf der Erde in einer ganz bestimmten Hinsicht wirtschaftlich auswirkt — also etwa durch einen ganz unerwarteten Geschäftsgewinn, eine ebenso unerwartete Erbschaft oder einen anderen ‚Glückszufall‘. Was wird geschehen? Der Auserwählte, dem plötzlich 100 000 Mark oder mehr in den Schoß fallen, wird von seinen Mitmenschen als ‚Glückspilz‘ oder ‚geschickter Geschäftsmann‘ beglückwünscht, das Geld wird gewinnbringend angelegt und der Ausersehene hält sich für einen klugen Mann. Sollte er aber doch noch an die Hilfsbedürftigen denken, so wird er nach einiger Überlegung vielleicht 100 Mark spenden.“

Myhanene war noch nicht zu Ende.

„Vielleicht hältst du dieses Beispiel nicht für beweiskräftig; laß uns also noch ein anderes nehmen: Gott beschließt, daß das Geld direkt an die Bedürftigen gelangen soll und beauftragt deshalb einen Abgesandten aus dem Jenseits, es in eigener Person zu überbringen. Würde dieser Bote — nach dem Spender befragt — die Wahrheit sagen, so würde es gewiß nicht lange dauern, bis man ihn der Gotteslästerung beschuldigt, an den Pranger gestellt oder für verrückt erklärt hätte. Du siehst also, daß Gott nicht direkt eingreifen und sich einer Masse zu erkennen geben kann, die überzeugt zu sein scheint, daß die Zeit der ‚Zeichen und Wunder‘ endgültig vorbei ist.“

„Ich muß zugeben, das ist nur allzu wahr“, meinte ich nachdenklich. „Aber nachdem sich diese Überzeugung in Jahrhunderten menschlichen Irrtums gebildet hat, taucht die Frage auf, wieweit der Einzelne dafür verantwortlich gemacht werden kann.“

„Sei ohne Sorge, auch der geringste Einfluß, ob gut oder böse, der auf einen Menschen ohne dessen Zutun eingewirkt hat, wird bei dem Urteil in den Nebelwänden voll berücksichtigt. Niemand aber entgeht der Verantwortung für den Gebrauch des eigenen Verstandes, mit dem die Natur ihn ausgestattet hat. Wenn jemand auf Erden behauptet, er glaube an den Gott, von dem es heißt, er belohne einen jeden nach seinen Werken, so erwartet das himmlische Gericht von ihm, daß er sich danach verhalten hat, daß also sein Glaube nicht nur ein Bekenntnis ohne Taten war. Wer sagt, daß er glaubt, ohne entsprechend zu handeln, muß die Folgen tragen. Wohl aber dem, von dem es heißen wird. — er hat getan was in seinen Kräften stand —!

Jetzt wirst du auch begreifen, warum die äußere Form eines Bekenntnisses nicht mehr zählt, sobald ein Mensch vor das himmlische Gericht tritt. Niemals wird eine Seele danach gefragt werden. Umsomehr aber wird sie danach bemessen werden, ob ihr Bekenntnis zu Gott sich in Liebe und guten Werken an ihren Mitmenschen gespiegelt hat oder nicht. Siamedes und Cushna werden dir an einigen Beispielen das Wirken des Gerichts zeigen. Und später will ich dich selbst zu einigen der ‚Häuser des Friedens‘ führen. Bis dahin — möge des Vaters reicher Segen mit dir und deinem Bemühen sein, die Wahrheit zu erfahren! Friede sei mit dir!"

Wir hatten die Außenseite des Forums erreicht und Myhanene verließ uns, nachdem er jeden gesegnet hatte. Auch der Assyrer nahm Abschied von uns, nachdem er Cushna und mich gebeten hatte, ihn daheim zu besuchen.

Myhanenes Worte hatten mein Wissen erheblich erweitert. Er hatte mit größter Selbstverständlichkeit von einem unerbittlich strengen Gericht gesprochen. Ich wäre wohl sehr niedergeschlagen gewesen, hätten mir nicht alle seine Worte ein Tor der Hoffnung gezeigt. Das Tor war noch immer angelehnt, bereit, geöffnet zu werden!

VIII

AUS HOFFNUNG ERWÄCHST
ZUVERSICHT

Als ich mit Cushna allein war, wurde ich erst gewahr, daß sich die riesige Zuschauermenge innerhalb kürzester Zeit ohne das geringste Aufheben in alle Richtungen zerstreut hatte. Auf Erden hätte es Gedränge gegeben, Hast und laute Worte, herkömmliche Begrüßungen und vieles andere. Auf keinen Fall wären die drei Hauptpersonen einer Veranstaltung nach deren Abschluß ungestört geblieben. Hier aber hatte Myhanene, der Assyrer und Cushna eine Unterhaltung über die tiefsten Dinge mit mir führen können, ohne auch nur eine Sekunde lang abgelenkt zu werden. Als wir schließlich die Arena verließen, lag sie leer und in völliger Stille da, als wäre sie nie bevölkert gewesen.

Cushna wandte sich zu mir: „Ich möchte dich jetzt gerne zu einer Schwester führen, um deren Wohl ich besonders besorgt bin. Du wirst ihr Schicksal erfahren und viel daraus lernen können."

„Dann ist der Palast hier nicht dein Zuhause?"

„Keineswegs", antwortete Cushna, der sich anschickte, mich in eine Richtung zu führen, die genau entgegengesetzt zu dem Wege lag, den wir gekommen waren. „Mein Haus ist eine Stätte für Kinder, an deren Betreuung ich meine größte Freude finde. Dies Gebäude hier ist nur eine zeitweilige Ruhestation für solche Genesende, wie wir sie soeben behandelt haben. Auch sie gehen von hier aus weiter."

„Gehen wir jetzt zu deinem Heim?"

„Nein, mein Freund. Bevor du seine Eigenart und Aufgabe voll verstehen kannst, mußt du noch viel lernen. Aber recht bald, hoffe ich, wirst du so weit sein und dann wirst du auch den kleinen Burschen wieder sehen, mit dem du zusammen durch die Nebelwände kamst."

„Ist er bei dir? Wie geht es ihm?", rief ich überrascht.

„Sachte, eines nach dem andern!", sagte mein Begleiter lächelnd und schnitt mit einer Handbewegung ein halbes Dutzend weiterer Fragen ab, die ich schon auf der Zunge hatte. „Er ist bei mir, und es kann ihm gar nicht anders als gut gehen."

„Was mögen seine Freunde und Verwandten über seinen Tod empfunden haben? Ich habe gedacht . . ."

„Erst einmal beruhige dich", kam wieder eine Mahnung auf meine ungestüme Frage. „Bedenke, daß in diesem Leben niemand nach der Uhr sieht. Wir haben genügend Zeit, jede Frage einzeln zu stellen und einzeln zu beantworten. Ich kann dir sagen, daß sein Hinscheiden keine große Trauer ausgelöst hat. Er gehörte zu einer vielköpfigen Familie, die hart um das tägliche Brot zu kämpfen hat. Nach dem ersten Schock wurde er deshalb nicht mehr allzu schmerzlich vermißt."

„Aber woher weißt du das alles?" fragte ich.

„Mit dieser Frage betreten wir ein Gebiet, das wiederum neu für dich ist. Es ist durchaus nicht schwierig für uns, etwas über einen Neuankömmling in diesem Reich zu erfahren. Zwischen dem Kind und seinem zurückgelassenen fleischlichen Körper besteht noch ein feiner Faden der Verbindung. Wir brauchen ihm nur zu folgen, um an der Stätte seines Erdendaseins Erkundigungen einzuziehen."

„Wie ist das möglich, Cushna?", stieß ich hervor, während mein Herz wild bei dem Gedanken zu klopfen begann, daß mein sehnlichster Wunsch wirklich und wahrhaftig erfüllbar war! Doch im nächsten Moment erschrak ich schon vor meiner eigenen Kühnheit, verstummte und blickte scheu auf Cushna, voller Sorge, ich könnte ihn mißverstanden haben. Mein Begleiter ließ in keiner Weise erkennen, ob er meine Beklemmung bemerkt habe; im Gegenteil spielte ein freundlich belustigtes Lächeln um seine Lippen, als er jetzt ruhig antwortete:

„Wie anders, glaubst du, könnte das wohl geschehen, als jemanden zu diesem Zweck zur Erde zu entsenden?"

„Was", rief ich, „jemanden von hier?"

„Natürlich! Glaubst du, ein Erdenbürger könnte uns zuverlässige Nachrichten vermitteln?"

„Aber ist so etwas denn wirklich möglich?"

„Warum nicht?", fragte Cushna in seiner schalkhaft ruhigen Art zurück, statt mir eine direkte Antwort zu geben.

„Ich weiß nicht, Cushna", rief ich, „aber ich werde zwischen Hoffnung und Zweifel hin- und hergeworfen. Sag mir, ist es tatsächlich so oder nicht?"

„Es ist ganz bestimmt so, mein Freund, so schwer begreiflich es auch für dich sein mag. Myhanene sprach zu dir von einem unwandelbaren Gott — und das bedeutet unwandelbare Gemeinschaft mit I H M . Völker in biblischen und vorbiblischen Zeiten erfreuten sich dieser Verbindung und sie muß notwendigerweise auch heute noch bestehen."

„Ich bezweifle deine Worte nicht, doch was du mir sagst, geht weit über meine Erwartungen hinaus, auch wenn ich es innerlich immer gehofft habe. Hilf mir bitte und sage, ob du all dies aus eigener Erfahrung weißt?"

„Ja! Und bei einer solchen Mission, zu der mich Myhanene auf die Erde entstandte, sah ich auch zum ersten Mal die Schwester, die wir jetzt besuchen werden."

„Erzähl mir bitte etwas mehr davon; das wird mir helfen, das fast Unfaßbare zu begreifen!"

„Ein Freund und Mithelfer, der noch auf Erden lebt, hatte an Myhanene eine Bitte gerichtet und ich wurde mit der Antwort entsandt. Während unseres Gesprächs, über das du noch Näheres erfahren wirst, bemerkte ich ganz in der Nähe eine junge Frau, die ganz offensichtlich dringend seelische Hilfe benötigte. Ich sprach sie an, doch sie konnte mich nicht hören. Auch andere Mittel, mit denen ich ihre Aufmerksamkeit zu erwecken suchte, waren fruchtlos. So beschrieb ich sie und ihren Zustand unserem Freunde und erfuhr von ihm alles, was ich wissen mußte, um ihr helfen zu können. Mit welchem Erfolg, wirst du nachher selbst sehen."

„Muß ich daraus schließen, daß der fleischliche Tod einer ständigen Verbindung zwischen Himmel und Erde überhaupt nicht im Wege steht?"

„Nein! Mit einer solchen Annahme würdest du entschieden zu weit gehen! Aber gleichzeitig sollst du wissen, daß die Schwierigkeiten einer solchen Verbindung nicht unüberwindlich sind. Du hast gesehen, daß die Grenzlinie zwischen den beiden Welten aus einer Nebelwand besteht. Mit ihr hängen unsere Schwierigkeiten zusammen, denn sie wird immerfort durch die Einflüsse verändert, die von der Erdenseite her auf sie einwirken. Du wirst das besser verstehen, wenn du einmal Gelegenheit haben wirst, dieses Phänomen selber zu studieren. Zunächst mag es dir genügen, zu wissen, daß alle Widerstände überwunden werden k ö n n e n ."

„Glaubst du, daß mein sehnlichster Wunsch, wieder mit den Menschen auf der Erde in Verbindung zu treten, jemals in Erfüllung gehen wird?"

„Aber gewiß, wenn es dein Wunsch ist. Ich kann mir keine schönere Aufgabe vorstellen als dabei zu helfen, Furcht und Zweifel unter unsern Brüdern und Schwestern auf Erden zu beseitigen. Diese Aufgabe, mit der Gott einige der mächtigsten seiner Diener betraut hat, geht langsam und schwierig voran, aber sie hat schon Wunderbares vollbracht und muß fortgeführt werden, bis jeglicher Irrtum und alle Unwissenheit von der Erde geschwunden sind."

Cushna sah wohl meine Ungeduld, denn er fuhr fort: „Sobald du dazu in der Lage bist, auf die Erde zurückzukehren, wird es an einer Gelegenheit nicht fehlen; bis dahin aber mußt du Geduld haben. Du wirst bald feststellen, daß es großer Geschicklichkeit bedarf, die Menschen von ihren Irrtümern zu befreien und ihnen stattdessen die Wahrheit zu geben. Diese Fähigkeit kann nur durch großen Fleiß und intensives Studium der Gesetze und Bedingungen des geistigen Lebens erworben werden. Es ist besser, einen alten Irrtum bestehen zu lassen, statt ihn auszureißen und an seine Stelle einen neuen zu setzen. Genau das aber geschieht in vielen Fällen durch unbefähigte Seelen, die Verbindung mit der Erde suchen, bevor sie irgend etwas Wertvolles vermitteln könnten — außer der Erkenntnis, daß die Seele unsterblich ist."

„Ist es denn möglich", fragte ich ungläubig, „daß Menschen aus diesem Leben auf die Erde zurückkehren und Falsches lehren können?"

„Es ist nicht nur möglich, sondern traurigerweise nur allzu häufig der Fall. Wenn man auch in Betracht ziehen muß, daß es, — einige vorsätzlich böswillige, wegen ihrer Sünde an die Erde gefesselte Seelen ausgenommen — aus Unwissenheit und nicht mit Absicht geschieht. Ich will dir auch erklären, wie dies möglich ist: jede Seele wird nach dem Eintritt in dieses Leben zunächst von dem Wunsch erfüllt, der auch dich beseelt — zur Erde zurückzukehren und dort zu verkünden, wie ganz anders und von den Erwartungen abweichend hier alles ist. Nur wenige haben aber gleichzeitig auch den Wunsch, Gesetze und Bedingungen dieses Lebens so kennenzulernen und zu studieren wie du. Die große Mehrzahl ist für geraume Zeit zufrieden mit dem, was sie vorfindet und macht keine Anstrengungen, ihre Kenntnisse zu erweitern. Ohne andere Aufgaben, die sie ablenken könnten, lernen diese Menschen nur zu bald, wie sie sich mit der Erde in Verbindung setzen können. Getrieben von dem Verlangen, ihr Weiterleben nach dem ,Tode' mitzuteilen, brechen sie das Schweigen zwischen den beiden Welten und finden sich dabei plötzlich vor tausend Fragen gestellt, über die sie sich zu informieren unterlassen haben. Das Ergebnis kannst du dir selber ausmalen!"

„Stell dir nur einmal vor", fuhr Cushna fort, „du selbst würdest dich in diesem Augenblick mit einem Medium auf der Erde in Verbindung setzen und würdest gefragt, ob Kinder im Jenseits aufwachsen und, wenn ja, durch welche Methoden sie unterrichtet werden? Oder, was häufig gefragt wird, ob du einen Erdenmenschen auf deine Bewußtseinsebene emporziehen kannst? Die erste Frage würdest du vielleicht mit ,Nein' beantworten, da du während des Chorals Kinder beobachtet hast, und das wäre schon falsch. Die zweite Frage könntest du gar nicht beantworten und zu der dritten könntest du höchstens eine Vermutung aussprechen. Deine Freunde auf der Erde aber würden sofort alles für bare Münze und als unumstößliche Tatsache hinnehmen, da sie von dem Glauben beherrscht sind, daß der Aufenthalt im Jenseits automatisch so etwas wie Allwissenheit verleiht. Wenn darüber hinaus dein Wunsch zur Verbindung mit der Erde erfüllt worden wäre, bevor du Gelegenheit gehabt hättest, das vor Kurzem Gesehene und Gehörte zu erleben — hättest du überhaupt etwas Gültiges über das Leben auf dieser Seite des Schleiers aussagen können?"

„Natürlich nicht", mußte ich zugeben.

„Nun, ebensowenig können es andere. Darum, sage ich, ist es besser, einen alten Irrtum auf Erden bestehen zu lassen, als ihn durch einen neuen zu ersetzen. Wenn Unwissende Botschaften auf die Erde senden, so entstehen daraus meist zahlreiche Widersprüche. Und diese Widersprüche liefern gerade denen ein Argument, die die Existenz des Jenseits oder die Möglichkeit einer Verbindung mit ihm von vornherein abstreiten."

„Ist es denn dir und den anderen, die tiefere Kenntnis von den Dingen haben, nicht möglich, solchen Irrtum zeugenden Botschaften vorzubeugen?"

„Manchmal, aber nicht sehr oft! Immerhin gelingt es uns in diesen Fällen, Körner der Wahrheit zu streuen, die ihre Früchte hervorbringen. Aber in der großen Mehrzahl der Fälle werden wir durch ein sehr mächtiges geistiges Gesetz daran gehindert, überhaupt einzugreifen."

„Was für ein Gesetz sollte das sein?" fragte ich erstaunt.

„Du hast schon gesehen, daß wir hier durch ein Gesetz geitiger Harmonie miteinander in Verbindung kommen, daß verwandte Seelen zueinanderfinden. Nun, das gleiche Gesetz von Anziehung und Abstoßung gilt auch für die Beziehungen zwischen den beiden Welten. Ich selbst habe gewöhnlich die Erfahrung machen müssen, daß die Menschen auf der Erde, denen ich etwas mitteilen wollte, in irgend einer Weise von einer dogmatischen Meinung besessen waren, die sie daran hinderte, die geistige Wahrheit unvoreingenommen zu erforschen. Die vorgefaßte Meinung dieser Menschen war ein solcher Störungsfaktor, daß ich meist zum Rückzug gezwungen war und das Feld solchen überlassen mußte, die in ihrer Unwissenheit das falsche Dogma noch bekräftigten."

„Und es war nicht möglich, den Menschen die Unwissenheit ihrer Besucher aus dem Jenseits zu enthüllen?"

„Aus dem einfachen Grunde nicht, weil der niedrigere geistige Bewußtseinszustand dieser Seelen mehr der Geisteshaltung jener Menschen entgegenkam, die in ihren Seancen Kontakt mit dem Jenseits suchten. Meine Worte fielen auf taube Ohren, wurden sogar als falsch und trügerisch bezeichnet. Man betrachtete mich als unerwünschten Eindringling und ich zog die Konsequenzen. Ich habe kein Recht, mich jemandem aufzudrängen, dem meine Gegenwart unangenehm ist. Diese Menschen, magst du sie Spiritisten nennen oder anders, fanden genau das, was sie suchten — nicht die Wahrheit, sondern eine Bestätigung ihrer Ansichten. Wir können nichts daran ändern und müssen warten, bis sich eine günstige Gelegenheit ergibt, die Wahrheit zu demonstrieren."

„Und wie beurteilst du die Aussichten dafür?" Ich fragte das nicht ohne Bangen, denn die Schwierigkeiten, die Cushna aufgezählt hatte, schienen auch meine eigenen Wünsche in weite Ferne zu rücken.

„Ich bin sicher, daß die Gelegenheit kommen wird", sagte er mit einer ruhigen Zuversicht, die meinen Glauben sofort wieder aufrichtete. „Die Menschheit beginnt jetzt zu entdecken, daß die Wahrheit unendlich und nicht mit irdischen Mitteln zu erfassen ist. Mehr Menschen als jemals zuvor suchen Gott, heben ihre Augen empor und beten um das himmlische Brot. Und das Manna fällt Tag für Tag auf sie hernieder! Die Wahrheit muß endlich obsiegen, wenn uns die Weisheit auch lehrt, ihren Sieg in Geduld vorzubereiten. Der Tag wird kommen, an dem die Armeen Gottes auf Erden unübersehbar groß sein werden. Dann wird sich die Prophezeiung erfüllen, werden sich die beiden Welten tatsächlich vereinigen und das Königreich Gottes und seines Christus, in dem die reine Wahrheit herrscht, wird bestehen auf Erden für ewig und immerdar!"

IX

ERNTE DER EIFERSUCHT

Ich weiß nicht, welche Entfernung wir während dieses Gesprächs zurückgelegt hatten. Die Landschaft war verändert — unsere neue Umgebung fiel besonders durch die Vielzahl ruhiger und abgeschiedener Winkel auf, die sich zu beiden Seiten boten, wobei wir selbst keinerlei Pfad zu folgen schienen und ich mir schließlich wie in einem Labyrinth vorkam. Die Atmosphäre war schwer im Vergleich zu der, an die ich mich zuletzt gewöhnt hatte. Der Wind — wenngleich nicht kalt — brachte eine ungewohnte Kühle; die Bäume waren von tiefen Schatten umgeben; die Blumen hatten nicht mehr die strahlende Pracht, die ich noch am „Hain der Ruhe" bewundern konnte. Alles hier schien darauf hinzudeuten, daß wir uns an einem Ort des Übergangs befanden, an dem die Schwere irdischer Last noch nicht überwunden war.

Mein Gefährte schlug jetzt einen Seitenweg ein, der durch dichte, tiefhängende Zweige führte. Ich hatte Mühe, ihn nicht aus den Augen zu verlieren und fragte mich, wie Cushna sich hier überhaupt noch orientieren konnte. Von den Blättern kam soviel Feuchtigkeit, daß ich fürchtete, bald durchnäßt zu sein; auch bemerkte ich bald erschrocken, daß die Farbe unserer Gewänder sich immer mehr auflöste. Als wir schließlich aus dem Laub ins Freie hinaustraten, war das zarte Blau und Rose einem einförmigen Dunkelgrau gewichen. Aber gleichzeitig war unsere Kleidung vollkommen trocken, obwohl wahre Schauer von Tautropfen auf sie gefallen waren. Cushna, der stehengeblieben war, um sich von mir einholen zu lassen, lächelte über mein betroffenes

Gesicht und beantwortete meine Fragen, noch ehe ich sie geäußert hatte:

„Hier erlebst du, auf eine wie liebevolle und wohltuende Weise unser Vater vorsorgt! Jeder, der hierherkommt, um einen der hier zeitweilig lebenden Menschen zu besuchen, macht die gleiche Veränderung durch, die wir eben jetzt an uns erfahren. Ihr Sinn ist, daß wir den hier Lebenden als Gleichgestellte erscheinen und ihnen so besser helfen können. Wie du gleich am Beispiel von Marie, die wir besuchen wollen, feststellen wirst, bedürfen die Bewohner dieser Gegend der größten Schonung und Behutsamkeit. Nur von Myhanene besonders ausgesuchte Helfer werden deshalb hierher entsandt."

„Die Patienten, die hier eine Stätte der Ruhe und Zuflucht gefunden haben, sind meist erst kurz vorher aus unbeschreiblicher Qual entlassen worden. Es ist ein Übergangsland nach dem Feuer der Hölle und die Seelen schweben noch in einem Zustand halber Betäubtheit. Ihre Zuversicht ist noch nicht so stark, daß sie die Furcht vor einer Rückkehr des Vergangenen überwunden haben. Der einzige Weg, sie aus ihrer Interesselosigkeit zu reißen, ist deshalb das Zusammensein mit Helfern aus höheren Regionen, die ihnen durch ihr eigenes Beispiel den Beweis liefern, daß sie auf Besseres hoffen dürfen."

„Dann ist die Veränderung unserer Kleider also auch eine Auswirkung des großen Gesetzes der Liebe?" fragte ich.

„Genau das und nichts anderes", war Cushnas Antwort.

Auf einem sanften Hang vor uns stand eine besonders dichte Gruppe von Bäumen mit tief herabhängenden Zweigen. Als wir sie umrundet hatten, sah ich, daß sie ein liebliches kleines Tal verbergen sollten, in dem ein Haus stand — das erste und einzige, das ich bisher in dieser Gegend gesehen hatte. Ein Platz der Ruhe und Einsamkeit! Von allen Seiten gegen ungebetene Einblicke geschützt, ohne Weg oder Pfad, konnte diese Stätte wahrhaftig nur von denen gefunden werden, die ihr Ziel bereits kannten. Das Haus war nicht groß — es hätte sonst auch nicht in diese Umgebung gepaßt — aber außerordentlich freundlich und malerisch anzuschauen und von einem reizvollen Garten umgeben. Eine Art Ferienhaus, wie man es sich auf Erden wohl einmal wünscht, um seine Sorgen zu vergessen, wenn es auch in seiner Einsamkeit kaum als dauernder Wohnort geeignet ist.

Im Garten erblickten wir jetzt zwei Frauen, die dort, die Arme liebevoll eingehakt, auf und ab gingen. Noch bevor sie uns bemerkten, hatte ich erkannt, daß die Kleinere der beiden der helfende Engel war, der nach dem Beispiel des Heilands sein strahlendes Kleid abgelegt hatte, um seiner unglücklichen Schwester beizustehen. Auf dem Antlitz der Größeren waren die Spuren vergangenen Leids noch deutlich abgezeichnet und sie schien sehr froh über die Anteilnahme ihrer Gefährtin zu sein.

„Azena ist fast ständig hier, seit Marie hierherkam", sagte Cushna leise zu mir. Ich war zu keiner Antwort fähig. Das Schauspiel vor meinen Augen hielt mich völlig im Bann. Es war ein lebendiges Beispiel der Errettung, ein Bild süßester himmlischer Liebe, das keines Wortes mehr bedurfte. Vor uns löste sich ein Problem spiritueller Mathematik. Die Antithesis des Lebens — Himmel und Hölle, zerschmolz in einem Bogen der Göttlichkeit. In diesem Bild begriff ich die gewaltige Verheißung, daß es keiner Seele am Ende möglich ist, der Anziehungskraft zu widerstehen, die zur Rettung der Verlorenen wirkt. Nicht daß die Einflüsse der Tiefe hier nicht spürbar gewesen wären — nur allzu deutlich sprach die Szene vor unseren Augen von dem stillen Kampf zweier

Welten, der hier ausgefochten wurde. Aber einen Zweifel daran, daß Wahrheit und Liebe siegen würden, konnte es nicht mehr geben, das fühlte ich genau. Tod, Schmerz und Hölle sind sterblich. Einmal besiegt, können sie keine Gewalt mehr ausüben.

Lange Zeit, so schien es mir, hatte ich am gleichen Fleck gestanden — gebannt von dem Schauspiel göttlicher Liebe, ohne daß die beiden Frauen uns bemerkten. Endlich gab mir Cushna ein Zeichen, daß wir uns nun zu erkennen geben sollten und sandte im gleichen Augenblick einen kurzen funkelnden Lichtstrahl hinüber. Er wurde sofort bemerkt, Marie strahlte geradezu vor Freude, als sie sah, wer gekommen war, und schnell kam sie auf uns zugelaufen, um Cushna mit der ganzen Liebe einer Tochter zu begrüßen. Im gleichen Augenblick war ich an seiner Seite überflüssig, und da dieses Leben keine Förmlichkeiten der Vorstellung erfordert, gesellte ich mich Azena zu. Ohne Übergang sprachen wir miteinander, als wären wir alte Freunde.

„Erscheint dir dieser Ort traurig und langweilig im Vergleich zu deinem eigenen Heim?" fragte ich sie.

„Aber nein, alles andere als das", rief Azena. „Der Himmel ist mehr eine Frage des Zustandes, als eine der Örtlichkeit. Dabei helfen zu können, daß unsere arme Marie ihre Erinnerungen überwindet, ist für mich schon genug des Himmels!"

Beschämt schwieg ich zu dieser Antwort auf eine Frage, die aus meiner eigenen unvollkommenen Kenntnis entstanden war. Dann bat ich Azena, mir den Ausblick auf die Landschaft zu zeigen, der sich von einer bestimmten Stelle des Tales bot.

„Ja, den mußt du sehen", sagte Azena. „Wir haben unserem lieben Doktor und Großvater täglich neu zu danken, daß er diesen Platz für Marie ausgesucht hat."

Ich glaube nicht, daß Cushna sehr wie ein Großvater aussieht", meinte ich, „wenn er auch vom Scheitel bis zur Sohle ein Arzt ist." Aber vielleicht hatte Azena nicht so unrecht — es war etwas an meinem väterlichen Freund, das trotz seines jugendlichen Aussehens auf die Weisheit sehr hohen Alters schließen ließ. Dieser Teil seines Wesens war für mich bisher ein ungelöstes Rätsel gewesen.

„Du hast recht", antwortete Azena. „Er sieht kein bißchen alt aus, nicht wahr? Aber das ist nur eine Eigenschaft der ewigen Jugend, welcher wir uns hier erfreuen. Als er in dieses Leben eintrat, war er trotzdem beides: Großvater und Arzt."

„Ist er schon sehr lange hier?"

„Cushna lebte in der Frühzeit Ägyptens; ich glaube, noch vor dem Bau der Pyramiden."

„Und erinnert er sich an sein Erdenleben?"

„Ich bin überzeugt, daß er weder von seinem Erdendasein noch von seinem jetzigen Leben ein einziges Geschehnis vergessen hat. Was ihm in unseren Augen noch immer etwas von einem Großvater gibt, ist seine Freude, wenn er einen Kreis der Unsrigen versammeln und ihnen zur Belehrung und Erbauung Episoden aus seinem Leben erzählen kann. Er ist wohl der selbstloseste Mensch, den ich je kennengelernt habe. Nie denkt er an sich selbst, sondern immer nur an das Glück derer, mit denen er zusammen ist. Immer hat er neue Pläne und Überraschungen; und wenn er sie vorbringt, tut er das in einem halb um Nachsicht bittenden Ton, als habe er etwas Unrechtes getan. — Aber jetzt laß mich dir erzählen, wie Marie hierher gekommen ist. Cushna lernte sie schon auf der anderen Seite der Nebelwand kennen, hat er dir davon erzählt?"

„Ja, er sprach kurz davon."

„Aber er hat dir nicht erzählt, wie lange es dauerte und wie schwer es war, bevor er ihre Aufmerksamkeit erringen konnte; von seinen Kämpfen mit üblen Geistern, die sich an Maries Qualen weideten und alle seine Mühen zu vereiteln suchten. Du weißt nicht, wie oft sein Versuch mißlang, sie dieser fürchterlichen Umgebung zu entreißen und ihr zu zeigen, daß nur sie selbst noch das Hindernis zu ihrer Rettung war, denn die gerechte Sühne für ihre Schuld war bezahlt. Nur er selbst weiß es wohl, und niemand wird es je erfahren, denn solche Dinge sind — gleich tausend ähnlichen — für immer in seiner Brust begraben. Einiges darüber weiß ich von Marie, wenn auch ihr Erinnerungsvermögen glücklicherweise etwas getrübt ist, sodaß die überstandenen Qualen nicht mehr die Oberhand gewinnen können. Erst nach heftigem, langem Kampf konnte Cushna sie von sich selbst befreien und zu seinem Heim bringen, wo er ständig an ihrer Seite wachte, bis sie aus dem ersten tiefen Schlaf der Erschöpfung aufwachte. Seine Beständigkeit und Ausdauer gewann erst ihr Vertrauen, dann ihre Liebe und wurde so Ausgangspunkt für seine Aufgabe, sie dem Leben im Licht des Himmels entgegenzuführen."

„Marie war zuerst voller Angst, als Cushna ihr sagte, sie werde eine Heimstatt für sich allein bekommen, wo sie noch besser ausruhen könne. Ständig bei ihr bleiben konnte er nun einmal nicht, und so suchte er diese Gegend ab, bis er dieses kleine Haus in seiner lieblichen Umgebung fand, mit dem herrlichen Ausblick auf die in der Ferne erstrahlenden Gefilde, in denen er selbst wohnt. Marie ist von der sanften Schönheit dieses Ortes ganz erfüllt und immer wieder spricht sie von Cushna, wenn wir hier stehen und den Ausblick genießen. Gewöhnlich besucht er uns nicht wie heute mit dir, sondern im geraden Fluge. Als Cushna sich eben bemerkbar machte, meinte Marie gerade — — "

„Wie lange wollt ihr sie noch warten lassen", tönte es plötzlich hinter unserem Rücken. Unser Freund hatte sich uns unbemerkt genähert und sicher noch einen Teil des Gesprächs mitangehört, denn er sagte jetzt, scherzhaft-drohend? „Azena, ich glaube, du hast ein bißchen aus der Schule geplaudert — ich muß dir wohl eine Rüge erteilen?"

„Du bist ein lieber alter Großvater und verdienst einen Kuß!" war Azenas einzige Antwort, und damit schlang sie die Arme um seinen Hals und küßte ihn herzhaft auf beide Wangen.

„Oh, diese Kinder", seufzte Cushna und schüttelte den Kopf in gespielter Entrüstung. Dann zu mir gewandt, meinte er: „Vielleicht gehst du jetzt hinüber und leistest Marie Gesellschaft, während ich dieses Kind hier ausschelte."

„Du könntest nicht schelten, selbst wenn du wolltest", hörte ich Azena noch sagen, als ich mich fortbegab, um zu Marie zu gehen.

Marie, daran war kein Zweifel, sollte mir die Geschichte ihres Leidensweges erzählen. Als ich auf sie zukam, flog ein Schatten der Traurigkeit über ihr Antlitz, sodaß ich gerne auf alle Worte von ihr verzichtet hätte. Aber wiederum trieb mich jene geheimnisvolle Macht voran, die in diesem Reich alles durchdringt und alles in die richtige Bahn lenkt, wie wenig wir es im Augenblick auch verstehen mögen. Instinktiv wußte ich, daß Cushnas Absicht letzten Endes nur zum Besten führen würde. Dennoch muß mein Gesicht in diesem Augenblick wohl deutlich genug mein Mitgefühl verraten haben, denn Maries schwaches Lächeln, das sie mir zur Begrüßung bot, blieb ein tapferer Versuch, der schon im Ansatz erstarb. Cushna hatte ihr über den Zweck meines Besuches alles Nötige gesagt, sodaß sie sogleich zu erzählen begann:

„Ich war das einzige Kind einer Millionärsfamilie aus dem amerikanischen Süden, vergöttert von meinen Eltern und verwöhnt seit frühester Jugend. Schon bald war ich daran gewöhnt, daß es nichts gab, das mir verweigert werden durfte. So wurde ich — wenn auch nicht böse oder grausam — doch fast zwangsläufig anmaßend und selbstherrlich. Es gab nur ein Mädchen, das ich wirklich meine Freundin nennen konnte — Sadie Norton. Ihre Familie hatte etwa den gleichen gesellschaftlichen Rang wie meine. Ich war zudem etwas älter als Sadie und konnte so eine Art Führungsanspruch geltend machen. Wir verstanden uns gut und waren überall zusammen. Bei keinem Fest, keiner Veranstaltung schien es ohne uns zu gehen. Noch bevor wir die zwanzig erreicht hatten, wurden wir von jungen Männern umworben, die sich eine reiche Heirat versprechen mochten. Wir aber machten uns, ohne selbst im Geringsten ans Heiraten zu denken, einen Heidenspaß daraus, die Verehrer an der Nase herumzuführen oder sie anderen Mädchen abspenstig zu machen.

Eines Tages kam ein junger Mann aus sehr guter Familie in unsere Stadt, der auch bei Sadie's und meinen Eltern eingeführt wurde. Wir beschlossen sofort, auch ihn ‚in die Zange zu nehmen‘, ihn uns gegenseitig zuzuspielen, um ihn so von anderen Mädchen fernzuhalten und zu foppen. Er aber nahm alles sehr ernst und nach weniger als einem Monat machte er mir einen Heiratsantrag. Ich hatte ihn zwar inzwischen sehr schätzen gelernt, dachte aber an meine Vereinbarung mit

Sadie und lachte ihn aus. Auf sein Drängen wies ich ihn schließlich sogar barsch zurück und schickte ihn fort.

Natürlich war ich überzeugt, daß er am nächsten Tage wiederkommen würde. Doch meine Hoffnung wurde enttäuscht. Wochen später lud mich Sadie — die ich inzwischen natürlich längst verständigt hatte — zu ihrer Geburtstagsfeier ein. Als ich ihr Haus betrat, lief sie auf mich zu und erzählte mir als letzte Neuigkeit, daß Charles — dies war sein Name — ihr einen Antrag gemacht habe. Und als ich schon zu frohlocken begann in der Erwartung des Mordsspaßes, der jetzt zu kommen schien, fügte Sadie hinzu: ,. . . ich habe ja gesagt!' Ich war wie vom Blitz getroffen. Maßloser Zorn, Eifersucht und enttäuschte Liebe stiegen in mir hoch und brachten mein Blut in Wallung. In meinem Kopf begann es sich wie ein Wirbel zu drehen — bewußtlos mußte man mich schließlich forttragen."

„Wochenlang lag ich im Delirium zwischen Tod und Leben, von ohnmächtiger Wut bis zum Wahnsinn gepeinigt. Sadie hatte an mir Verrat geübt, und, was schlimmer war, auch Charlie getäuscht. Denn das wußte ich — sie würde ihm nie die Gattin sein, die ich für ihn gewesen wäre. Meine Eltern setzten alles in Bewegung, um mich abzulenken, und als die beiden geheiratet hatten, gewann ich meine Fassung wieder. Ich war jetzt äußerlich ruhig, aber innerlich schwor ich ewige Rache. Sie waren fortgereist, ich aber war entschlossen sie zu finden, Sadie ihre Niederträchtigkeit heimzuzahlen und ihr den Mann wieder fortzunehmen, koste es, was es wolle."

„Fünf Jahre lang verbarg ich meinen Plan unter einer Maske scheinbarer Gleichgültigkeit. Durch einen Zufall stellte ich eines Tages den neuen Wohnort der beiden fest. Ich reiste hin, unter dem Vorwand, eine dort wohnende

Schulfreundin besuchen zu wollen. Es dauerte nicht lange, und ich traf Charles — allein auf der Straße. Als er mich ansprach, wußte ich sofort, daß seine Liebe zu mir noch lebte. Schnell fand ich heraus, daß er seinen Fehler von damals bereute — seine Ehe war nicht glücklich. Ich war fast wahnsinnig vor Freude, beherrschte mich aber mit größter Anstrengung. Er gehörte mir — das wußte ich — wenn ich jetzt keinen Fehler machte. Wir trafen uns noch einige Male auf die gleich zufällige Art. Schließlich bat er mich um ein heimliches Rendezvous. Erst nach längerem Zureden willigte ich — scheinbar zurückhaltend — ein. Weniger als einen Monat später floh er mit mir an die Ostküste, Frau und Kinder zurücklassend. Ich hatte mein Ziel erreicht und Sadie ihren Verrat in gleicher Münze zurückgezahlt."

„Gott hatte mich nach eigenem Willen gewähren lassen", fuhr Marie fort, „aber als mein Ziel kaum erreicht war, griff er ein. Nun, da die jahrelange, von Rachsucht genährte künstliche Willensanspannung plötzlich vorüber war, präsentierte mein Körper die Rechnung. Ich brach gesundheitlich zusammen und war innerhalb von zwei Jahren völlig invalide, dem sicheren Tode entgegengehend; Charlie verließ mich. Wieder wurde ich von maßloser Eifersucht geschüttelt, und sie leitete das Ende ein: Gehirnentzündung, Delirium und schließlich das Nichts."

„Als ich erwachte, war es dunkel — fürchterliche Dunkelheit. Ich konnte die absolute Nacht um mich her fast körperlich fühlen, und ich lag auf einem nackten Boden — kalt wie ein Eisblock. Ich rief nach Charlie, nach meinem Vater, meiner Pflegerin — keine Antwort außer dem Echo meiner eigenen Stimme, das wie ein Hohngelächter klang. Wo war ich? Ich versuchte mich zu erheben und fiel im gleichen Augenblick kraftlos wieder zu Boden. Panischer Schrecken und

Angst überfielen mich, ein Gefühl, bei lebendigem Leib zu versteinern, ohne Stimme, Augenlicht oder Schlaf."

„Vergebens wünschte ich mir das Delirium zurück, in dem ich noch kurz vorher gelegen hatte. Bei klaren Sinnen war ich einem eisigen, starren Terror ausgeliefert, eine Gefangene im Reich der Verzweiflung. Ein abnorm gesteigerter Fühl- und Tastsinn machte meine langsame Verwandlung in einen — lebenden — Eisblock noch unerträglicher. Wo war ich? Wer waren meine grausamen Peiniger? Wann endlich würde der Morgen anbrechen? Diese und tausend andere Gedanken quälten mich in endloser Folge, und während Hände, Füße, Augen und Zunge zu Eis erstarrten, schossen Blutstöße ohnmächtiger Wut durch meine Adern."

„Wie lange dieser Zustand dauerte, kann ich nicht sagen. Meine Qual war schließlich so unerträglich geworden, daß sie mein Bewußtsein betäubte. Ich lag in einer Agonie, die außerhalb von Zeit und Raum zu stehen schien. Als mein Bewußtsein schließlich wieder einsetzte, lag ich zwar immer noch in absoluter Finsternis und fürchterlicher Grabesstille, empfand aber die Qual weniger stark. Oder, sollte ich lieber sagen, es war mir eine Pause gewährt worden, während der nur eine andere, wenn möglich noch schlimmere Tortur für mich bereitet wurde. Immer noch wußte ich nicht, wo ich war, welche einschneidende Veränderung mit mir vorgegangen war. Aber ich stellte fest, daß ich frei von körperlichem Schmerz war und mich sogar bewegen konnte. Ich sehnte mich nach etwas Licht, um endlich wieder sehen zu können, um zu erfahren, wo ich war."

„Auch von diesem Zustand weiß ich nicht, wie lange er dauerte. Er schien wie die Unendlichkeit. Endlich sah ich ein Licht, schwach und in großer Entfernung. Zu gleicher Zeit spürte ich eine Kraft, die mich unwiderstehlich in Richtung auf das Licht fortzog. Erst war es ein ganz schwaches Gefühl des Gleitens, dann nahm die Geschwindigkeit zu, bis ich schließlich hochgerissen und wie von den Flügeln des Windes fortgetragen wurde. Immer schneller, immer weiter ging ich in Richtung auf das magische Licht, das mir dennoch nicht näher zu kommen schien. Mein Herz war voller Furcht vor dem, was mir bevorstand, was es auch sein mochte."

„Plötzlich fiel ich direkt vor dem Licht zu Boden. Von wo, von wem, glaubst du, ging es aus? Von dem einzigen Menschen, nach dem ich mich gesehnt, um dessen Gegenwart ich gefleht hatte, — Charlie! Irgendwie fühlte ich, daß mein brennender Wunsch, ihn zu sehen, etwas mit meiner seltsamen Luftreise hierher zu tun hatte, und ich weinte und dankte dem unbekannten Wohltäter, der mich aus meinem Gefängnis befreit und mich wieder zu dem Geliebten geführt hatte."

„Ich trat in den Lichtkreis. Wie er sich verändert hatte. Sein schwarzes Haar war von grauen Strähnen durchzogen, sein einst so ruhiges Gesicht voller Sorgenfalten, sein Rücken gebeugt. Er mußte Vieles und sehr Bitteres durchgemacht haben, seit ich ihn zuletzt gesehen hatte. Als ich ihn erreichte, flüsterte er meinen Namen, hob aber nicht den Kopf und bemerkte mich noch nicht. Ich war glücklich! Er liebte mich noch, er war nicht zu Sadie zurückgekehrt!"

„Als ich in seine Augen blickte, durchbebte mich ein furchtbarer Schreck. Er sah mich nicht, sondern blickte abwesend vor sich hin. Ich griff ihn bei den Schultern und schüttelte ihn, von panischer Angst ergriffen. Er schüttelte sich nur, als sei es ihm zu kalt. Ich begann an meinem Verstand zu zweifeln. ‚Charlie', rief ich, ‚Charlie, kennst du mich nicht mehr? Sag doch nur ein Wort! Ich war lange krank, aber ich habe dich immer geliebt. Wir werden wieder glücklich sein.

Komm, laß uns fortgehen. Sag, daß du mich erkennst, Charlie, sag nur ein einziges Wort'!"

„In diesem Augenblick stand er plötzlich auf, ergriff ein Buch und begann zu lesen, ohne auch nur das geringste Zeichen gegeben zu haben, daß er mich bemerkt hatte. Ich prallte entsetzt zurück. Was war mit ihm? Sein Benehmen zeigte nichts Anormales — außer, daß er mich nicht sah. Es gab keine andere Erklärung — ich mußte träumen. Nochmals versuchte ich, mit ihm zu sprechen, ihn zum Reden zu bringen — umsonst. Er lächelte nur, legte das Buch beiseite, wandte sich nach jemanden um, den ich nicht sehen konnte und sagte etwas Belangloses, das offensichtlich an eine andere Frau gerichtet war. War er zu Sadie zurückgekehrt? Wieder wurde ich von wilder Eifersucht ergriffen, verlor den Rest meiner Selbstbeherrschung. Ich spürte, daß eine dritte Person hinzutrat, konnte sie aber weder sehen noch hören, was meine Qual noch mehr verstärkte. Ich konnte jedes Wort, das Charlie sagte, verstehen, und was er sagte, hatte nicht das Geringste mit mir zu tun. Ich existierte nicht für ihn!"

„Wer war diese Frau? Sadie war es nicht, er nannte sie bei einem Namen, den ich nicht kannte. Er hatte seine Vergangenheit verraten! Jetzt wußte ich, er quälte mich absichtlich, er wußte genau, daß ich da war, ich sollte Zeuge werden, daß er mit einer anderen Frau zusammen lebte. Die Gewißheit, daß er nicht mehr an mich dachte, trieb mich zur Verzweiflung, und in meiner grenzenlosen Eifersucht war ich bereit, ihn zu töten. Aber bevor ich eine Bewegung machen konnte, erlosch das Licht und ich stand wieder in ägyptischer Finsternis. Gleichzeitig sprach Charlie weiter zu der fremden Frau. In meiner ohnmächtigen Wut versuchte ich, mich auf die Stimmen hin zu tasten, um beide zu töten. Umsonst! Jetzt war ich plötzlich ebenso lahm wie blind!

145

Unfähig, mich zu bewegen, stand ich da und mußte weiter einer Szene zuhören, die nur zu deutlich von Zärtlichsein gegenüber meiner Rivalin zeugte."

„Tausendmal hätte ich in diesem Augenblick die eisige Starre meines vorherigen Zustandes vorgezogen. Ich versuchte, Gott um Ohnmacht oder Betäubung zu bitten, aber mein Gebet kam zurück wie ein Strom geschmolzenen Bleis, senkte sich auf meinen Kopf und bohrte sich in mein Gehirn. Siedendheißer Schrecken durchfuhr mich, als ich erkannte, daß meine Bestrafung erst begonnen hatte, daß sie noch härter werden würde, und daß es keinen, keinen Ausweg gab. Ich war gekettet an den, um dessentwillen ich mein Leben zerstört hatte, ich sollte für Zeiten, die mir wie die Ewigkeit schienen, jedes Stadium seines Verrats an mir — ohnmächtig, aber mit hellwachen Sinnen — miterleben. Es gab keine Gnade, kein Mitleid in dem Reich, in dem ich eine Gefangene war. Ich machte alle Qualen der Hölle durch, ohne selbst den schwachen Trost zu haben, daß andere mit mir litten. Ich war allein — hoffnungslos allein."

„So unnatürlich wach und scharf waren meine Sinne im Wahrnehmen dessen, was mich bis zum Äußersten peinigte, daß ich alles getan hätte, um fortzukommen, sei es auch zu neuen Peinigungen. Schließlich schrie ich in letzter Verzweiflung: Gott oder Teufel, wer du auch seist, der mich hört, ende meine Qual! Zerstöre mich, umnachte meine Sinne, lösche mich aus! Hölle, erbarme dich meiner; öffne deine Tore und nimm mich auf in deinen glühenden Krater! Hölle, hörst du mich?" — — —

Marie war, während sie sprach, wieder die Frau geworden, die sie einst war. Große Schweißtropfen standen auf ihrer Stirn, ihre Augen leuchteten wie im Wahnsinn und sie wand sich wie unter großen Qualen. Als sie geendet hatte, fiel sie erschöpft zu Boden, bevor ich sie stützen konnte. Im gleichen Augenblick eilten Cushna und Azena herbei.

„Pst!", sagte Cushna, ohne die geringste Erregung zu verraten, „laß sie schlafen, es wird ihr bald besser gehen."

„Cushna", rief ich verzweifelt, „kann das alles wahr sein?"

„Ja, es ist wahr, und noch viel mehr, das zu erzählen ihre Kräfte übersteigt. Sie hatte die Saat ihrer Eifersucht mehr als zwanzig Jahre lang geerntet, als ich sie fand."

„Und du hast sie gerettet. Ich kann jetzt gut verstehen, warum sie so sehr an dir hängt."

Aber Cushna war zu sehr mit Marie beschäftigt, als daß er hätte antworten können.

X

DIE ERINNERUNG ALS THERAPIE

Ich erinnere mich noch lebhaft, wie ich als Kind am Ufer der See saß, meine Füße weit genug ausgestreckt, um von der anrollenden Brandung überspült zu werden, und wie ich versuchte, angespülte Gegenstände zu erhaschen, freudig erregt über jeden Erfolg, enttäuscht über jedes Mißlingen. Mein jetziges Leben hatte eine gewisse Ähnlichkeit mit jener Situation. Ich stand wieder am Rande des Meeres — des unendlichen Meeres geistigen Lebens. Woge um Woge der Offenbarung kam auf mich zu, zerschellte an meiner Unwissenheit und benetzte mich mit einem Schauer des Wissens. Mir blieb keine Zeit, bei den Schätzen zu verharren, die in meine Hände gespült wurden, immer neue Überraschungen kamen auf mich zu, umgaben mich von allen Seiten.

Man hatte mir gesagt, daß die Liebe das Maß aller Dinge sei und daß ich dies bald ganz verstehen würde. Aber jetzt, so schien es mir, war ich unversehens ins Wasser gefallen, ohne des Schwimmens kundig zu sein. Was ich eben bei Marie erlebt hatte, war mehr, als ich zu begreifen oder mir zu erklären vermochte.

Es ist eine weit verbreitete Ansicht auf Erden, daß die menschliche Seele mit dem Tode automatisch eine Art ‚Allwissenheit' erlangt und es keine Probleme mehr für sie geben wird. Nichts ist falscher als das, und ich war dankbar dafür, daß dieser alberne Glaube sich nicht bewahrheitete. Jede Frage, die ich stellte, jedes Geschehen, das ich hier miterlebte, jeder Ton, der mein Ohr traf, war eine kleine Offenbarung für sich und die Folge der einzelnen Wellen war so rasch, daß ich mich in einem ständigen Zustand ergriffenen Staunens befand. Das gilt bis auf den heutigen Tag, da ich diese Worte diktiere. Was wäre wohl geschehen, wenn die volle Flut himmlischen Wissens über mich hereingebrochen wäre, als ich jenseits der Nebelwand erwachte — die volle Flut eines unendlichen Ozeans, von dem ich auch heute noch nicht mehr als einen winzigen Bruchteil übersehen kann?

„Nein, Gott setzt das geschorene Lamm keiner solchen Gewalt aus. Er kennt unser Begriffsvermögen und lenkt die Entfaltung unserer Seele so, wie es am besten für uns ist. Wie bei den Künsten und Wissenschaften auf der Erde kann auch das Wissen im spirituellen Reich nur Stufe um Stufe gemeistert werden. Nur im langsamen Voranschreiten wächst unsere Kraft, das Unendliche zu begreifen, unser Leben dem des Gottessohnes anzugleichen, um schließlich in die Gegenwart Gottes einzutreten.

Wie sehr ich mich auch mühte, es war mir unmöglich, das eben Erlernte mit dem universalen Gesetz der Liebe zu vereinbaren, das man mich gelehrt hatte. Verstört und grübelnd stand ich vor der bewußtlos zu unseren Füßen liegenden Marie, die von Cushna und Azena aufmerksam beobachtet wurde. Als sie schließlich die Augen öffnete, waren die beiden sofort an ihrer Seite. Wenig später sank Marie in den Armen ihrer Beschützerin in einen tiefen Schlaf.

„Cushna", rief ich, als wir kurz darauf die Rückreise angetreten hatten, „wie kannst du das Gesetz der Liebe mit der furchtbaren Szene vereinbaren, die ich eben miterlebt habe?"

„Ich kann deine Bestürzung wohl verstehen", antwortete er, „und ich will versuchen, dir alles zu erklären. Vergiß zunächst niemals, daß alles Leben ein Werden und Wachsen ist, ein Übergang von heute auf morgen, bei dem jedes kleine Geschehnis am Rande seine Rolle spielt. Plötzliche Veränderungen sind nur Schein; wenn wir näher schauen, werden wir sehen, daß sie nur die Wirkung sind von Ursachen, die schon seit langem — vielleicht still und unbeachtet — am Werk waren. Jede Ausdehnung wirkt von innen nach außen. Du kannst nicht ‚sehen‘, wie die Blume ihre Blütenblätter entfaltet, dennoch aber tut sie dies, während du sie noch aufmerksam beobachtest. Ebenso ist es mit der Seele, sie hastet nicht vorwärts, sondern entfaltet sich langsam, und ihre Entwicklung wird nur uns bewußt durch die Stadien, die wir erreichen.“

„So war es auch bei Marie. Es ist mir unmöglich, dir zu erzählen oder verständlich zu machen, auf welche Weise sie allmählich aus der furchtbaren Agonie erlöst wurde, in der ich sie zuerst antraf — von der du einen Rest gerade gesehen hast. Du wirst diese Dinge besser verstehen, wenn du später selbst einmal in einer solchen Mission tätig bist. Laß mich dir jetzt nur versichern, daß es nicht gegen das Gesetz der Liebe verstößt, wenn wir sie bitten, ihre Geschichte zu erzählen. Die Beibehaltung der Persönlichkeit erfordert, daß die Erinnerung niemals ausgelöscht wird. Die Narbe eines jeden Unrechts, das wir begangen haben, wird bleiben, auch wenn sie uns keine Schmerzen mehr bereitet, sobald wir die Strafe dafür bezahlt haben.“

„Marie hat jetzt das Stadium der Genesenden erreicht, und jedesmal, wenn sie ihre Geschichte erzählt, ist es wie ein neuer Verband auf der Wunde — schmerzhaft im Augenblick, aber gut und nützlich in der Wirkung. Jeder neue Bericht ist weniger schlimm als der vorhergegangenen, und der Erschöpfungsschlaf in den sie versinkt, gibt ihr die zusätzliche Kraft, die sehr wichtig für ihren Fortschritt ist. Ohne diese Korrektur würde sie zufrieden sein, nach allem was war, jetzt nur ausruhen zu dürfen, doch würde sie dabei nicht wirklich gesunden; sie von sich selbst berichten zu lassen, ist deshalb das einzige Rezept, von Maries Vergangenheit den schmerzenden Stachel zu nehmen und sie weiterzuleiten in eine glücklichere Zukunft."

„Und könnte das nicht auch dadurch erreicht werden, daß sie nur zu Azena darüber spricht?"

„Nein, nicht so wirksam! Der Erfolg würde in keinem Verhältnis zum Aufwand liegen, ein Kräfteverschleiß, wie du ihn hier nie finden wirst. Außerdem, wenn sie sich nur Azena anvertraut, wird sie nicht lernen, sich an die Freundschaft anderer Seelen zu gewöhnen. Jeder Besucher veranlaßt sie, an anderen Dingen Interesse zu nehmen. Wenn Azena sie eines Tages verlassen wird — und das wird der Fall sein, wenn das Berichten ihrer Erlebnisse keinen Erschöpfungsschlaf mehr nach sich zieht — wird sie sich so nach anderen Menschen sehnen, daß sie selbst in eine glücklichere Umgebung hineinfindet."

„Und wie lange wird das noch dauern?"

„Das hängt ganz von den Umständen ab. Im Allgemeinen die gleiche Zeit wie die des vorangegangenen Leidens."

„Hast du eine Ahnung, wie lange dies im Falle Marie dauerte?"

„Wie ich dir schon sagte, nach irdischem Zeitmaß ungefähr zwanzig Jahre."

„Zwanzig Jahre — welche Hölle muß das gewesen sein. Könnte sie dies doch nur den tauben Ohren der Erde predigen! All das läßt in mir den Wunsch nur noch brennender werden, nochmals zur Erde zurückzukehren, um die Wahrheit zu verkünden. Ich möchte, daß die Menschen wissen, daß nur ihre Lebensführung, daß nur edle, selbstlose Taten in dieser Welt zum Guten für sie führen können. Ich will ihnen sagen, daß jede Missetat gebüßt werden muß, durch den, der für sie verantwortlich ist. Daß es keine Hilfe, kein Ausweichen gibt, daß jede Seele ihre eigene Errettung erarbeiten muß."

Mein Gefährte machte keinen Versuch, mich zu unterbrechen, aber auf seinen Lippen spielte ein halb amüsiertes, halb trauriges Lächeln, während er neben mir dahinschritt. Als ich geendet hatte, sagte er ruhig:

„Es gibt Tausende, ja Millionen von Freunden hier, die von denselben Gefühlen beherrscht waren, wie du es jetzt bist. Aber wenn die Gelegenheit zur Ausführung kam, machten sie alle die gleiche Erfahrung. Zunächst wird man auf der Erde deine Identität in Zweifel ziehen. Du wirst einen langen und keineswegs erfreulichen Kampf bestehen müssen, nur um zu beweisen, daß du ein Bote aus dem ‚anderen' Leben bist. Dann, wenn dir dies bei einigen wenigen gelungen ist, werden sie von dir zahlreiche Zeichen und Wunder erwarten, um den Beweis zu stärken und ihre Neugier zu befriedigen. Wenn dir auch das gelungen ist und du darauf brennst, nun endlich mit deiner Mission beginnen zu können, wird auf der anderen Seite ein Neuer dazugebracht werden und sie werden verlangen, daß du die ganze Prozedur seinetwegen von neuem beginnst. In der Tat, du wirst die größte Sorgfalt anwenden müssen, um zu verhindern, daß sie davonlaufen, bevor du begonnen hast, nur ein Korn der Wahrheit zu säen."

„Wenn du aber bis dahin gelangst, dann werden sie behaupten, selber mehr über unser Leben zu wissen als du selbst. Du mußt auf Widersprüche und Einwände bei allem gefaßt sein, was du sagst, und nicht wenige werden dir sogar sagen, daß du einen Irrtum predigst, der aus dem Reich der Finsternis kommen dürfte, nur weil dein Bericht nicht mit ihren eigenen Überzeugungen übereinstimmt. Ich muß dich warnen, im Hinblick auf deine erhoffte Mission zur Erde zu optimistisch zu sein. Die weitaus meisten der Menschen ziehen es vor, alles Wissen über das sogenannte Jenseits bis auf den Tag aufzuschieben, an dem sie selber hier ankommen. — Aber ich möchte deine Aufmerksamkeit jetzt auf andere Dinge lenken."

XI

IST DER HIMMEL VOLLKOMMEN?

(Das Heim des Assyrers)

Mein Enthusiasmus war durch Cushnas Worte etwas gedämpft worden, und ich muß wohl recht betrübt dreingeschaut haben, als er jetzt meinen Arm ergriff und mich aus meiner Nachdenklichkeit riß. Wir standen auf dem Gipfel eines Berges, der sich mit anderen zu einer Kette zusammenschloß, in deren Mitte ein weites Tal von paradiesischer Schönheit lag. Vom jenseitigen Bergkamm ergoß sich in silbrigen Kaskaden ein Strom ins Tal, der als majestätisches kristallenes Band die Ebene in zwei fast gleiche Teile trennte. Etwa in der Mitte des Tales teilte sich der Fluß für eine Strecke nach beiden Seiten, eine Insel von etwa einer Meile Länge bildend. In ihrer Mitte erhob sich als markanter Punkt dieses Panoramas ein palastartiges Gebäude.

Bisher war mir niemals der Gedanke gekommen, es könnte im Jenseits so etwas wie körperliche Arbeit geben. Der Anblick der Insel machte mir das plötzlich bewußt, denn sie erweckte ganz den Anschein- als sei sie von Menschenhand künstlich geschaffen worden.

Cushna bestätigte meine Gedanken augenblicklich und erklärte, daß der Strom nach beiden Seiten geteilt worden war.

„Willst du damit sagen, daß es körperliche Arbeit im Himmel gibt; ist er nicht bereits etwas Vollkommenes?" fragte ich höchst erstaunt.

„Um deine zweite Frage zuerst zu beantworten — der

Himmel, wie du ihn gegenwärtig erlebst, ist kein Ort der Vollkommenheit. Ich weiß, daß man ihn sich auf der Erde als vollkommen vorstellt, aber das steht nirgends in der Bibel und findet nicht die geringste Bestätigung in den Lehren Jesu, der zu seinen Jüngern sagte: ‚Ich gehe einen Ort, für Euch bereiten‘. Etwas, das noch nicht bereitet war, kann auch noch nicht vollkommen gewesen sein. Das Leben hier gibt vielmehr jedem Talent die Möglichkeit, sich schöpferisch zu betätigen. Der Dichter kann hier höhere Inspirationen empfangen — welchen Zweck hätte das, könnte er sie nicht niederschreiben? Sollen Künste der großen Maler und Bildhauer, eines Phidias, Raphael oder Michelangelo nur eine kurze Erdenspanne gewährt haben, um dann für alle Zeiten zu versiegen? Die Architekten, die Theben und Babylon, Athen und Rom bauten, sollten ihnen die Hände gebunden sein, wenn sie alle Inspiration und Hilfe bekommen, die sie nur jemals wünschen konnten? Sind ein Händel, ein Mozart, ein Beethoven ihrer Musik müde oder haben sie die Quelle der Klänge leergeschöpft?"

„Doch lassen wir die Genies einmal beseite; hat nicht auch ein Gärtner irgend ein Ideal in seinem Beruf, das er gerne verwirklichen möchte, sollte ihm dieser Ehrgeiz gerade dann versagt sein, wenn die Hindernisse, mit denen er auf der Erde zu kämpfen hatte, nicht mehr bestehen? Du weißt, wie viele Menschen — seien es Künstler, Baumeister, Wissenschaftler im Erdenleben auf halbem Wege stecken bleiben, ohne Erfolg oder Anerkennung. Der Himmel vergilt ihnen ihre Mühe, die sie einem Ideal zuwendeten, indem er ihre Hoffnungen erfüllt. Ja, mein Freund, es gibt genug Möglichkeiten hier, zu arbeiten, aber der große Unterschied dabei ist, daß keine von ihnen Mühe und Plage bedeutet. Hier wird nicht für den Lebensunterhalt gearbeitet, sondern aus

Liebe zur Sache, um äußerlich dem Ausdruck zu verleihen, was uns im Innersten bewegt."

Ich antwortete nichts. Versunken in Nachdenken schaute ich wieder hinüber auf die Insel, wo der Palast meinen Blick auf sich zog. „Dort wohnt unser Freund, der Assyrer", sagte Cushna jetzt, der meinen Augen gefolgt war. Seltsam! dachte ich, beinahe belustigt bei dem Gedanken, daß es sich um einen Wohnort handeln konnte; es sah mir eher aus wie eine riesige Blumenpyramide, zur Verschönerung des Tales in dessen Mitte aufgerichtet. Der Grund für diesen Eindruck wurde deutlich, je mehr wir uns jetzt dem Gebäude näherten. Es hatte zehn Stockwerke, jedes ringsherum mit einer breiten Terasse versehen. Die Ränder dieser Terassen waren bepflanzt mit Blumen, Sträuchern und schließlich Palmen und anderen Bäumen, deren reiches Laubwerk einen dichten Kranz bildete.

Am Ufer des Flusses angelangt, wurden wir von Siamedes begrüßt, der uns auf der Brücke entgegenkam. Als wir auf das Gebäude zutraten, folgten uns viele neugierige Blicke von andern Bewohnern, die — wie ich später erfuhr — noch nicht lange in diesem Reich waren und vielleicht hofften, die Neuankömmlinge könnten ihnen Nachricht von den Ihren auf der Erde bringen.

Das Haus Siamedes' war eines der Ruheheime für Seelen, die in ihrem Erdenleben Gutes getan hatten, aber müde und zermürbt ihren Körper aufgaben. Hier konnten sie eine Weile ruhen und betreut werden, um schließlich ihr verdientes Erbe anzutreten und den Glanz des Lebens zu kosten, das sie erwartete. Der Zustand dieser ‚Patienten‘ ist oft recht unterschiedlich, und gewöhnlich haben sie seit ihrem physischen Tode nichts von der Erde gehört.

Siamedes war anders gekleidet als während des großen

Chorals. Er trug ein langes wallendes Gewand von blitzendem Silbergrau, das in einem pulsierenden Rhythmus abwechselnd von blauen und rosa Schimmern durchwebt zu sein schien. Das erste Mal hatte ich ihn in seiner ‚Staatsrobe' gesehen, jetzt war er zuhause — doch immer noch eine königliche Erscheinung! Doch verstehe man mich richtig: die Krone dieses Statthalters des Königs der Könige war die des Dienens, sein Szepter strahlte Güte und Reinheit, seine Anweisungen galten nur einem Ziel: dem wahren Leben im Lichte der Liebe Gottes.

Ich fühlte mich unwiderstehlich zu Siamedes hingezogen, und er — schloß mich in die Arme. Wieder, schien es mir, hatte sich ein weiterer Schritt der Vorsehung vollzogen, ein neues Blatt war aufgeschlagen worden. Das alte, stumme Phantasiebild des Himmels schwand mehr und mehr, und an seine Stelle trat eine viel schönere Wirklichkeit, ein Leben, das ausgefüllt sein würde mit Aufgaben, von mir selbst gewählt, die mich weiter emportragen würden.

Wir streiften durch die Räume des ausladenden Gebäudes, hier und dort stehenbleibend, um mit den Bewohnern zu sprechen. Einer war gerade aus dem Schlummer erwacht, in den ihn der Tod seines physischen Körpers versetzt hatte. Ich konnte an ihm dieselbe Verwirrung beobachten, die ich selbst vor gar nicht langer Zeit unter ähnlichen Umständen erfuhr. Ein anderer, dessen Ruhezeit in Siamedes' Heim gerade abgeschlossen war, wurde von Freunden abgeholt, die ihn an den für ihn bereiteten Platz bringen sollten. — „Nach dem, was ich hier bisher gehört habe, scheinen hier keine Choralgesänge zu erschallen", sagte ich schließlich zu Siamedes. „Stimmt das?"

„Es stimmt. Meine Patienten hier sind das genaue Gegenteil von denen, die du im ‚Haus der Genesung' gesehen hast, und sie brauchen eine ganz andere Betreuung. Jene waren Opfer, die gegen ihre eigene Natur religiöser Intoleranz unterlagen. Diese hier sind Überwinder, die oft gegen große Hindernisse ihren Weg zu Jesus Christus selbst gefunden haben."

Eines interessierte mich dabei besonders, nämlich die Rolle der einzelnen Religionen. „Ist es möglich, zu sagen", fragte ich Siamedes, „welche Konfession oder Religion den höchsten Prozentsatz der Erlösten stellt?"

„Wir kennen hier nur eine Religion — die Liebe! Von allen den durch Menschen geformten Religionen oder Konfessionen besitzt keine ein Monopol auf die Liebe zum Nächsten. Doch ernste und gewissenhafte Diener dieser wahren Religion gibt es in allen. Ihr Gottesdienst ist Dienst an der Menschheit, ihre Litanei edle Taten, ihre Gebete Tränen des Mitgefühls, ihre Predigten sind das einfache Leben, ihre Gesänge das Trostwort für die Unglücklichen, ihre Hoffnung der Himmel. Dies ist die einzige Religion, die uns einen Paß für den Himmel ausstellen kann. Theologische Systeme haben für uns hier nicht mehr Reiz, als sie es auf Erden hatten. In jeder Seele aber schlummert das Ideal, dem die ganze Menschheit, wenn auch meist unwissend und blind, aber doch im Innersten ahnend — zustrebt. Die Lösung der politischen Probleme auf Erden, der Weg zum dauerhaften Frieden liegt im Schoße der Zukunft und kann durch das Gesetz der Liebe verwirklicht werden."

Inzwischen hatten wir das Gebäude durchschritten. In seinen vielen Hallen, Gängen, Treppen und Räumen wies es nirgends eine Spur von Schatten auf und selbst im Innersten des riesigen Baues war es ‚von selbst' hell wie am lichten Tage. Die Schönheit der Baukunst, die künstlerische Ausschmückung zu beschreiben, fehlen mir die Worte. Das größte Wunder aber entdeckte ich in der Mitte des Innenhofes. Es war ein wirkliches Wunder — ein Gebilde, das gleichzeitig Quelle und Baum war. Es erhob sich aus einem korallenfarbenen Bassin in Form einer vier bis fünf Fuß breiten Wassersäule, die sich in fünfzehn Fuß Höhe in Äste und Zweige zu teilen begann, von denen ein jeder überreich mit Blättern, Blüten und Früchten behangen war. Das Bild der Äste wechselte ständig — kaum war ein Blatt, eine Blüte oder Frucht herangereift, so wurde sie wie von unsichtbarer Hand gepflückt und in eines der vielen Gemächer davongetragen, die auf den Hof mündeten. Das Gesetz der Natur schien im ‚Zeitraffer' vor unseren Augen abzurollen.

Während ich noch wie gebannt auf dieses Wunder vor unseren Augen blickte, hatte Siamedes einige Blätter zu unseren Füßen aufgelesen. Sie waren von einer lichten, fast smaragdgrünen Farbe und samtweich anzufassen. Als ich sie genau geprüft hatte, preßte unser Freund die Blätter zwischen seinen Handflächen zusammen. Ich verspürte im gleichen Augenblick einen weichen zarten Duft, der mich belebte und beseelte. Als Siamedes die Hände wieder öffnete, war nur noch eine Spur von Feuchtigkeit verblieben, die Blätter hatten sich aufgelöst.

Der Assyrer lächelte, meine Verwunderung bemerkend, und begann sogleich zu erklären: „Dies ist der Baum und auch das Wasser des Lebens für diejenigen, die hierher kommen. Es ist ein Mittel, die aus dem Erdenleben nachhängende Müdigkeit und Erschöpfung auszulöschen, ein Kraftborn etwa gleich in der Wirkung wie der Choral. Es ist ein vollkommenes Ganzes, paßt sich von sichtbarer Kraft gelenkt jeder Situation an, der es zu dienen hat und läßt uns nichts zu tun übrig. Ein Born, der Kummer und

Tränen fortwäscht, Sorgenfalten glättet und die Herzen mit Freude erfüllt. — Aber überzeuge dich selbst."

Wir überzeugten uns. Und die Vollkommenheit dessen, was wir auf unserem Rundgang sahen, läßt sich nicht in Worte fassen, die auch auf der Erde verständlich wären. An der Schwelle eines der vielen Zimmer, in denen müde Kinder der Erde dem Erwachen in einem neuen Leben entgegenschlummerten, hielt unser Gastgeber inne. Eine Mutter lag hier im Schlaf, umgeben von dreien ihrer Kinder, die vor ihr gekommen waren. Siamedes erklärte uns, wie religiöse Frömmelei und Unduldsamkeit der Verwandten sie und ihren Mann in großes Leid gestürzt hatten, das sie tapfer ertrugen, um vor ihrem eigenen Gewissen zu bestehen. Ihr Leben war ein Übermaß an Liebe für den Mann und ihre dreizehn Kinder gewesen. Jetzt lag sie hier — eine Heldin des Lebenskampfes, der schließlich doch ihre körperlichen Kräfte überstiegen hatte, liebevoll beobachtet von ihren Kindern, zwei Knaben und einem Mädchen, die in ihren reinen weißen Gewändern wie wahre Engel aussahen. Sie waren gerufen worden, da das Erwachen kurz bevorstand. Und in der Tat — einen Augenblick später tat die Schläferin einen tiefen Atemzug, dehnte und streckte sich. Siamedes setzte sich an den Rand ihres Lagers, machte einige Handbewegungen über ihrem Kopf, wie um den Schlaf zu zerstreuen, und nun war es soweit: ein langer Seufzer, eine Sekunde ungläubiges Schweigen, gefolgt von einem „Mein Gott, wo bin ich . . .?"

„Mutter", riefen alle drei Kinder zugleich, stürzten auf das Lager und schlossen die Erwachende in ihre Arme. — Leise verließen wir den Raum. Es war ein Augenblick, zu geheiligt, um von einem Fremden beobachtet zu werden.

Wenig später wurden die Vorhänge zurückgezogen und

man führte die Erwachte hinaus auf die Terrasse, die Welt ihres neuen Lebens zum ersten Mal zu sehen. Zu meiner größten Überraschung sah ich Myhanene an ihrer Seite. Woher war er gekommen? Als ich das Zimmer verließ, war er noch nicht da, und über die Terasse war er nicht gekommen.

„Myhanene hat sie von der Erde hergebracht", sagte jetzt Siamedes neben mir, „und darum ist er jetzt, neben den Kindern, der erste, sie willkommen zu heißen."

„Ich hatte keine Ahnung, daß er hier war!"

„Das war er auch nicht. Als ich sie erwachen sah, habe ich ihn gerufen."

„Wohnt er hier in der Nähe?"

„Nah und weit gibt es hier nur im geistigen Sinne", antwortete er. „Aber ich sehe schon, daß du mit unseren Mitteln der Verständigung und Fortbewegung noch nicht vertraut bist. Erinnerst du dich noch, wie Myhanene während des Chorals einen Lichtstrahl hinaussandte, als er dich sprechen wollte?"

„Ja!"

„Nun, diese Lichtstrahlen bewegen sich mit der Geschwindigkeit von Gedanken und finden ihren Empfänger auf der Stelle, wo er auch sei. Und wenn nötig, können wir mit der gleichen Geschwindigkeit selber an einen anderen Ort reisen. Ein Gebet wird beantwortet, während wir es noch sprechen. Der Gedanke von Zeit und Raum ist im geistigen Bereich aufgehoben. Auch du selbst bist mit Cushna schon häufig auf diese Weise ‚durch den Raum geflogen', nur ist das etwas so Natürliches hier, daß du es garnicht bemerkt hast."

Myhanene war inzwischen herzugetreten und nahm uns mit, der Schwester zu ihrem Erwachen zu gratulieren. Die Kinder konnten uns kaum genug erzählen, wie Siamedes für sie gesorgt hatte, während sie bei ihrer Mutter wachten. Dann nahm Myhanene sie bei der Hand und trat mit ihnen ‚durch die Luft' die Reise an den Platz an, den Gott als Belohnung für ein opfervolles Leben bereitet hat.

Siamedes führte mich indes durch die restlichen Teile des Hauses. Von den vielen, die ich in den einzelnen Gemächern sah, ist mir eine Schläferin besonders im Gedächtnis geblieben. Aus ihrem Körper zogen sich feine, hellrote Strahlenbänder durch den Raum und hinaus ins Freie, ohne daß ihr Ende abzusehen war. Mein Begleiter erklärte mir, dies seien Bande, die durch den unbeherrschten Schmerz derer erzeugt wurden, die die Schlafende auf der Erde zurückgelassen hatte. Diese Bande zur Erde bereiten hier oft große Schwierigkeiten. Wüßten die Hinterbliebenen doch nur, daß hemmungsloser Kummer nicht ohne Einfluß auf die Betrauerten bleibt, daß er ihre Ruhe stört, wie unbeabsichtigt das auch geschehen mag. Sollte der Schläfer aufwachen, bevor die Kraft dieser Bänder geschwächt werden kann — und das geschieht nicht selten —, dann fühlt die Seele den Schmerz der Trauernden sehr deutlich, ja kann dadurch zur Erde zurückgezogen werden. Und dort wird ihr Schmerz eher noch größer werden, wenn sie entdeckt, daß sie nichts tun kann, um sich den Trauernden bemerkbar zu machen und sie zu trösten.

Im vorliegenden Fall hatten Helfende von hier schon alles versucht, um den Fluß des Kummers von der Erde aufzuhalten. Jetzt erwachte das Mädchen und Siamedes sah das Unvermeidliche kommen. Ich dachte an Cushna — er hatte uns bereits wieder verlassen — und erzählte, was mir Cushna über das Passieren der Nebelwand berichtet hatte. „Wenn er dieses Mädchen auf ihrer erzwungenen

Reise begleitet", fügte ich mit einem hoffnungsvollen Impuls hinzu, „vielleicht würde er mich sogar mitnehmen?"

„Ich werde Cushna rufen", war die Antwort, und unmittelbar darauf sandte Siamedes einen Gedankenstrahl, der ebensoschnell beantwortet wurde. Gleich darauf stand Cushna neben uns.

Das Erwachen, dessen Zeuge ich nun wurde, hätte ebenso schön und friedvoll sein können wie das der Mutter der drei Kinder. Doch diesmal sah die Wirklichkeit anders aus! Mögen meine Leser alles, was ich berichte, in den Bereich der Phantasie verweisen — ich bitte sie um der Barmherzigkeit willen, mir Glauben zu schenken und sich Selbstbeherrschung aufzuerlegen, wenn sie um den „Verlust" eines geliebten Menschen trauern. Es ist schmerzlich, gewiß, aber das Gebot Gottes befiehlt uns nicht nur Liebe, sondern auch Selbstverleugnung. Euer Verlust ist der Gewinn der Hinübergegangenen. Wenn Ihr sie wirklich geliebt habt, tröstet Euch in diesem Bewußtsein und versucht, Euch für sie zu freuen. Denn die Liebe, und mit ihr der Schmerz, sind Kräfte, die nach Gottes Gesetz beide Welten durchdringen; sie erreichen und beeinflussen die Dahingegangenen stärker, als wenn sie noch auf der Erde wären. Wer aus Liebe trauert, möge sich trösten und beherrschen. Wer nur aus Sentimentalität oder weil es Sitte ist, der möge fortfahren — seine Trauer wird den Fortgegangenen nie erreichen. Doch Liebe — reine, selbstlose Liebe hat diese Kraft. Ihr würdet nicht weinen, könntet Ihr nur für einen Augenblick sehen, was ich gesehen habe, sondern würdet zufrieden sein, die Betrauerten in den Händen Gottes zu wissen, bis der Tag kommt, an dem Ihr sie wiedersehen dürft.

Ich konnte an der Schläferin inzwischen beobachten, wie

die Bande des Schmerzes mit dem Leichterwerden des Schlafes einen immer größeren Einfluß gewannen. Im Halbschlaf murmelte sie mehrere Namen, öffnete schließlich widerstrebend und halb betäubt die Augen, schien sich dunkel zu erinnern und sah endlich mit Entsetzen die von ihr ausgehenden roten Bänder. Dann bewegten sich ihre Lippen zu einem „Ich komme, Liebes", sie erhob sich — wobei die Bänder augenblicklich noch mehr Kraft erlangten — und schritt erst zögernd, dann aber immer rascher hinaus auf die Terrasse. Sie war jetzt offensichtlich in großer Erregung, begann zu laufen, und hätte Cushna mich nicht zurückgehalten, ich wäre ihr in den Weg gesprungen, um einen Sturz von der Terrasse zu verhindern. Niemand hatte in diesem Stadium ein Recht, in die Kraft einer zu Schmerz gewandelten Liebe einzugreifen. Sekunden später stürzte sie sich über die Brüstung und war verschwunden.

Cushna nahm mich an der Hand. Unsere Mission jenseits der Nebelwand begann.

XII

MEINE ERSTE RÜCKREISE ZUR ERDE

Zum ersten Mal war mir bewußt, daß wir nicht unsere Beine gebrauchten. Es war keine Anstrengung nötig. Cushna hielt mich an der Hand, und wenn es einer geistigen Energie bedurfte, um uns zu unserem Ziele zu führen, so ging sie von ihm aus. Für mich war es ein müheloses, schnelles und angenehmes Gefühl des Davongetragen-werdens durch die Luft. Hingegen — wir bewegten uns nicht in Gedankenschnelle. Vielleicht war ich dazu noch nicht fähig, oder es gab andere Gründe, über die Cushna an meiner Seite sich ausschwieg. Mein Herz schlug schneller, als ich bald die Nebelwand vor uns liegen sah. Wie würde die Erde aussehen für einen, der „von der anderen Seite" kam? Würde ich London sehen, würde ich es wiedererkennen, welchen meiner Bekannten würde ich sehen?

Wir bewegten uns nahe vor dem Nebelmeer, und gerade als ich mich zu wundern begann, daß wir nicht hineinsteuerten, fielen mir Helens Worte ein: „Wenn wir zur Erde zurückkehren — hatte sie gesagt, „fliegen wir über die Nebel hinweg." Und richtig! Genau das hatte Cushna, der immer noch schwieg, vorgehabt.

Bevor ich noch weiter überlegen konnte, waren wir am Ziel. Meine Überraschung war vollkommen. Es war dunkel und kalt, und voller Enttäuschung zögerte ich, weiter vorwärts zu dringen. Ich konnte nicht ausmachen, wo oder in welcher Entfernung sich die Erdoberfläche befand. Nirgends ein Licht! Endlich brach Cushna sein Schweigen und fragte mich mit sanfter Ironie, welchen Eindruck die Erde wohl auf mich mache.

„Ich habe sie noch gar nicht gesehen", rief ich, „und nicht ein Zeichen des Lebens, es sei denn daß die undeutlichen und verworrenen Geräusche um uns von der Erde kommen!"

„Genau das hatte ich erwartet", war die Antwort. „Die Menschheit mißversteht die Beziehung zwischen der materiellen und der geistigen Seite dieses Lebens und du selbst hast diesen Irrtum noch nicht überwunden. Er ist das größte Hindernis einer Verständigung zwischen den beiden Seiten. Die Menschen auf der Erde gehen von der völlig falschen Voraussetzung aus, daß der fleischliche Körper der „richtige" und überlegenere sei. Sie glauben, daß mit dem Absterben dieses Körpers auch alle seine Eignungen und Fähigkeiten zu bestehen aufhören. Arbeit, Fortschritt und Entwicklung sind nach ihrer Meinung auf die Erde beschränkt. Der Seele billigt man allerdings eine ätherische, ganz und gar passive Existenz zu. Der größte Teil der Menschen glaubt, daß mit dem Grabe alles Positive, Praktische, Schöpferische aufhört. Und unsere Kirchenfreunde leiden oft an einer anderen Täuschung. Sie hängen an der Vorstellung, daß Gott seine Offenbarung vor neunzehnhundert Jahren mit Jesus Christus abgeschlossen hat. Deshalb, so meinen sie, ist jeder Versuch, das ‚Schweigen des Grabes' zu brechen, eine Art teuflischer Anschlag auf ihre Seele. Ein wenig ruhiges Nachdenken würde alle diese Vorstellungen überwinden helfen."

„Zur ersten Auffassung ist zu erwidern, daß unsere Intelligenz — das Gehirn — nicht mit dem Geist gleichzusetzen ist; sie ist allenfalls das Instrument, durch das der Geist unter gewissen Umständen wirkt. Zwischen beiden besteht ein unüberbrückbarer Graben, so tief und dunkel, daß auch der Weiseste noch keine Verbindung entdeckt hat. Geistige Dinge mit dem reinen Intellekt prüfen zu wollen, ist deshalb absolut töricht. Wir könnten ebensogut behaupten, ein Musiker ‚existiert nicht', wenn lediglich die Saiten seines Instrumentes gerissen sind. Aber die Haltung mancher Kirchen ist weniger folgerichtig. Die Bibel bringt zahllose Beispiele vom Wirken der Engel. Das Auferstehen Christi nach seinem körperlichen Tode ist der Grundpfeiler ihres Glaubens. Und doch leugnen sie die Möglichkeit einer offenen Verbindung zwischen den beiden Welten und erklären mit anderen Worten, das Wirken der Engel sei eine Sache der Vergangenheit. Gott ist für sie, wenigstens in dieser Beziehung, nicht mehr der gleiche wie früher."

„Du hast völlig recht mit alledem", warf ich ein. „Aber was hat das damit zu tun, daß ich die Erde nicht wahrnehmen kann — vorausgesetzt, daß wir nahe genug sind?"

„Du wirst den Vergleich sofort verstehen", fuhr Cushna eindringlich fort. „Unsere Freunde auf der Erde glauben nicht an das fortgesetzte Wirken der ‚Engel', weil sie uns nicht sehen können. Du, auf der andern Seite stehend, kannst die Erde zu deinen Füßen nicht wahrnehmen. Warum? Einfach weil du den Beobachtungsstandpunkt geändert hast. Durch diese Änderung bist du für die Erde unsichtbar geworden, siehst nur noch mit spirituellen Augen und kannst — aus ebendiesem Grunde — nun nicht mehr die physische Materie erkennen. So unwirklich, wie die Menschen auf der Erde sich das Jenseits vorstellen, sind sie es jetzt für dich selbst geworden. Trotz deines Wissens um das materielle Vorhandensein der Erde ist sie für dich fast immateriell geworden, während du selbst, das geistige Wesen, wirklich und wesenhaft bist. Eine Umkehrung aller Werte. Hattest du nicht geglaubt, wir seien alle unsichtbare, substanzlose, schemenhafte Seelen?"

„Gewiß, aber meine Vorstellungen, wenn ich überhaupt daran dachte, waren immer recht unklar."

„Jetzt kannst du verstehen, was bisher ein Geheimnis für dich war. Du selber bleibst so wirklich wie jemals zuvor, aber alles andere hat sich geändert. Die geistige Welt ist die objektive und natürliche geworden, die materielle hat sich aufgelöst. Häuser, Bäume, und selbst die Körper von Menschen sind für uns nur noch Dunstgebilde, die keinen Widerstand mehr darstellen."

„Cushna", rief ich, überwältigt von der Offenbarung, als mein Begleiter jetzt mit einer Handbewegung auf unsere Umgebung wies und ich plötzlich die schleierförmigen Umrisse der Dinge erkannte, die uns umgaben, „wie soll ich das alles verstehen?"

„Du mußt Geduld haben", antwortete er. „Wer würde seine Bemühungen aufgeben, weil er eine neue Sprache noch nicht beherrscht, wenn er das Alphabet gelernt hat? Unser Wissen erwerben wir stufenweise. Mit der Lösung weiterer Geheimnisse tun sich uns neue, größere Probleme auf, bis zu dem Punkt, da alle Kräfte entfaltet sind und wir Gott sehen. Wenn unsere Freunde auf Erden dies erkennen würden, könnten sie ihre Aufgaben besser erfüllen."

„Ich beginne jetzt die Schwierigkeit einer Verständigung mit den Menschen besser zu verstehen", sagte ich. „Aber gibt es nicht einen Weg, diese Hindernisse zu überwinden?"

„Ja! die Liebe ist stärker als der Tod, und das eine große Gesetz, das alles bei uns regiert, ist auch das Mittel, die Menschen zu erreichen und zu retten. Sympathie, ob sie rein ist oder unrein, bildet eine natürliche Brücke zwischen gleich und gleich, wie du schon an dem Fall des Mädchens gesehen hast, das die Ursache unserer Mission hierher ist. Liebe verbindet die Seelen über den großen Abgrund hinweg. Wenn eine Mutter, die bei uns ist, nach menschlicher Vorstellung weiter über das Wohlergehen ihres Kindes auf der Erde wachen kann, warum sollte dann der umgekehrte Weg nicht möglich sein? Wenn die Lehren der Menschheit zugeben, daß das eine möglich ist, wie können sie das andere ableugnen? Gottes Äther trägt die Botschaft in beide Richtungen."

„Gewiß, aber es gibt da doch Hindernisse."

„Zugegeben, aber sie sind nicht natürlich. Würden die einfachen Lehren Jesu auf der Erde befolgt, dann wäre die Hauptschwierigkeit schon beseitigt."

„Ich wünschte, ich wäre dieses erste Mal bei Tageslicht zur Erde zurückgekehrt", meinte ich. „Die Dunkelheit verwirrt mich noch mehr, als ich es sonst gewesen wäre."

„Schon wieder ein Irrtum", rief Cushna mit offensichtlicher Belustigung. „Es ist voller Tag hier für die Erdenmenschen, wenn er auch nichts ist gegen das schattenlose Licht des geistigen Reiches."

„Was ist das für ein Schatten, der sich dort bewegt?"

„Ein Mensch, in dem keine Geistigkeit ist, deshalb sehen wir ihn als dunklen Schatten. Je mehr sich der Mensch dem Christus-Ideal nähert, desto stärker wird sein Körper von dem geistigen Licht durchschienen. Stärke und Farbe des Lichtes, das von einem Menschen ausgeht, verraten seinen wirklichen Zustand. Man braucht ihn uns nicht zu sagen, eine Täuschung ist unmöglich, denn niemand kann seine Ausstrahlung verbergen."

Cushnas Worte riefen die Stellen der Bibel in mein Gedächtnis; „Das Licht scheint in die Finsternis, doch die Finsternis hat es nicht verstanden!" und ein anderes: „Ihr seid das Licht der Welt!" Wo hätte sich die wahre Bedeutung dieser Worte stärker offenbaren können als hier, da ich die Erde zum ersten Male mit den Augen des Geistes sah?

XIII

ERNTE DER BLINDHEIT UND DES SEHENS

Mein Gefährte ließ mir nicht lange Zeit zum Nachdenken. Er wies mich in die Richtung, in der wir die Mission zu verrichten hatten, zu der wir gekommen waren. Und ihm folgend, vermochte ich nach und nach die schattenhaften Umrisse unserer Umgebung besser zu erkennen. Bald darauf erreichten wir einen Friedhof. Seine Kreuze und Grabsteine waren graue Dunstgebilde für meine Augen, geisterhaft wirkend und unwirklich. Und gleich darauf erkannte ich das Ziel unserer Mission: ein Mädchen, am Rande eines frischen Grabes stehend und neben ihr, sitzend und den Kopf weinend in die Hände vergraben, eine andere junge Frau. Ich erkannte die Situation sofort. Hierher also hatte der unbeherrschte Schmerz eine der ihren die Schwester gezogen, die wir vor Kurzem im Haus Siamedes' hatten erwachen sehen. Ich war gebannt von dieser Szene, sie war mein erster Anschauungsunterricht über die Macht, mit der die Liebe den Tod überwindet. Die purpurfarbenen Bänder, die ich schon vorher gesehen hatte, waren jetzt noch heller und stärker, die beiden Seelen verbindend. Strahlen liebender Gemeinschaft gingen ständig hin und her, erkannt und verstanden von der einen, aber unsichtbar für die andere.

Ich spürte einen kaum widerstehbaren Drang, hinzueilen und etwas zu tun; zu versuchen, den Abgrund zwischen den beiden zu überbrücken. Cushna mußte mich zurückhalten, damit meine Ungeduld nicht zerstöre, was sonst vielleicht zu erreichen möglich war. Er war so ruhig und unbewegt wie die Grabsteine um uns, so ohne jedes Zeichen der Anteilnahme, daß ich mich zu fragen begann, ob derselbe Mann neben mir stand, der gegenüber Marie einer solchen Tiefe des Mitgefühls fähig war. Später erst verstand ich, daß seine Ruhe nur die Zuversicht des Wissens war. Seine Sinne waren aufs höchste angespannt, bereit, einzugreifen, sobald sich die Gelegenheit dazu bot.

Es war ein erschütternder Anblick, wie sich der Schmerz der Weinenden in Purpurfäden um ihre Schwester rankte. Diese schien die Situation nur allzugut zu begreifen. Hätte sie doch noch ein wenig länger ruhen, hätte sie etwas Kraft gewinnen oder das Wissen erlangen können, wie sie ihrer Schwester helfen könnte. So aber mußte sie hilflos und tatenlos zusehen.

Heftiges Weinen hatte inzwischen die Bande noch kürzer gezogen, und schließlich stand die Schwester an der Seite der Trauernden, legte ihren Arm um sie und küßte sie auf die Stirn. Ich konnte es kaum fassen bei diesem Anblick, daß die innige Berührung von der anderen nicht gespürt wurde. Aber es gab keinen Zweifel; der Schleier zwischen Geist und Materie war unverkennbar.

Cushna hielt jetzt den Augenblick zum Handeln für gekommen. Er machte sich der älteren Schwester bemerkbar und redete ihr zu, die Trauernde anzusprechen, was sie seltsamerweise bisher selbst noch nicht versucht hatte. Ihr Gesichtsausdruck schien zu fragen „wenn sie mich nicht sehen kann, wie kann sie mich dann hören?", aber Cushna ließ sich auf keine Erklärungen ein, ermutigte sie und versprach ihr seine Hilfe. Sanft den Arm fortziehend, erhob sie sich jetzt, kniete dann direkt vor der Schwester nieder und blickte sie fest an.

„Sarah, liebe Sarah!"

Weich und schwingend kamen diese Worte von ihren Lippen und sie schienen, schneller als wir zu hoffen gewagt hatten, von Wirkung zu sein. Das Mädchen hob den Kopf und schaute sich um, ungewiß, ob das Echo ihres eigenen Kummers sie getäuscht oder ob sie wirklich eine Stimme gehört hatte. Liebe kämpfte mit Furcht und Zweifel, mit einem starken Wunsch, bis schließlich der Zweifel zu stark war und die Tränen wieder flossen.

Trotzdem, es war weit mehr als wir erwartet hatten, und auch die ältere Schwester hatte mehr Mut geschöpft. „Sprich nochmals", forderte Cushna sie auf.

Wieder erklang die musikalische Stimme, verstärkt in ihrer Intensität durch ein Übermaß von Liebe. „Sarah, Liebste, weine nicht; ich bin's, Lissie — ich hab deinen Kummer gespürt und er hat mich vom Himmel zurückgebracht."

Diesesmal wurde die Stimme deutlicher gehört. Sarah hob den Kopf hoch, bevor die Schwester zu Ende gesprochen hatte und schaute, die Augen noch voller Tränen, nach allen Seiten um sich. — Niemand war zu sehen, aber es gab keinen Zweifel, die Stimme war ihr nur allzugut vertraut, wenn sie auch weicher und feiner kam als ein Flüstern. Aber war es nicht vielleicht doch nur alles Einbildung? — Cushna schien entschlossen, einem neuen Zweifel vorzubeugen, trat hinzu und lieh seine eigene Kraft. Gleichzeitig forderte er Lissie auf, die Schwester noch einmal zu rufen. Diesmal war der Erfolg vollkommen. Sarahs Antlitz wandelte sich in einen Ausdruck der Freude und Gewißheit; der Zweifel war beseitigt. Sie sprang auf die Füße und eilte heimwärts, die frohe Botschaft der Familie zu bringen.

Wir folgten ihr. Während Cushna wieder völlig ruhig war, befand ich mich in einem Zustand größter Verwirrung. Wenn all das, was ich gerade erlebt hatte, Wirklichkeit war und nicht ein Traum, dann mußte der ‚Tod' seinen Schrecken verlieren, und die Worte Christi an Martha „wer lebt und an mich geglaubt, wird niemals sterben"*) müßten auch auf Erden eine beweisbare Tatsache werden. Die Entfernung, die uns von der Erde trennte, war so zusammengeschmolzen, daß ein Flüstern sie überbrücken konnte. Nur noch ein Schleier war da; vielleicht durchscheinend genug, um uns sichtbar werden zu lassen. Ein Riß — und die Einheit der Welt war wieder hergestellt!

Aber ich hatte mich zu früh gefreut.

Beflügelt von ihrem Erlebnis war Sarah nach Hause geeilt, wie es Magdalena wohl getan haben muß, als sie die Nachricht brachte, daß der Stein vom Grabe Jesu weggerollt war.

„Sie hat mit mir gesprochen, als ich an ihrem Grabe saß", waren ihre ersten Worte, kaum daß sie das Haus betreten hatte. „Ich konnte es erst nicht glauben, aber dann sprach sie wieder und sagte, daß sie bei mir sei. Immer noch war ich unsicher, aber dann hörte ich sie ein drittes Mal — ganz bestimmt! Es gibt keinen Zweifel, sie ist nicht tot, sie ist bei uns, auch wenn wie sie nicht sehen können. Lauscht nur still, und ihr werdet sie ebenso hören können!"

Arme Seele! Wir hätten die Wirkung voraussehen müssen: Eltern und Freunde weinten nur noch mehr — zur Trauer kam der Kummer, daß der Schmerz um den Verlust der Schwester dem Mädchen offenbar den Verstand umnebelt hatte — — Sarah stand auf verlorenem Posten.

Vergeblich versuchte Lissie, sich bemerkbar zu machen; ihre sanfte Stimme konnte die Wand von Vorurteilen nicht durchdringen. Sie versuchte noch einmal, zu sprechen, aber das kalte Wasser des menschlichen Vorurteils hatte die junge Flamme der Überzeugung ausgelöscht. Auch Lissie selbst be-

---

*) Johannes 11, 26.

gann jetzt zu weinen. Der Abgrund, den sie für einen Augenblick überbrückt hatte, war jetzt wieder so tief und dunkel wie zuvor. Himmel und Erde waren sich ferner denn je.

Cushnas Aufmerksamkeit galt jetzt allein noch der älteren Schwester. Seine Aufgabe war es, die bitter Enttäuschte und Verzweifelte fortzuleiten von einem Ort, wo die Anziehungskraft der Liebe machtlos war gegen den zerstörenden Einfluß blinden Aberglaubens. Seine Kraft gewann jetzt die Oberhand über Lissie. Einen Augenblick später waren Helfer zur Stelle, gerufen durch einen Gedankenstrahl, und ihnen übergab Cushna das erschöpfte Mädchen, um sie zum Hause Siamedes' zurückzubringen.

„Wie lange wird sie diesmal schlafen?" fragte ich Cushna, als sie uns verließen.

„Schwer zu sagen! wahrscheinlich so lange wie das erste Mal. Es richtet sich ganz nach den Umständen."

„Wird sie nochmals hierher zurückkommen?"

Sehr gut möglich. Ich habe Fälle erlebt, wo Freunde auf unserer Seite drei- und viermal zurückgezogen wurden. Andere werden vom Kummer ihrer Familie so in den Bann geschlagen, daß sie fast seine Gefangenen werden und es unendlich schwer ist, sie fortzubringen".

„Wie anders wäre es gewesen", meinte ich, „wenn Sarah ihre Schwester nicht nur gehört, sondern auch gesehen hätte!"

Absolut nicht! Es wäre nur als ein weiterer Beweis dafür angesehen worden, daß das Mädchen den Verstand verloren habe."

„Und ich war so begeistert und optimistisch, als es Lissie gelungen war, ihre Stimme hörbar zu machen."

„Nun, ich war es nicht", meinte Cushna ernst. „Die Erfahrung hat es mich anders gelehrt. Ich wäre optimistischer, wenn die Menschen wenigstens die Möglichkeit einräumen würden, daß wir über gewisse Kräfte verfügen, die in der materiellen Welt nicht bekannt sind. Aber was können wir erwarten, solange sie sich uns als schemenhafte Gebilde vorstellen, die irgendwo im All herumschweben? Das heißt, wenn sie überhaupt daran glauben, daß der Mensch nach dem sogenannten Tode weiterlebt. Wir sind für sie wie uralte verstaubte Bücher auf dem Speicher, hoffnungslos unnütz und sogar gefährlich zu studieren."

„Entmutigt dich das nicht bei deiner Arbeit?"

„Nein, lieber Freund. Unser Wissen um die Gesetze Gottes sagt uns, daß der Irrtum der Menschen die Wahrheit nur verzögern, sie aber niemals aufhalten kann. Alles Tun und Denken auf der Erde kreist um die siebzig Jahre, die wir dort zu leben haben; das Zeitliche überdeckt das Ewige; die Dinge, die keinen Bestand haben, regieren das Beständige. Wir wissen es besser und können deshalb warten, wenn nötig. Trotzdem wissen wir aber den Zeitpunkt, zu dem wir tätig werden müssen."

„Ist es nicht überhaupt ein wenig gefährlich", fragte ich, „den Menschen die volle geistige Wahrheit zu sagen, vorausgesetzt, daß man sie übermitteln kann?"

„Warum? Sie bleibt die Wahrheit und ich habe keine Furcht vor den Folgen, die ein Aussprechen der Wahrheit nach sich zieht. Stelle dir nur einmal vor, Marie hätte die Möglichkeit, den Menschen klarzumachen, welchen Preis sie für die Leidenschaft der Eifersucht zahlen mußte; glaubst du, daß es viele geben würde, die freiwillig die gleiche Strafe auf sich nähmen?"

„Nein, du hast recht. Wenn sie erführen, was ich von Marie selbst erfahren habe, würde es keiner wagen."

„Und darum sollten wir vor der Verkündung der vollen Wahrheit nicht zurückschrecken — ‚Was irgend ein Mensch säet, das wird er auch ernten', nur wird die Ernte eine natürliche sein und nicht ein Urteil der Rache. Aber wir wollen uns jetzt nicht in eine Diskussion verlieren. Ich will dir noch einen erfreulicheren Teil unserer Arbeit zeigen, wo du wieder frische Hoffnung schöpfen kannst."

Ich hatte kaum Zeit, Cushna zu antworten, da waren wir bereits an einem anderen Ort — in einem Raum, der zu meinem größten Erstaunen fast ebenso feste Formen hatte wie wir selbst. Erst später lernte ich, daß diese offenbare Verwandlung der irdischen Materie auf die besondere geistige Entwicklung des Mannes zurückzuführen war, der diesen Raum als Arbeitszimmer benutzte. Das Gebäude war ein typisches Londoner Vorstadthaus, der Arbeitsraum im oberen Stock aus einer Küche umgebaut, deren Geschirrleisten jetzt als Bücherbord dienten. Am Tisch saß ein Mann, der noch kaum die Mitte des Lebens erreicht zu haben schien.

„Gib acht, wie anders die Wirkung meiner Worte jetzt sein wird als die Lissie's an ihre Schwester", raunte mir Cushna zu. Dann sagte er, immer noch mit leiser Stimme: „James!"

Sofort hob der Lesende den Kopf, blickte in unsere Richtung und sagte erfreut: „Oh, Cushna, bist du es?"

„Ja, hast du viel zu tun?"

„Nicht, wenn du da bist", war die Antwort.

„Ich möchte diesem Bruder hier zeigen, wie leicht wir uns mit dir unterhalten können, deshalb möchte ich dich bitten, etwas für uns niederzuschreiben."

James legte das Buch, in dem er gelesen hatte, beseite, und nahm Papier und Feder zur Hand. Cushna wandte sich an mich. Vielleicht möchtest du selber etwas diktieren?"

Ich hätte dies gerne getan, aber war in diesem Augenblick nicht fähig dazu. Die Überraschung, die Cushna mir bereitet hatte, war vollkommen gelungen. Ich stand sprachlos vor der Erkenntnis, daß Geisteswelt und Materie — wenigstens in diesem Raum — so zusammenrücken k o n n t e n , daß jeder Unterschied verschwand. Hier waren keine zwei Welten mehr, sondern nur noch zwei Aspekte einer einzigen.

„Vielleicht ist dies eine gute Gelegenheit zu einem deiner Stegreif-Verse, Cushna?", fragte der wartende Schreiber jetzt.

„Nun gut, nenne es — — —

T o d — ein Übergang

Brüder der Erde, auf der meine Seele geboren:
Als ich einschlief, dacht' ich,
ich müsse den Fluß überqueren.
Nun aber sah ich,
es war eine Wolkenbank und kein Fluß.
Menschen sagen, verborgen im Düstern
läg' unser Grab,
daraus sich Dämonen und Teufel erhöben.
Als ich den Weg mir bahnte,
kam an den Ort ich.
Aber ich sag' euch, es war dort kein Tal.
Als Wächter, so sagt man,
ständen Engel in vollem Glanze
vor dem verschlossenen Tor.
Ungehindert ging ich über die Ebene:
Wahrhaftig, ich sag' euch,
es gibt dort kein Tor.
Kein Tor, an dem Menschen der Mut vergeht,
kein enges düsteres Tal,
kein Fluß auch, der Deine Schritte hemmt.

Nichts als ein Kältehauch, der mich durchfuhr,
dann: vollkommene Stille.
Erwachend stand ich bereits am Hang
jenseits der Nebelwand."

So ruhig und mit größter Selbstverständlichkeit hatte unser Freund diese Zeilen niedergeschrieben als wenn ihm sein Chef einen Brief diktierte. In diesen wenigen Minuten erkannte ich, daß, wenn es auf der ganzen Erde kein anderes Bindeglied gäbe, schon dieses eine genügen würde, um die beiden Stadien des Lebens aneinanderzuketten, ja daß man es so stärken könnte, bis aller Irrtum auf Erden beseitigt und das letzte abtrünnige Kind zum Vater heimgekehrt wäre.

Unser Freund legte das Geschriebene in ein Fach, in dem sich bereits eine Reihe anderer Botschaften von Besuchern gleich uns befanden, denen er seine Dienste zur Verfügung stellte. Dann fragte er: „Kann ich sonst noch etwas für dich tun?"

„Nicht im Augenblick", sagte Cushna.

„Wirst du Zangi bald sehn?"

„Ich kann ihn rufen, wenn du etwas brauchst."

„Du könntest ihm sagen, daß es Elmer nicht besonders gut geht und daß es nett wäre, wenn er ihn besuchen würde."

„Was fehlt ihm?"

„Oh, wohl nichts gerade Ernstes, aber so hat er einen Vorwand, um nach Zangi zu fragen."

„Sag dem Jungen, daß ich Zangi sofort benachrichtigen werde. Gott segne dich!"

Als wir gegangen waren, erzählte mir Cushna, daß die Verbindung mit dieser Familie bereits so vollkommen war, daß mehrere der Kinder mit uns fast so leicht sprechen konnten wie der Vater. Trotzdem unterschieden sie sich nicht von anderen Menschen. Immerhin — hier war Gottes Gnade in außergewöhnlichem Maße offenbar geworden. Das erforderte ein besonderes Verantwortungsbewußtsein, und so erfolgten diese Zusammenkünfte niemals im Angesicht einer neugierigen Menge. Nur wenige wurden eingeweiht, und noch geringer war die Zahl derer, die hin und wieder selbst zugegen sein durften. In der Gegenwart dieser Familie hatten es einige unserer Freunde sogar fertiggebracht, einen festen irdischen Körper anzunehmen, wie es in biblischen Zeiten die Engel taten, um einer bestimmten Hilfsmission, etwa des Heilens, zu folgen. Die Anhänglichkeit des achtjährigen Elmer für Zangi entsprang der Hilfe, die ihm dieser geleistet hatte, als er ein ausgerenktes Fußgelenk auf der Stelle heilte. Der Arzt hatte erklärt, es würde längere Zeit dauern, bis Elmer den Fuß wieder gebrauchen könne.

Was Cushna mir da erzählte, hätte mir noch vor einer halben Stunde ganz und gar unglaublich geklungen. „Du erzählst das alles so", rief ich schließlich, „als wäre es die natürlichste Sache von der Welt."

„Das ist sie auch, wenn auf beiden Seiten reine, selbstlose Nächstenliebe vorherrscht und ein aufnahmebereites Gemüt, das hören kann, wenn wir sprechen. Wer die von Christus vorgelebten Voraussetzungen zu erfüllen sucht, der wird eine Antwort erhalten, wenn er uns ruft. Dies war das Geheimnis der Propheten, und in diesem Falle hast du nichts Neues erlebt, sondern nur bestätigt gefunden, daß diese Dinge heute ebenso möglich sind wie in ferner Vergangenheit. Ich weiß, das alles klingt höchst seltsam und überraschend, aber das liegt nicht etwa daran, daß Gott seine Gesetze auch nur im geringsten geändert hätte. Der Mensch hat sich vielmehr mehr und mehr von der Wahrheit entfernt, indem er sein ihm von Geburt gegebenes Recht der unmittelbaren Gemeinschaft mit Gott gegen das „Linsengericht" seiner selbstsüchtigen, auf materielle Ziele gerichteten Strebungen verkaufte. Diese Tage des Irrtums sind aber glücklicherweise gezählt. Eine solche unmittelbare Verbindung des irdischen Lebens mit unserem Leben, wie du sie eben selbst erlebt hast, ist nur ein Teil dessen, was ständig und tausendfältig möglich sein wird."

„Daß auf Erden Glaube und Vernunft schlechthin als feindliche Brüder angesehen wurden, was ich unbewußt als widersinnig empfand, war der tiefere Grund dafür, daß ich der Kirche mein Leben lang fern blieb."

„Nichts schmerzt uns mehr", fuhr Cushna fort, „als die ablehnende Haltung, die die Kirchen fast überall gegen diese Gemeinschaft mit der geistigen Welt einnehmen. Es wird als ein Glaubensartikel gelehrt, daß böse Geister die Möglichkeit der Verbindung mit dem Menschen besitzen und ausüben. Sie können denen, die ihnen gleichen, erscheinen, sich mit ihnen verbünden, ja sogar ihre Körper „besitzen". Aber den im Glauben an Christus verklärten Männern und Frauen, die von der Erde geschieden sind, wird dieses Recht nicht zugestanden, weil man meint, daß Gott, nachdem die Mission Christi erfüllt war, die Erlaubnis zum Verkehr zwischen Engeln und Menschen zurückgezogen habe."

„Es ist nicht einmal nötig, auf Gottes ewigwährende, unveränderliche Natur hinzuweisen, um diese Anschauung zu Fall zu bringen; sie macht ja Gott willkürlich und ungerecht, indem sie seinen Feinden Vorteile einräumt, die sie seinen Freunden versagt. Sie gibt den Kräften der Finsternis alle Macht zur Versuchung, leugnet aber die gleiche Handlungsfreiheit für die helfenden Geister des Lichts. Sie läßt uns breite Straßen in den Abgrund schauen und verschließt zu gleicher Zeit die hellsten Pfade zum wahren Leben. Man lehrt, daß Gott alle erlösen wird, die zu ihm kommen, versperrt aber gleichzeitig nahezu völlig den Weg, der am einfachsten und sichersten zu Ihm führt."

„Aber haben denn", so fragte ich, „böse Geister die gleichen Möglichkeiten einer Verbindung zur Erde wie gute?"

„Präge dir zwei sehr einfache Wahrheiten ein; sie werden dir viele Probleme lösen helfen, die sonst unerklärlich erscheinen mögen. Die eine ist, daß in keinem Stadium des Lebens ein Zwang ausgeübt wird. Du hast bereits Beispiele hierfür gesehen. Jede Seele ist frei, ihre eigene Wahl zu treffen, und naturgemäß wird sie das wählen, was ihr am meisten entspricht. Auf Erden sind die Weiden der natürliche Aufenthaltsort für das Vieh, das Wasser für die Fische, die Luft für die Vögel. Es besteht kein Anlaß, die Gattungen durch Zwang von einem Übertritt in andere Elemente fernzuhalten. Ebenso ist es bei uns. Ein Sünder kann ebensowenig in der Region der Heiligen zuhause sein, wie ein Schaf sich etwa gleich dem Adler in die Lüfte erheben könnte!"

„Das zweite, das du dir einprägen mußt, ist die Macht der Zuneigung; sie ist fast allmächtig. Die ganze Schöpfung wird regiert von dem Prinzip, das du bei Lissie und ihrer Schwester am Werk gesehen hast: *Gleiches zieht Gleiches an.* Wenn diese Anziehungskraft nicht durch Gegenkräfte unterbrochen wird, fühlen sich die Seelen auf natürliche Weise voneinander angezogen, ob die sie beseelende Kraft gut ist oder böse. Keine Seele auf unserer Seite aber ist sich im Unklaren darüber, daß sie selber indirekt für die Ergebnisse verantwortlich ist, die daraus entstehen mögen. Solange die Menschen auf der Erde falsche Vorstellungen von diesen Dingen haben, ist es nicht überraschend, daß die niederen und unwissenden Geister die größere Anziehung zur Erde finden."

„Dann betrachtest du den gegenwärtigen Zustand der Verbindung mit der Erde also als mehr oder weniger negativ?"

„Absolut nicht. In unserem jetzigen Zeitalter herrscht auf der Erde ein großer Wissendurst — ein Geist ernsthafter Wahrheitssuche. Im Menschen wohnt seit je ein natürliches Sehnen, den Schleier zu heben, der die ewige unsterbliche Welt vor seinen Blicken verbirgt. Tief in seinem Innern fühlt er — auch wenn er es nie zugeben würde — daß es einen Weg zu diesem Ziel geben muß. Unerschrockene Männer und Frauen waren, allen Widrigkeiten zum Trotz, unermüdlich auf der Suche, bis der Schleier vor ihnen nachgab. Aber während sie sich von Irrtümern auf einem Gebiet freimachten, hielten sie nur allzu oft an anderen fest, sodaß sie nicht die Geister anzogen, die von der Wahrheit restlos erfüllt waren, sondern solche, die ihnen selber verwandt sind."

„Ich möchte dich mit allem Nachdruck darauf hinweisen, stets zwischen denen, die ich die niedrigeren Freunde nannte und den niedrigeren Seelen sorgfältig zu unterscheiden. Wenn wir auch nicht in die zwei Klassen — gut und böse eingeteilt sind, so bestehen naturgemäß zahllose Stufen der Entwicklung, sodaß es unmöglich ist, irgendwo eine klare Trennungslinie zu ziehen. Die Geister in dieser Welt aber, die von den auf Erden unermüdlich Suchenden angezogen werden, sind ihnen auch im Hinblick auf ihren Entwicklungsgrad verwandt. Da sie aber unter uns leben, so können sie bereits viele Wahrheiten vermitteln und so den Weg für höhere und machtvollere Verkünder der Wahrheit bereiten. So sind die gegenwärtigen Aussichten durchaus nicht entmutigend. Sie sind im Gegenteil hoffnungsvoll und vielversprechend."

XIV

DER SCHLAF UND DAS JENSEITS

Auf unserem Wege zurück hatten wir wieder die Nebelwand passiert. Cushna, der meinen Wunsch nach einem
Blick auf den Grenzbereich zwischen Himmel und Erde
sofort spürte, führte mich zu einem Punkt, der besonders gut
zu einer Beobachtung geeignet war. Ich hatte mich inzwischen an das düstere Licht gewöhnt, in dem für uns der
irdische Bereich erscheint, und konnte das Zusammentreffen
von Licht und Schatten im Grenzbereich gut beobachten.

Wiederum kam es mir zum Bewußtsein, daß es irrig
ist, von zwei Welten zu sprechen. Es sind vielmehr zwei
Zustände e i n e r Welt, durchdrungen, getragen und zum
Leben erweckt durch e i n e Essenz, die sich nur auf verschiedenen Schwingungsebenen offenbart. Es ist kein guter
Vergleich, aber ich möchte für den Zweck der Beobachtung
in diesem Augenblick die beiden Zustände dem Meer und
dem Lande gleichsetzen und die Nebelzone der Gischt, die
eine hohe Brandung erzeugt. Auf der Seite des Lichtreichs
lag dieser Nebelvorhang ruhig da, zur Erde zu aber rollte
und hob er sich wie die Flutwelle im ewigen Spiel der
Natur. Manchmal war nur eine sanfte Bewegung spürbar,
aber gleich darauf konnte es geschehen, daß sie Stärke
gewann und vorschnellte, als wollte sie einer der Erde ent-
fliehenden Seele das ihr bestimmte neue Element entgegen-
tragen. In der Sprache dieses Vergleichs sahen wir manche,
die gütig und sanft vom Strande aufgehoben und hinausge-
tragen wurden, manchen aber auch, über den die Woge mit
Gewalt hereinbrach und ihn aus der Verankerung riß.

Welch ein Wunder der Verwandlung wurde in dem kurzen Augenblick des Eintauchens in den Nebel vollbracht. In dieser durchgreifenden Taufe, von der keiner ausgenommen wurde, wurde aller Tand irdischer Pose hinweggespült, die Verkapselung der Seele gebrochen, und der wahre Mensch kam zum Vorschein. Nur die unsterbliche Substanz verblieb, sei sie gut oder böse, bestimmt zum Himmel des wahren Lebens oder zum Fegefeuer der Sühne. So erkannte ich das vollziehende Gericht. Wir sahen Männer, die Reichtümer gescheffelt und sich eine Stellung von Rang erworben hatten, während sie ihr Gewissen mit der trügerischen Hoffnung erstickten, daß sich ihr Erfolg in der materiellen Welt auch günstig auf ihre Seele auswirken müsse. Diese Hoffnung löste sich jetzt in Nichts auf, und aus dem Nebel trat zitternd das nackte Ich hervor. *Nur Taten und Gedanken reiner selbstloser Liebe haben Bestand vor diesem unbestechlichen Gericht, durch das wir alle hindurch müssen.*

Während ich diese gewaltige, sich immer erneuernde Szene beobachtete, fielen mir mehrfach Gestalten auf, die in beiden Richtungen nicht durch den Nebel, sondern über ihn hinweg schwebten, wie Cushna und ich es selbst getan hatten. Das war an sich nicht weiter verwunderlich; sie konnten auf einer ähnlichen Mission sein wie wir. Aber mindestens die Hälfte dieser Passanten war auf das seltsamste gekleidet. Ich gab schließlich das Raten auf und wandte mich an Cushna.

„Es sind Schlafende, die ihre Freunde besuchen", antwortete er.

„Ist es möglich, daß es so viele wieder zur Erde hinzieht?" fragte ich erstaunt.

„Nein, du verstehst mich falsch; ich meine nicht ‚Schlafende' von unserer Seite, also wie Lissie etwa. Dies sind Menschen, die noch auf Erden leben; aber in den Stunden ihres Schlafes kommt ihr Seelenkörper zu uns herüber, um Freunde zu besuchen."

„C u s h n a ! Wie ist das möglich?"

Mein Gefährte lachte schallend über die ungläubige Verwirrung, die aus meinem Gesicht sprach. „Ist das eine neue Überraschung für dich? Ja, lieber Bruder, der Apostel Paulus hatte schon mehr als recht, als er sagte: „— was kein Auge gesehen noch kein Ohr gehört, noch in keines Menschen Herz gedrungen ist, zu erfassen die Dinge, die Gott denen bereitet hat, die ihn lieben. —"*)

„Wir können dich nur kleine Einblicke in die Wissensgebiete tun lassen, die dir nun Zug um Zug eröffnet werden, bis du überwältigt sein wirst von der Erkenntnis der grenzenlosen Vorsorge, die Seine unendliche Liebe für unsere Glückseligkeit getroffen hat."

„Versteh ich dich richtig, Cushna? Meinst du, daß die Seele eines Menschen, der nicht ,tot' ist, sondern nur schläft, sich vom fleischlichen Körper lösen und sich in unseren Regionen mit denen, die ,tot' sind, wieder vereinigen kann?"

„Genau das meine ich! Ich kann dein Staunen darüber wohl verstehen, aber dies ist trotzdem eine Tatsache. Du würdest es besser verstehen hönnen, wenn du vor dieser Erkundungs-Reise schon in deinem eigenen Heim gewesen wärest."

„Heim?" Ungläubig und doch von einer unbeschreiblichen freudigen Vorahnung erfüllt wiederholte ich dieses Wort, wobei zugleich viele neue Fragen in mir auftauchten. Es schien mir wie eine Verheißung des innigsten Wunsches, der mich je erfüllt hatte. Aber für den Augenblick unter-

---

*) 1. Korinther 2, 9

drückte ich diese Regung und fragte: „Wie hätte ich das denn wissen können?"

„Weil du dort den Ort der Erinnerung erreicht hättest und dir alle Erfahrungen deines Schlaf-Lebens wieder bewußt geworden wären."

„Das klingt ja unglaublich!"

„Die Dinge sind nicht immer so, wie sie uns erscheinen", antwortete Cushna lächelnd. „Zunächst einmal solltest du stets daran denken, daß der Mensch als Ebenbild Gottes erschaffen wurde, was natürlich im geistigen und nicht im körperlichen Sinne zu verstehen ist; denn Gott ist Geist. Dieser Teil des Göttlichen, der sich im Menschen offenbart, hat auch die Eigenschaften seines Ursprungs. Unser Geist also ist ein Teil der Ewigkeit. Auf Erden ist der fleischliche Körper das Gefäß, durch das der Geist sich offenbart, aber dieses Gefäß ist den Ermüdungserscheinungen der Materie ausgesetzt und braucht deshalb Zeiten der Ruhe. Aber nur das Fleisch wird ‚schwach', der Geist bleibt willig und lebendig. Die Nacht ist bestimmt als Ruhepause für den Körper, nicht aber für den Geist, der — wie bei uns, wo es keine Nacht gibt — dieser Ruhe nicht im gleichen Sinne bedarf. Der Schlaf schaltet das Wachbewußtsein als Teil unseres Körpers aus, nicht aber den unsterblichen Geist. Dieser wird frei, ja er muß freiwerden vom Körper, damit dieser sein Ruhebedürfnis befriedigen kann. Warum sollte da der Geist, der keinen materiellen Beschränkungen unterliegt, sich nicht in derselben Weise frei bewegen können wie der Geist derer, die an keinen Körper mehr gefesselt sind?"

„Was ist dann der Unterschied zwischen Schlaf und Tod?"

„Er ist im Grunde sehr gering, soweit es das Verlassen des Körpers betrifft. Im Falle des Schlafes ist jedoch Vorsorge für die Rückkehr des Geistes in den Körper durch einen ‚Lebensfaden' getroffen, eine silberbläuliche Nerven-Schnur, die eine Art Telefonverbindung zwischen Seele und Körper darstellt. Solange dieser Faden nicht unterbrochen wird, kann die Seele in den Körper jederzeit zurückkehren. Ein Riß würde den Schlaf in ‚Tod' verwandeln."

„Und wie findet der Schläfer zu seinem Ziel?"

„Wie für alles, so ist auch dafür Sorge getroffen. Wie du bereits weißt, geht jede Seele nach dem irdischen Tode an den Ort, der ihrem Zustand entspricht. Nach dem gleichen Gesetz gibt es auch eine ‚Sphäre' für die uns besuchenden Schläfer. Es ist eine Art Grenzgebiet, in dem sie ihre verstorbenen Freunde auf unserer Seite treffen. Wenn du willst, können wir ein solches Gebiet einmal besuchen."

„Sehr gerne! Aber sag mir, kommen denn alle Menschen während ihres Schlafes zu uns?"

„Es gibt nichts, was ihre Seelen daran hindern könnte, wenn sie den Wunsch haben, und ich glaube, daß dies bei der großen Mehrheit der Menschen der Fall ist."

„Warum scheint dann keiner nach dem Erwachen sich daran erinnern zu können?"

„Dafür gibt es zwei Gründe. Der eine ist sehr natürlich zu erklären: wir besitzen, wie du weißt, für die Erdenmenschen keine Körperlichkeit und bleiben ihnen daher unsichtbar. Zum anderen, bewegen wir uns ja auf zwei völlig verschiedenen Schwingungsebenen, die nur durch Liebe und Mitgefühl überbrückt werden können. Genau die gleiche Kluft besteht zwischen dem menschlichen Gehirn und seinem spirituellen Gegenpart; sie verhindert, daß die Erinnerung des höheren Seelenbewußtseins in das niedrigere Wachbewußtsein übertritt. Dennoch ist diese Kluft nicht völlig unüberbrückbar. Wenn es gelingt, die Schwierigkeiten zu überwinden, könnte das Schlaferlebnis der Menschen eine sehr wichtige Rolle spielen."

„Inwiefern?"

„Die natürliche Funktion der Erinnerung könnte bewußt gelenkt statt unterdrückt werden, so wie wir es bei Kindern finden. Könnte man diese Funktion entwickeln, so kann die Wirkung auf die menschliche Vorstellung vom ‚Tode' gar nicht hoch genug gewertet werden. Die Mutter, um ein Beispiel zu nennen, die ihr geliebtes Kind verloren hat, wird nicht mehr für den Rest ihres Lebens von 20, 30 oder vielleicht 40 Jahren von Trauer und Zweifeln über das Weiterleben nach dem Tode erfüllt sein, sondern durch ihr Schlaferlebnis *wissen*, daß ihr Kind lebt und wird es sehen, so oft sie will. Die Freude des Wiedersehens im ‚Tode' hängt doch davon ab, ob und wieweit sie sich wiedererkennen. Während der Lebzeit der Mutter hatte vielleicht noch keine Verbindung bestanden; die Mutter erinnert sich nur an das Kind als Baby, während dieses selber nur sehr schwach — wenn überhaupt — irgendwelche Vorstellungen von seiner Mutter hat. Wenn dann der Tag der Wiedervereinigung kommt, erblickt das Kind eine fremde Frau, in Sorgen ergraut und gebeugt. Und die Mutter? Wird sie die in voller Blüte vor ihr stehende, engelsgleiche Gestalt als ihr Kind wiedererkennen? Unter ‚irdischen' Umständen wäre das wohl fast immer eine Unmöglichkeit."

„Aber Gott hat für solche Fälle besser vorgesorgt als es Menschen sich vorstellen können. Wenn ein Kind auf Erden stirbt, kommt es mit den von liebenden schmerzvollen Gedanken gebildeten Strahlenbündeln hierher, die du bereits kennst. Aber bei Kindern werden solche Strahlen von einer Gegenkraft neutralisiert, bis sie groß genug sind, um sie zu verstehen. Dies geschieht durch den Schutzengel des Kindes, der nun gleichzeitig sein Lehrmeister — oder Kindermädchen, wenn du willst — wird und der die von der Mutter ausgehenden liebenden Gedanken auffängt und seinerseits durch Liebe an das Kind weitergibt. Begeht die Mutter Sünden, so stellt sie sich automatisch außer Verbindung mit dem Kind."

„Nun aber kommt das eigentlich Entscheidende: der Schlaf gibt der Seele der Mutter Gelegenheit, ihr Kind allnächtlich zu besuchen. Sie kommt zu uns auf der Schwingungsebene der Schlafenden und kann so ein rundes Drittel ihres Erdenlebens bei dem Kinde verbringen, so unbewußt der Mutter dies im Wachzustand auch immer sein mag. Sie weiß nicht, daß der innige Wunsch, ihr Kind ‚noch einmal' zu sehen und zu sprechen, nichts anderes als die erste Auswirkung ihres Schlafgedächtnisses ist, dessen Schwingungen das Wachgedächtnis zu erreichen suchen. Nach einiger Zeit wird sie morgens mit dem Gefühl aufwachen, im ‚Traum' ihr Kind gesehen zu haben. Gott hat die Gebete erhört und bereits für diese Möglichkeit gesorgt, als er die Grundmauern seines Reiches schuf."

„Cushna", rief ich, als mein Begleiter geendet hatte, „wenn du so weitersprichst, wirst du jeden Gedanken an einen Tod einfach fortwischen."

„Wenn Jesus dies nicht gelang", antwortete er, „so kann ich niemals hoffen, Erfolg zu haben. Nur wenige unter seinen Glaubenskindern sind sich darüber im klaren, daß er das Wort ‚Tod' niemals von sich aus im Zusammenhang mit dem Hinübertreten in das Jenseits benutzte. ‚Das Mägdelein ist nicht gestorben, sondern es schläft' — hat man ihn nicht dieser Worte wegen ausgelacht? Oder, ‚Unser Freund **Lazarus** schläft, ich gehe um ihn aus dem Schlafe zu erwecken'. — Nein, es gibt keinen Tod! Jesus hat das wahre Leben in

Unsterblichkeit ans Licht gebracht, Gott ist kein Gott der Toten, sondern der Lebenden!"

„Du sprachst noch von einer zweiten Schwierigkeit, die der Erkenntnis des Schlafbewußtseins entgegensteht."

„Ja, es ist ein unnatürliches Hindernis und weit schwieriger als das, von dem ich eben gesprochen habe. Verantwortlich dafür ist die Kirche, die ihre gegenwärtige Lehre aufgeben müßte, wenn das Schlafbewußtsein von jedermann erkannt werden soll. Das natürliche Bewußtsein, das wir als Kinder noch haben, wird mit dem Heranwachsen erstickt und als törichter Aberglaube, wenn nicht sogar als ein Werk des Teufels verbannt. Das Resultat ist eine fast unüberwindliche Schranke von Vorurteilen im erwachsenen Menschen."

„Das Grundübel ist dabei die von den meisten Konfessionen angenommene Dogmatik, wonach die Offenbarung Gottes mit der Bibel ein für allemal abgeschlossen ist. Es gibt keine neuen Weiden mehr, auf die der Priester seine Schafe führen kann, sondern nur noch die Auslegung eines vor 2000 Jahren geschriebenen Gesetzes. Die Pflicht des Propheten ist es, auf der Spitze des Turms zu stehen und Ausschau nach dem aufgehenden Stern wie nach den Feinden zu halten. Aber wenn nichts Neues mehr zu erwarten ist, wozu dann noch der Turm?"

„Während der Priester unserer Zeit auf Hochschulen Theologie, Rhetorik und die klassischen Bildungsfächer wie ein Jurist erlernt, ist der Prophet zu allen Zeiten durch seine Fähigkeit bestimmt gewesen, die Offenbarungen Gottes unmittelbar zu empfangen und weiterzugeben. ‚Höret meine Worte', sagt Gott, ‚wenn ein Prophet unter Euch ist, so werde ich mich ihm in einer Vision zu erkennen geben und werde zu ihm im Traume sprechen!"

„So hat Gott für eine ständige Offenbarung vorgesorgt, ja sie vorausgesagt, und das Schlafbewußtsein ist die Hochschule, durch die sie vermittelt wird. Die Lehren Jesu stimmen hierin mit dem ‚Gesetz Moses‘ vollkommen überein. ‚Denkt nicht was oder wie ihr sprechen sollt, denn es wird euch gegeben werden in derselben Stunde, da ihr sprechen werdet‘.“

„Gott erschien Salomon im Schlafe und segnete ihn mit der Gabe der Weisheit. In einem Traum wurde Joseph gewarnt, er solle nach Ägypten fliehen, und im gleichen Zustand wurde ihm gesagt, er solle zurückkehren, denn die dem Jesuskinde nach dem Leben getrachtet hatten, lebten nicht mehr. — Was bedarf es da weiterer Worte? Die Tatsachen sind klar; wenn die Türen zum Schlafbewußtsein geöffnet werden, wird den Menschen eine größere Offenbarung zuteil werden, und für den Priester sowie die Kirchen, die nicht selbst Offenbarung suchen, wird kein Platz mehr sein.“

„Aber sicher würdest du doch den Menschen nicht raten, jedem Traum Glauben zu schenken?“

„Ganz gewiß nicht, lieber Freund; du hast vergessen, daß ich von der Notwendigkeit sprach, die bei den Kindern vorhandenen natürlichen Anlagen zu pflegen und zu schützen. Wie jede andere Gabe Gottes erfordert auch diese die sorgfältigste Entwicklung und Anleitung, bevor sie in ihrer Anwendung vollkommen verläßlich ist.“

„Aber wie kann man das Falsche vom Echten klar unterscheiden?“

„Das ist durchaus nicht so schwierig. Jesus sagte: ‚An ihren Früchten sollt ihr sie erkennen‘. Das Ansehen eines Propheten ist zu allen Zeiten davon abhängig gewesen, ob und wieweit sich seine Aussagen bewahrheitet haben, ob also

Gott aus ihm sprach oder seine eigene Phantasie. Nun, jede Offenbarung kann und sollte nach denselben Regeln untersucht werden wie andere noch ungeklärte Phänomene im Bereich der Wissenschaft. Wenn das in Fülle vorhandene Beweismaterial erst einmal objektiv und gründlich untersucht worden ist, wird die Unsterblichkeit keinen Augenblick länger eine Sache des Glaubens sein, sondern eine anerkannte wissenschaftliche Tatsache. Aber kirchliche Tabus haben der wissenschaftlichen Anerkennung bis zum heutigen Tage Hindernisse in den Weg gelegt, und die Menschheit ist noch nicht frei genug vom Aberglauben, um eine Untersuchung zu erzwingen, die von vielen Kirchenmännern immer noch als ein Spiel mit dem Teufel bezeichnet wird."

„Was du sagst, müßte für die Menschen ein neues Evangelium eröffnen!"

„Es ist d a s Evangelium! Dasselbe, das im Garten Eden verloren wurde, das später Patriarchen und Propheten wie einen schwachen Schimmer sahen, das für einen kurzen Augenblick in der Geschichte — im Leben Jesu — wie die strahlende Sonne zur Erde durchbrach, nur um von den Schatten theologischer Systeme wieder verdunkelt zu werden. Das Zwielicht ist vielerorts so düster geworden, daß die Menschen den Nazarener kaum erkennen würden, träfen sie ihn heute. Ich ziehe nur die Wolken beiseite, die tausende von Sekten und Glaubensrichtungen vor die Sonne gezerrt haben. Frei von Vorurteilen, von durch Menschenhand errichteten Schranken sollst du sehen, was unser Vater für uns bereitet hat. — Aber nun genug der Worte, siehe selbst!"

XV

WO SICH DIE AUF ERDEN SCHLAFEN- DEN IM JENSEITS TREFFEN

In unser Gespräch vertieft, waren Cushna und ich in dem Tal jenseits der Nebelwand angelangt, in dem ich bei meiner Ankunft zum Bewußtsein erwacht war. Von den mir dabei durch den Kopf gehenden Gedanken sei einer wegen seines Einflusses, den er auf mich ausübte, hier vermerkt:

Gewiß kann niemand mehr Mitleid besitzen als der Schöpfer mit seinen Geschöpfen. Wenn aber selbst auf Erden ein Verbrecher im Gefängnis hier und da Besuche empfangen kann, dann wäre es doch völlig unglaubhaft, wenn GOTT nicht den Menschen eine Möglichkeit einräumte, mit ihren Lieben, die ihr körperliches Gewand ablegten, in Verbindung zu treten. Hierbei wurde mir klar, daß eben der Schlaf die von Gott bestimmte Möglichkeit zu einem Zusammentreffen der voneinander getrennten Seelen bot. In einiger Entfernung zu unserer Rechten lag ein bewaldetes Gelände, auf das die große Mehrheit unserer „Schlafbesucher" zustrebte. Wenig später entdeckte ich, daß sich hinter diesem natürlichen Vorhang ein dichter bevölkertes Zentrum verbarg, als ich es seit meiner Ankunft in diesem Leben gesehen hatte. Und seltsam: alles hier schien mir in seltsamer Weise bereits bekannt zu sein. Ich wußte, daß ich an diesem Ort noch niemals gewesen war. Und doch schien mir hier nichts fremd oder unerwartet zu sein. Hin und wieder hielt ich inne, um idyllische Winkel zu bewundern, deren ich mich irgendwie erinnerte, oder ich erwiderte den Gruß von Vorübergehenden mit einer Selbstverständlichkeit, als hätte ich sie mein ganzes Leben lang gekannt, wiewohl ich mich nicht erinnern konnte, sie jemals zuvor gesehen zu haben.

Es gab wohl nur eine Erklärung für all das: ich hatte in den letzten Tagen so viel erlebt und Neues gesehen, daß mein Verstand mit Unverarbeitetem vollgepfropft war. Nur das konnte mein Erinnerungsvermögen so verwirrt haben, daß ich Dinge meines bisherigen und meines neuen Lebens durcheinanderwarf. Mehrmals wandte ich mich nach meinem Gefährten um, in der Hoffnung, er werde mir aus dieser Schwierigkeit helfen. Cushna aber schien in dumpfes Nachdenken versunken oder tat, als merke er nichts.

In der Tat, ich ging jetzt sogar auf einem Pfad voran, von dem ich ‚wußte‘, er führte zu einer Stelle, wo wir den malerischsten Ausblick auf die Stadt vor uns genießen konnten. Schritt für Schritt wurde mir das Gelände immer vertrauter. Jetzt kam ein verstecktes kleines Tal, jetzt die rosenumwachsene Brücke, auf der ich für einen Augenblick innehielt, um den glockenreinen Plätschern des Bächleins unter uns zu lauschen, — dann das moos- und blumenbedeckte Ufer entlang auf den Fels zu, der mir noch die Sicht versperrte. Ein paar Schritte weiter und — —

Jetzt bedurfte es für mich keiner weiteren Frage: Neben dem Stein stehend berührte ich den — Punkt der Erinnerung, auf den mich Cushna bereits hingewiesen hatte. Was war in Wirklichkeit geschehen? Auf dem ganzen Wege hierher war ich auf das vorbereitet worden, was sich mir jetzt schlagartig auftat: *die Erinnerung an mein Schlafleben.* Wie oft war ich in meinem irdischen Leben mit dem unbestimmten Gefühl aus tiefem Schlaf erwacht, daß ich irgendetwas Bedeutsames vergessen habe. Wenn ich dies auch als einen schmerzlichen Verlust empfand, so war mein Gedächtnis einfach nicht in der Lage, sich daran zu erinnern. Jetzt endlich wußte ich es. Diese Umgebung und wunderbare Gemeinschaft, die ich in diesen „Traumgefilden" gepflegt und nach der ich mich im Stillen immer wieder gesehnt hatte, war mir bereits seit meiner Kindheit lieb und vertraut. Vor mir taten sich die tiefsten Gründe meiner Träume auf, die ich so stark empfunden hatte, jedoch auf Erden nie in mein Wachbewußtsein hatte hinübernehmen können. Nach den täglichen Enttäuschungen und Nackenschlägen des Lebens hatte ich hier Trost erhalten und Kraft geschöpft. Hier wurde mir die Eingebung zuteil, einsamen und kranken Menschen Hilfe zu bringen und hier hatte ich die Weisungen für mein Wirken erhalten, die ich trotz der Gegnerschaft meiner Familie auf unsichtbaren Befehl ausführte. Hier auch hatte ich die aus der Wahrheit entquellenden Ansporne in mich aufgenommen, durch die ich meiner strenggläubigen Umgebung auf der Erde als ein bedauernswerter Außenseiter erschien, den man vor sich selber schützen mußte. Hier und in diesem Augenblick schloß sich die kreisförmige Bahn, auf der ich strebend, irrend und leidend mein Leben lang gezogen war.

„Cushna", rief ich, erschüttert und kaum der Sprache mächtig, „jetzt weiß ich alles! Keine der Offenbarungen, die du mir erschlossest, war größer als diese!"

Mit gespieltem Ernst zog mein Freund die Augenbrauen hoch: „Willst du damit sagen, daß du diesen Ort kennst?"

„Ihn kennen? Hier bin ich ja zu Hause. Mein Erdenleben war alles andere als wirklich, vielmehr ein Schlaf, in dem ich ruhelos von diesem hier träumte. Jetzt aber bin ich erwacht. Alles, was ich bisher noch nicht begreifen konnte, wird sich jetzt von selber klären!"

„Verstehst du nun das, was ich dir über die Zwiefältigkeit des Lebens gesagt habe?"

„Gewiß! Wie aber kommt es, daß diese Erinnerung nicht schon im Augenblick des Todes zu mir kam?"

„Ganz einfach, weil man dich sorgsam daran gehindert hat, den Punkt der Erinnerung zu berühren, bis der **geeignete** Augenblick dafür gekommen war."

„Weißt du, die Umgebung war mir mit jedem Schritt vertrauter vorgekommen, als wir uns diesem Felsen näherten. Ich wollte dich fragen, aber du schienst in Gedanken versunken."

„Ich wollte absichtlich nicht sprechen. Du solltest besser deine eigene Erfahrung sammeln. Und jetzt, da du dich zuhause fühlst, wirst du meine Dienste entbehren können."

„Ich denke nur ungern daran, dich verlieren zu müssen", antwortete ich.

„Verlieren wirst du mich nicht, ich werde dich von Zeit zu Zeit sehen. Inzwischen aber wirst du vielen alten Freunden begegnen, und jeder von ihnen wird dir Aufklärung über alles, was du wissen willst, geben können."

* * *

Cushna war fort, aber ich war nicht allein. Wie hätte ich es inmitten einer Umgebung sein können, in der jede Einzelheit eine Fülle von Erinnerungen wachrief, die bisher in meinem Unterbewußtsein geschlummert hatten. Wer kann sagen, welche kostbaren Schätze vergangener Zeiten in unserem Schlafgedächtnis verborgen sind, des Tages harrend, da sie ans Licht gebracht werden? Geheimnisse, die unser unstetes Leben auf Erden niemals bewahren könnte, die zu überwältigend sind, als daß sterbliche Ohren ihnen standhalten könnten. In den Stunden des Schlafs stiehlt sich die junge Seele ins Paradies davon, um vorbereitet zu werden für den

Tag, da sie sich voll entwickeln kann. Bis dahin bleiben wir verhaftet an die Oberfläche unseres Geistes, nicht ahnend der Tiefe und Schönheit, die zu ermessen er fähig ist. Es gibt keine Worte, um dies Erwachen zu beschreiben. —

Meine Gedanken wurden von einer wohlbekannten Stimmen unterbrochen: „Hallo, Master Fred!"

Vor mir stand Jimmy, ein dunkelhäutiger Freund, den ich in meiner Heimatstadt hin und wieder ein wenig betreut hatte. Während wir noch Erinnerungen austauschten, gab ich meiner Überraschung darüber Ausdruck, daß er als Neger auch hier seine Hautfarbe beibehalten habe. Jimmy antwortete, nicht nur jedes Klima und jede Religion, sondern auch jede Rasse habe ihren Platz im Reiche Gottes. „Viele Weiße halten uns für minderwertig, aber wenn sie in den Himmel kommen, müssen sie erkennen, daß wir in den Augen des Herrn ebensoviel wert sind wie sie selber! Und wäre es nicht auch hart für uns, wenn uns Gott hier wirklich eine weiße Hautfarbe geben würde? Jeder würde lachen und sagen: ‚Wir haben es ja immer gesagt.' Nein, hier kümmert sich niemand um die Farbe eines andern und alle müssen zusammen die goldene Treppe hinaufsteigen!"

Als ich ihm sagte, daß mich Cushna allein hier zurückgelassen hatte, erbot sich Jimmy, andere Bekannte herbeizuholen und eilte davon.

Dies also war die Stadt, in der die Vergangenheit auf die Waagschale geworfen werden und ausgeglichen werden sollte. Auf Erden war ich oft bei dem fruchtlosen Versuch, die Ungereimtheiten und Ungerechtigkeiten des Lebens mit der Vorstellung von einem gerechten und barmherzigen Gott zu vereinbaren, an den Rand des Atheismus getrieben worden. Warum muß ein blinder Bettler sein ganzes Erdenleben lang sein Los in Armut und Dunkel ertragen, während der im Luxus geborene, körperlich gesunde Nichtstuer alle Dinge des Lebens zu seinen Füßen vorfindet? Welches Gesetz scheint immer wieder Genius und Entbehrung miteinander zu verketten, während geistige Mittelmäßigkeit mit Reichtum Hand in Hand geht? Wo ist die Gerechtigkeit in einem Leben des Schmerzes, der seinen Ursprung in den Sünden der Erzeuger dieses Lebens hat? Welche Macht ist es, die sich dem Tyrannen in die Hände gibt, während der Heilige machtlos, ja ohne Antwort auf sein Rufen bleibt?

Von meinem jetzigen Standort aus konnte ich diese Fragen in einem neuen und besseren Licht beantworten. Die Erde ist nicht das Alpha und Omega des Lebens, ja sie ist nicht einmal zur Gänze unser erstes Leben. Der Mensch neigt in seiner Unwissenheit dazu, der Erde eine ihr nicht zustehende Bedeutung beizumessen. Die Dinge sehen ganz anders aus, wenn wir eines Tages den Blickpunkt erreichen, den ich jetzt gewonnen hatte. Dunkelheit, Schmerz und Elend herrschen nur auf der sterblichen Seite des Lebens; auf der unsterblichen wird der Blinde sehend, der Stumme sprechend und der Gelähmte geht frei und ohne Krücken — nicht nur nach dem Tode, sondern schon in den Stunden seines Schlafes. Und wenn er die Erinnerung daran auch nicht mit in den Tag hinübernehmen kann, vielleicht ist es doch ein Anflug aus seinen Träumen, der in ihm nachklingt und ihn die Härten seines Alltags immer wieder ertragen läßt.

Dies ist die strahlende, die belohnende Seite dieser „Stätte des Ausgleichs". Aber es gibt auch andere Seiten und sie sind so ernst, daß ich sie nicht übergehen darf. Ich bin hier oft Zeuge gewesen, wie die Maske der Freundschaft vom Gesicht des Heuchlers abfiel, wie der Lügner sich mit seinen eigenen Worten überführte, der Intrigant von seinem Opfer bloßgestellt war. Ich habe Mütter gesehen, die um die

Liebe des Kindes bettelten, das sie einst selber verloren und dann vergessen hatten. Aber auch Worte des Trostes und der Zuneigung für die Verlassenen hörte ich. Ich habe gesehen, daß der Tod keine Macht hat, zwei Seelen zu trennen, die nie mehr gehofft hätten, sich wiederzusehen.

Liebe Freunde auf Erden, erinnert euch der Abschiedsgelübde die ihr denen gabt, die vor euch dahingegangen sind und die ihr seitdem vergessen habt, ebenso wie ihren Körper, der unter der Erde vergeht. Nein, euer Vater, eure Mutter, euer Freund, liegen nicht dort im Grabe; sie sind nicht tot! In den verschwiegenen Gängen des Schlafes trefft ihr sie, Nacht für Nacht! Sie wissen um eure Untreue, sie mahnen euch immer wieder, und ebenso oft habt ihr euer Versprechen wiederholt, bis nun hundert gebrochene Eide auf den Tafeln eurer Seelen eingemeißelt sind! Haltet ein für eine Weile, und ihr werdet das Gewicht der unerfüllten Gelübde auf eurem Gewissen spüren, bis seine Stimme euch zwingt, euer Wort einzulösen. Es betrifft nicht mehr euch und euren Freund allein. Sie stehen jetzt im Reiche Gottes, und Gott selber wird von euch einst Rechenschaft fordern. Lauscht dem letzten Echo eurer Versprechen, wenn die Morgenstunde euch zur Erde zurückruft!

Und ihr, die ihr trauert, trocknet eure Tränen und wißt, daß eure Lieben nicht fortgegangen sind! Jene Schwingungen aus dem Nirwana, die über euch noch spürbar sind, da ihr die Augen öffnet, sie sind keine Illusion! Die Euren sind bei euch gewesen, haben euch umarmt, haben mit euch gesprochen. Fühlt ihr nicht, wie sehr ihre Liebe euch gestärkt hat? Sie haben eure Seele näher zu Gott gebracht und werden euch dereinst erwarten und dorthin geleiten, wo ein Platz für euch bereitet ist.

XVI

HÖHER HINAUF

Wenn ein Engel mich auf Erden besucht hätte — und mit Engel meine ich einen „richtigen" biblischen Engel in schneeweißem Flügelkleide —, und hätte er mir gesagt, wieviele Freunde ich im Reiche der Schöpfung besitze, ich hätte ihm kaum glauben können. Aber jetzt begann ich zu begreifen, wie nahezu unmöglich es für einen Menschen ist, auf Erden sein wirkliches Selbst zu begreifen. Könnte er den wahren Zustand der Schöpfung nur für einen Augenblick erkennen, er würde im Staube niedersinken und das Gebet seines Glaubens — nicht eines vorgeschriebenen Bekenntnisses, sondern eines von der Allgegenwart Gottes belebten Glaubens — würde lauten: „Führe Du mich weiter." Die Flutwelle der Offenbarung dieses einen Augenblickes würde ihn so überwältigen, wie jetzt mich bei der Erinnerung an mein Schlafleben. Alle Bedrückung und Selbstsucht würde sie fortschwemmen.

Bisher hatte ich bewußt niemanden im wahrsten Sinne dieses Wortes meinen Freund nennen können; nicht, weil ich etwa nicht den Wunsch dazu hatte, sondern weil die Umstände meines Lebens es nicht zuließen. Jene, die nach ihrer Herkunft meine Freunde hätten sein können, betrachteten mich als einen verrückten Außenseiter, der kein Interesse an Dingen hatte, mit denen sich die Begüterten das Leben angenehm gestalten, und der das Opfer eines krankhaften Dranges war, seine freie Zeit unter den Armen zu verbringen. Wie konnte ich, der ich alle herkömmliche Heuchelei haßte, Freundschaft bei denen zu finden hoffen, die so dachten? Auch wäre es mir niemals in den Sinn gekommen, sie für

Geldeswert zu kaufen. Gewiß, ich spürte mehr als einmal bei meinen Schützlingen, den Ärmsten der Armen, was Freundschaft bedeuten konnte. Aber hier bestand ein anderes Hindernis — die soziale Schranke. Hätte ich sie gänzlich übersprungen, es wäre ein willkommener Vorwand für jene gewesen, die mich am liebsten entmündigt gesehen hätten und die ja nur auf den letzten „Beweis" warteten, um mich, den Außenseiter der Familie, in einem „Heim" vor den Blicken der Gesellschaft zu verbergen. So war es mein Schicksal, ohne wirkliche Freunde zu bleiben.

Die „Stadt des Ausgleichs", die ich mittlerweile betreten hatte, schien auch diesen Mangel hundertfach wettzumachen! Von allen Seiten winkten sie mir zu, glücklich lachende Gesichter, die mir in meinen Träumen nah gewesen waren. So viele schienen es zu sein, daß ich jeden Plan aufgab, sie der Reihe nach zu besuchen, sondern mich dem Zufall anvertraute.

Schließlich blieb ich vor einem Gebäude stehen, das mich besonders fesselte. Ohne daß man es mir sagte, wußte ich, daß es das Heim für jene elternlosen Kinder war, die in den großen Städten ihr Leben vom Verkauf von Streichhölzern*) und Zeitungen fristeten. Viele Nächte hatte ich, während mein Körper schlief, hier zugebracht und beobachtet, wie Gott die Härten ausgleicht, die seine Kinder zu erdulden haben. Und selten kam es vor, daß nicht ein Sendbote aus höheren Regionen hier weilte, um die hungrigen und zerlumpten Straßenjungen zu betreuen und ihnen zu sagen, daß ihr hartes Schicksal ihnen einst tausendfach vergolten werden sollte.

---

*) Die Leser mögen hier die sozialen Verhältnisse im England des 19. Jahrhunderts berücksichtigen.

Hier war es auch, wo diese Kinder lernten, sich gegenseitig zu helfen. Oft hatte ich mich gewundert, wo diese Unglücklichen die Selbstlosigkeit und Freundschaft lernen, die sie selbst unter den härtesten Bedingungen füreinander zeigten. Jetzt wußte ich die Antwort. Hier, in der Elementarschule des Himmels, zu der sie gerufen werden, während ihre Körper in Kellern und Hausfluren schlafen, zeigen ihnen Engel die praktische Anwendung der goldenen Regel der Menschenliebe. Wie hätten auch ihre bloßen Füße das eisig-scharfe Pflaster der Theologie betreten können? Sie wären vor dem ersten Hindernis orthodoxer Lehre gestolpert und gefallen. Aber keine Furcht — der Himmel hat für alle vorgesorgt, die ihn auf dem Wege über die Kirche nicht finden können, — die Engel wissen den Weg und führen ihre kleinen Pilger sicher heimwärts. Wir brauchen uns nicht um ihr Seelenheil zu sorgen, nur weil sie dem sektiererischen Richtmaß nicht entsprechen. Viele von ihnen werden vor dir den Weg gefunden haben und dich begrüßen, wenn du einst selber dort eintrittst.

Hundert fröhliche Stimmen begrüßten mich, als ich den Vorhang beiseite schob, um einzutreten, und im Augenblick war ich von einer Schar kleiner Freunde umringt, die mich in ihre Arme schlossen. Es schien fast unmöglich, daß diese glücklichen, lachenden Kinder dieselben waren, die noch vor ein — zwei Jahren hungernd und frierend an einer Straßenecke gestanden hatten, um sich mit dem Verkauf von Streichhölzern oder Zeitungen ein paar Pfennige zum Essen zu verdienen. Aber so und nicht anders war es. Was würden jene Menschen, die in den Straßen der Städte die zerlumpten Buben unwillig zur Seite schieben, wenn sie in ihren Weg geraten, wohl sagen, wenn für einen Augenblick der Schleier fallen und die einfache Wahrheit Gottes sichtbar werden würde? Wie anders könnte das Erdenschicksal dieser Kinder dann sein! Aber würde die Besserung ihres Loses nicht auch den Verlust des Ausgleichs bedeuten, der ihrer Seele zuteil wird? Nein, dieser Preis wäre zu hoch! Gott weiß es am besten; aber niemand darf sagen, daß wir deshalb weniger verpflichtet seien, unseren Mitmenschen auf Erden zu helfen. Gottes Hilfe ist da, um die Unterlassungen der Menschen auszugleichen, die Ernte dieser Unterlassungen aber wird der Mensch eines Tages selber zu tragen haben.

Nicht nur höhere Engel betreuen übrigens unsere kleinen Freunde in den Stunden ihres Schlafes, auch ihre vom Tode erlösten Gefährten kommen hierher. Es war ein rührendes Erlebnis ihnen zuzuhören, wie sie den „Besuchern" in begeisterten Worten den Gegensatz zwischen Vergangenheit und Gegenwart schilderten, wie sie die Herzen ihrer Kameraden mit Freude und Hoffnung erfüllten.

Ich war mit dem Händeschütteln noch nicht zu Ende, als der Vorhang erneut beiseite geschoben wurde und ein anderer Besucher eintrat, dessen Erscheinen noch mehr Bewegung verursachte als das meine. Ich brauchte einen Augenblick, um ihn wiederzuerkennen — es war Arvez, derselbe Helfer, der den Buben in seine Obhut genommen hatte, mit dem zusammen ich nach meinem irdischen „Tode" auf dem Wiesenhang aufgewacht war. Der Grund seines Erscheinens hier wurde mir bald bewußt. Der bevorstehende Tod des Körpers eines Menschen ist auf der anderen Seite des Lebens in jedem Falle vorher bekannt, ob er durch einen Unfall eintritt oder nach langer Krankheit. Die Ernte des Lebens ist ablesbar, man weiß in welchem Zustande sich die Seele befindet und wo sie ihren ersten Aufenthaltsort zu nehmen hat. Die Aufgabe Arvez' war es, solche Seelen, wenn er zu ihnen gelangen konnte, bereits in den Stunden des Schlafes auf ihr neues Leben vorzubereiten. Und jedes dieser Kinder wußte das. Alle Augen richteten sich auf ihn und in allen stand die — hoffnungsvolle — Frage geschrieben: „Bin ich es?"

Dürfen wir uns wundern, wenn ein Schatten der Enttäuschung über die Gesichter derer glitt, die noch nicht an der Reihe waren? Für den einen Auserwählten würden alle Leiden und Entbehrungen bald vorüber sein, für die anderen gab es vorläufig noch kein Ende. Trotzdem — sie stimmten tapfer zu, als einer der ihren den Namen des Kameraden ausrief, auf dem Arvez' Blick jetzt ruhte: „Es ist Himpy, Jack; ich freue mich genau so, als wenn ich es wäre."

Arvez nahm Himpy Jack in die Arme, hob ihn hoch und küßte ihn herzhaft auf die Wange — der Kuß des Todes für einen kranken, elenden, verlassenen Knirps in den Kellern und Hinterhöfen Londons. Sein kleiner Freund, der eben den Ausruf getan hatte, trat neben ihn.

„Jack, du wirst uns doch nicht vergessen, wenn du ganz hier wohnst?"

„Natürlich nicht. Ist doch klar, daß ich hier immer herkommen werde, wie jetzt auch!"

„Na, ich glaube dir. Und wenn ich aufwache, will ich versuchen, mich zu erinnern und nach dir sehen, bis Arvez dich holen kann."

Das werde bald geschehen, versprach Arvez, sobald es möglich sei, die Seele ganz vom Körper zu lösen. Dann wandte er sich zum Gehen, Himpy Jack an der Hand führend, um ihm sein neues Heim zu zeigen.

Ich hätte gern gewußt, wie dieses Heim aussehen würde, so ging ich auf Arvez zu und fragte, wohin es gehe.

„Zum Hause einer Schwester, die dir nicht ganz unbekannt ist; willst du mit uns kommen?"

„Mit großer Freude", antwortete ich. „Aber wird der Junge bei ihr wohnen?"

„Fürs erste. Er braucht Unterrichtung und Anleitung, und diese Aufgabe wird sie übernehmen."

Wir mußten offenbar eine große Entfernung zurücklegen, um zu unserem Ziel zu gelangen, aber das Reisen in diesem Reich ist keine Beschwernis, und die Zeit verfloß rasch mit den vielen Fragen, die unser kleiner Schützling zu stellen hatte. Auf alle erhielt er von Arvez eine geduldige Antwort. Was er sagte, brachte auch viel Neues für mich.

Wir passierten mehrere große Städte, deren Schönheit Jack und auch mich mit staunender Bewunderung erfüllte. Rom, Athen, Karthago, Babylon, Theben und Ninive können in den Tagen ihrer höchsten Blüte nur ein Schatten der himmlischen Städte gewesen sein, die ihre geistigen Gegenstücke und Vorbilder waren.

*

Verzage nicht, du gute Seele, wenn auf Erden dein Pilgerfuß auch niemals die heilige Stätte betritt, die dein Herz ersehnt, wenn auch deine Augen niemals das Land erblicken, das den lieblichsten aller Namen: Heimat trägt. All dein Streben wird dort, wo die Sonne ewig scheint, schöner als du je geträumt, Vollendung finden. Du Jude, dessen Fuß niemals den Ölberg betrat, du Moslim, dessen Augen nie das Heiligtum in Mekka sahen, du Katholik, der den Peters-Dom nur in seinen Träumen fand, und jede ernste Seele, die in Gedanken ein Heiligtum ersehnt und verehrt, fasset Mut! Wenn die Liebe euer Herz gereinigt hat und eure Hände sanft geworden sind in wirkender Güte, wenn eure Augen

Liebe ausstrahlen und eure Seelen in Gewänder der Hilfe und Vergebung gekleidet sind, wenn Christus nach Prüfung und Mühen in euch wieder geboren wird, dann werdet ihr das Ziel erreichen, das herrlicher ist als alle eure Träume. Ja, die Erfüllung wird dort, wo die Seele „in seinem Angesicht erwacht", alle eure Erwartungen weit hinter sich lassen!

XVII

EINE DICHTERIN DAHEIM

Immer neue überraschende Schönheiten boten sich uns auf unserem Wege an diesen Städten vorbei. Oft wurden wir von den schweigenden Wundern, die sich uns auftaten, tief ergriffen. Jetzt erreichten wir eine Hügelkette. Hier hüllten uns alle nur denkbaren Wohlgerüche ein: ein wahrhaft unbeschreiblicher Genuß!

Am Fuße des Berges unter uns bemerkten wir ein nicht allzu großes Haus von einem solchen Ebenmaß, wie es sich nur die Seele eines Künstlers ersehnen konnte: ein zur Wahrheit gewordener Traum eines müden Malers, Musikers oder Dichters. Wahrhaftig, hier schien die Geburtsstätte der Schönheit, der Harmonie, des schauenden Entzückens, wie auch der Grazie und des Rhythmus zu sein! Echo und Gesang erhoben sich über die Hügel hinweg und veranlaßten den See, sich silbrig zu kräuseln. Vögel von traumhaftem Gefieder ließen ihre Hymnen aus Bäumen von immergrüner Pracht ertönen. Durch und über alles breitete der Himmel sein Firmament in so luftigen Tönen und Farben, wie sie auf Erden kein Gegenstück haben.

Als wir uns nun dem Hause näherten, kamen uns einige Freunde entgegen, unter ihnen eine Frau, die ich kürzlich in der Schule getroffen hatte und die die Kinder besonders gern mochten. Kaum erkannte Jack sie, als er auch schon mit allen Anzeichen großer Zuneigung auf sie zulief. Keinerlei Scheu noch Unbeholfenheit zeigte sich in dem Benehmen dieses Kindes der Armut. Denn der Schlafteil seines Lebens hatte ihn bereits für die Bedingungen dieses Lebens vorbereitet und geschult. Obwohl er sich in seinem Wachzustand in eine niedrigere Verkleidung hüllen mußte, war sein königliches Vorleben hier wohl entdeckt worden. Der Sohn eines Königs kehrte aus seiner Verbannung heim. Niemand machte ihm hier seine Rechte streitig, niemand fragte, welche Wege er wohl gewandert sei. Seine vorübergehende Abwesenheit konnte, so wußte jeder, jetzt nur noch kurze Zeit mehr andauern. Der kurze Zeitraum, den Jack bis zu seiner Rückkehr auf die Erde hier weilte, war ganz mit Beglückwünschungen und Freudenrufen erfüllt. Der Morgen brachte ihn auf die Erde zum Verkauf von Streichhölzern zurück, bis ein furchtbarer Husten ihm den Lebensfaden abschneiden sollte. In welchem Gegensatz standen hier die beiden Lebensbedingungen: auf Erden unerkannt und verleugnet, im Himmel aber von Freude erfüllt und willkommen geheißen!

„Wenn dies wirklich eine Tatsache ist, warum erinnern wir uns auf Erden dann nicht daran?" fragte ich Arvez.

„Nur, weil wir irrtümlich glauben, alle Träume seien nichts als Launen des Gehirns und es sei ein Hirngespinst, ein Märchen, daß wir ein Schlafleben führen. Hat nicht Gott dem Salomo seine Weisheit in einem Traum verheißen? Bediente sich nicht Gott des gleichen Mittels, als er Josef im Traum aufforderte, mit dem Jesuskind nach Ägypten zu ziehen? Das gleiche Mittel benutzt Gott auch heute. Aus eigener Torheit aber achten wir nicht auf den Wahrheitsgehalt unserer Träume und stellen uns so Gott, der nur unser Bestes wünscht, in den Weg."

Als die Zeit kam, daß Jack wieder auf die Erde zurückkehren mußte, begleitet ihn Arvez bis zur Grenze der Nebelwand. Für mich aber sollte nun ein lang gehegter Wunsch in Erfüllung gehen: ich durfte mit meiner Gastgeberin sprechen, die mir, wie Arvez ja schon bemerkt hatte, sehr wohl bekannt war. Wohl hatte ich sie in der „Schule" getroffen, als sie sich den Kindern mit großer Liebe widmete. Ich kannte sie aber in einem noch weit tieferen Sinne. In der Einsamkeit meines irdischen Lebens waren ihre Gedichte fast meine einzigen vertrauten Gefährten gewesen. In ihr fühlte ich eine verwandte Seele, die das Leben, wie ich es kannte, mit seinen tiefen Sehnsüchten und Herzensnöten so ganz verstand. Nur hatte sie dieses Leben bezwungen und eine Ruhe erreicht, nach der ich vergeblich gesucht hatte.

Nach ihrem Tode erfuhr ich einiges über ihr Leben. Ihr Vater war ein Geistlicher. Sie wurde zum Dienste wahrer Liebe erzogen, die Mittelpunkt und Wirkungsbereich jeder wahren Religion ist und deren sich ständig erweiternder und vertiefender Einfluß uns wie auf einem mächtigen Strom in den unendlichen Ozean Gottes trägt. Während sie so himmelwärts dahinglitt, warf sie das Sonnenlicht, das auf sie fiel, in ihren Dichtungen zurück und erzählte von ihren tiefsten Erfahrungen.

Auf alle Stürme und Schwierigkeiten, von denen ich umringt war, übte ihre reine Stimme einen wundervoll besänftigenden Einfluß aus. Selbst, wenn die Stürme über ihr zusammenbrachen, so sang sie von dem Frieden und verwebte beides, wie Schuß und Faden, zu einem so wundervoll harmonischen Muster, daß keine Spur eines Zweifels über die Gewißheit des rechten Weges blieb. Ja, sie besaß die Schwingen des Glaubens, durch die sie hoch über die Dunkelheit aufsteigen konnte, dorthin, wo die Sonne der unbefleckten Wahrheit mit glorreichen Verheißungen zu einem neuen Tag aufging. So konnte ihre führende Stimme die noch unwissenderen Seelen dazu bewegen, ihr zu folgen, wie sie selbst Christus gefolgt war.

So auch war ich ihr gefolgt und stand nun zum ersten Mal auf ihrer eigenen Höhe. Du wirst es, lieber Leser, gewiß verstehen, daß es mich drängte, hier zu verweilen, um ihr für all das, was sie für mich getan hatte, aus tiefster Seele zu danken.

„Als Arvez mit dem Jungen hinter dem Hügel verschwunden war, wandte sie sich mir zu, ergriff meine Hand und sagte schlicht:

„Nun können wir miteinander sprechen. Herzlich willkommen!"

„Laß mich für alles, was du für mich durch deine Schriften getan hast, von ganzem Herzen danken!" sagte ich.

„Solcher Dank gebührt nicht mir, sondern allein Gott! Er füllte in seiner großen Gnade meinen Krug so voll, daß er überfließen mußte. Welche Musik auch in meinen Versen erklang, sie rührte von den herniederfallenden Segnungen und nicht von dem Krug, der die Becher füllte."

„Gewiß", erwiderte ich, „Seinen Namen preist meine Seele. Und dennoch kann ich nicht an der Tatsache vorübergehen, daß die Süße der Musik eben aus diesem Gefäß quoll!"

„Das ist wohl richtig", erwiderte sie und, während ihre Blicke in die Ferne schweiften, fügte sie in einem weichen kaum hörbaren und doch eindringlichen Ton hinzu: „Eben darum gebührt IHM doppelter Dank. Erschaffte ER nicht auch das Gefäß?"

„Laß uns in den Garten gehen", fuhr sie fort, als wollte sie von diesem Gedanken ablenken. „Dort können wir inmitten der Blumen miteinander plaudern. Welch ein wunderbarer Ausgleich für alle Mühen auf Erden ist es doch, mit einem solchen Heim beschenkt zu werden!"

„Aber dein Ideal vom Himmel wird dies hier wohl trotzdem nicht sein?"

„Nicht mein früheres Ideal. Denn ich sehe jetzt, wo ich,

vielleicht gemeinsam mit der ganzen Menschheit, einen Fehler machte. So, wie ich es heute sehe, läßt sich unser Streben auf Erden, eine klare Idee vom Himmel zu gewinnen, mit den Erfahrungen eines Bergsteigers vergleichen, der bei Tagesanbruch von der Hütte aufbricht und dabei einen sehnsüchtigen Blick auf den Gipfel richtet, den er erreichen möchte. Tiefer Glaube verleiht unseren Schritten erst die notwendige Sicherheit und führt uns über tausend Zweifel hinweg, an denen andere scheitern, sowie sie auf ernste Schwierigkeiten stoßen."

„Würdest du heute, falls du wieder schreiben könntest, deine jetzigen Erfahrungen dichterisch gestalten?"

„Warum sollte ich denn heute nicht ebenso schreiben können?" rief sie aus, „wie andere doch auch singen können? Über Geburt und frühes Kindesalter kommt ein Genie, welcher Art es auch sei, in seinem sterblichen Zustand nicht hinaus. Erst hier vermag es zu wachsen, seine Fähigkeiten auszuweiten und in ihren Vollgenuß zu gelangen. Dort unten werden nur immer einzelne Noten der allumfassenden Melodie von Engelslippen vernommen. Inmitten irdischer Zwietracht können wohl kindhafte Finger auf der Fiedel streichen, der Vollklang der Harfe findet dagegen keinen Widerhall."

„Ich danke Gott von ganzem Herzen, daß ich hier schreiben darf. Die Buchstaben erlernte ich auf Erden. Nun versuche ich, die Worte zu buchstabieren, aus denen meine Gesänge hier entstehen sollen. Du hast meine erste Sonette vernommen. Laß mich dir eine der hier entstandenen vorlesen."

Als sie dies sagte, wandte sie sich zum Hause, um schon nach wenigen Augenblicken mit einem Buch zurückzukehren, aus dem sie mir vorzulesen begann:

In dem Vorraum wahren Lebens,
da kein Sturm noch Wetter wütet,
warten wir nun auf der Schwelle,
fern der Zwietracht, allem Zank.

Unseres Herzens wildes Schlagen,
heiß von Fieber, ist besänftigt,
und wir rasten voll der Ruhe,
bis der Meister wiederkehrt.

Streit und Hader sind verklungen.
Da des Vaters Fest sich kündet,
steht die Lebenssaat in Blüte,
singen wir die Ernte heim.

Nicht ein Schritt nur von der Erde
ist's zu GOTT, wie Menschen lehrten.
Kaum, daß wir das Todestal
noch im Erdgewand durchschritten,
Abschiedstränen in den Augen,
in der Stimme noch ein Schluchzen:
könnten, hin- und hergerissen,
wir schon voller Freude sein?

Nein, denn unser Herz muß ahnen,
welch ein Glanz und welche Fülle
uns in Kürze wird enthüllet,
da vom Buch die Siegel fallen.

Würd' uns plötzlich dies gegeben,
wären wir vom Licht geblendet.
So bereiten wir geduldig
uns im Himmels-Vorhof vor.

Während sie mir ihr Gedicht in verklärten, oft nur hin-
gehauchten Worten vorlas, schritten wir den Hügel hinunter.
Ihr Zustand völliger Vergessenheit gegenüber der äußeren

Umgebung ergriff auch mich. Ihre vom glühenden Pathos bewegte Stimme nahm mich ganz gefangen. Ein Schimmer des wahren Himmels lag in ihr verborgen und wie durchtränkt waren ihre Worte von tiefem Gottvertrauen. Außer Gott, mit dem sie sich so vollkommen verbunden fühlte, hatte sie mich, wie alles um sich, vergessen.

Auch nachdem sie geendet hatte, wagte ich noch nicht zu sprechen. Noch ganz gefangen von den Eingebungen, die sie als ein von einer Vision erfüllter Engel ausstrahlte, ging ich zur Seite.

Erst als sie schließlich einen tiefen Atemzug tat, wurde sie sich zugleich meiner Gegenwart wieder bewußt. Nun bemerkte ich mit Erstaunen, daß wir indeß weit gewandert waren. Sie erhob ihre strahlenden Augen.

„Ist dies nicht weit schöner und tiefer als die falschen Gedanken, die wir auf Erden hegten?"

„Gewiß. Wie du sagst, hast du aber erst die Vorhalle erreicht. Welch eine unbeschreibliche Herrlichkeit erwartet uns da erst im Heiligtum selbst?"

„Wer weiß das? Ich jedenfalls vermag dies noch nicht zu verstehen, obgleich unsere Freunde sich alle Mühe geben, es mir näher zu erklären. Es ist einfach unmöglich, alles das, was wir nicht selber mit eigenen Augen gesehen haben, zu begreifen. Jeder Versuch, es dennoch zu tun, erzeugt nur falsche Vorstellungen. Ich wenigstens vermag diese Wirklichkeit noch nicht zu erkennen und will gerne so lange warten, bis meine Augen ihre Überhelle vertragen können. Währenddes habe ich noch so viel zu lernen und so viel Freude auf meinem Weg zur Läuterung zu erfahren."

„Du glaubst demnach, du müßtest noch mehr Vorbereitungsstufen durchmessen, bevor du zu deinem endgültigen Heim gelangst?"

„Aber gewiß, wenn ich im Augenblick auch nicht weiß, wie viele. Nur erhebt sich manchmal die Frage, in mir, ob ich überhaupt jemals die letzte erreichen werde. Kann es denn wirklich ein Ende geben? Da Gott doch unendlich ist, wie könnten wir da an eine Grenze gelangen? Erinnere dich nur, wie weit wir noch von jeder Heiligkeit entfernt waren, als wir auf Erden unsere Reise begannen. Und welch eine kleine Strecke haben wir bisher zurücklegen können. Vielleicht verstehst du nun, daß es notwendig noch unzählbare derartige Stufen geben muß, bevor wir hoffen dürfen, im ungetrübten Glanz Seiner Gegenwart zu stehen."

„Heute läßt mich mein erweitertes Wissen manchmal denken, daß es gut wäre, wenn die Erinnerung an unser Erdenleben ganz von uns genommen würde, bevor wir Seinen Anblick ertragen können."

„Was aber sollen wir tun?"

„Ich weiß es selber nicht. Ebenso wie andere kann auch dieses Problem allein im Lichte einer noch höheren Erkenntnis gelöst werden. Darauf habe ich zu warten. Für mich genügte es aber im Augenblick zu wissen:

„Gott selbst nur kann sich deuten,
Nur E R versteht sich ganz!"

„Würdest du nicht gerne die Zwischenstufen zu diesem Ziel so schnell wie möglich erreichen?"

„Ja und zugleich auch — nein", antwortete sie langsam. „Ich weiß sehr wohl, daß ich im Augenblick noch garnicht die Fähigkeit habe, mich des Glanzes der ganzen Herrlichkeit erfreuen zu können. Eher würde ich zusammenbrechen, als daß ich mich im Angesichte dieses Zieles schon erheben könnte. Ist ein Mensch etwa durch eine Operation von seiner Blindheit geheilt, so muß er sich erst an das Licht gewöhnen, ehe er allmählich seine neu gewonnene Sehkraft gebrauchen kann. Wir alle aber sind blind gewesen und Gottes Licht kann sich uns nur in dem Maße offenbaren, in dem wir selber es ertragen können. Gott ist zu weise, um die geringste Möglichkeit eines Scheiterns auch nur in Rechnung ziehen zu können. Nur durch unser eigenes natürliches Wachstum kann sich unser aller Wunsch erfüllen, eines Tages unserem Vater in Seinem unbeschreiblichen Licht von Angesicht zu Angesicht gegenüberzustehen. Meinen gegenwärtigen Zustand aber beeinträchtigt das in keiner Weise."

„Mit jedem Schritt tun sich mir immer neue Offenbarungen Seiner unendlichen Liebe auf, und jede mir übermittelte Botschaft erhebt meine Seele zu einer größeren Gottähnlichkeit. Wahrhaftig, der Becher meines Glücks ist bis zum Rande gefüllt. Schon hier fühle ich mich im Himmel. Mehr Freude, als ich sie bereits jetzt erleben darf, könnte ich einfach nicht in mich aufnehmen. Inzwischen danke ich unserem Vater ständig für Seine wunderbare Liebe, jetzt und in der Vergangenheit, und erwarte in Zuversicht Seine kommenden Offenbarungen."

„Und wie siehst du heute, im Lichte deiner größeren Erfahrung, dein früheres Erdenleben an?"

„Früher hatte ich einmal geglaubt, ich würde es als eine geistige Befreiung ansehen. Nun aber finde ich, daß ich selbst nur eine Sklavin war, die noch nicht den geringsten Begriff von wahrer Freiheit hatte, wie ich sie hier auf diesen herrlichen Hügeln atmen darf."

„Du weißt doch, daß wir die Erde wieder erreichen können, um unsere früheren falschen Ideen zu berichtigen?"

„Ja, mit Hilfe eines unserer Freunde habe ich auch schon einige meiner Gedanken und auch das, was ich dir vorgelesen habe, auf die Erde gelangen lassen. Ehe wir aber größere Fortschritte machen können, haben wir noch manche Schwierigkeiten aus dem Weg zu räumen."

„Nach dem wenigen, was ich bisher erfahren habe, haben wohl besonders die Menschen, die bereits seit längerer Zeit die Erde verlassen haben, Schwierigkeiten? Oder was siehst du selber als das wichtigste Hindernis an?"

„Bei deiner Vertrautheit mit meinen Schriften wirst du über das, was ich als die Hauptschwierigkeit ansehe, einigermaßen überrascht sein. Aber das zeigt nur, wie ganz anders die Dinge von unserer Seite hier angesehen werden."

„Die Menschen auf Erden müssen begreifen, daß niemals ein Buch*) an die Stelle des lebendigen Wortes Gottes treten kann. Gott i s t . Sein Wort ist, wie Er selbst, in jedem Augenblick eine uns gegenwärtige lebendige Kraft. Was einmal niedergeschrieben wurde, kann aber niemals mehr als eine geschichtliche Aufzeichnung der Worte Gottes sein, die er früher einmal durch Moses, Samuel, Salomo, David und zuletzt Paulus verkündet hat. Ebenso wie die Jahreszeiten, die Blumen, die Ernten, der Sonnenschein sich ständig erneuern, so auch GOTT in der Allgegenwart der von ihm auserwählten Zeit. Das gilt ebenso von Seinem Wort. Gott ist ein ewig sich erneuernder Quell, aber kein stehendes Gewässer."

„Die Menschen müssen es doch endlich zur Kenntnis nehmen, daß Gott *heute* ebenso wie vor 2000 Jahren zu uns spricht. Sie selber müssen nur bereit sein, Ihn sprechen zu lassen. Dann offenbart Er ihnen seine ewigen Wahrheiten in der Gegenwart mit den Worten und dem Verständnis der Gegenwart. Ja, dies haben unsere Brüder auf Erden zu lernen. Sie werden die Erfahrung machen, daß der Liebesdienst der Engel auf Erden ein unvergänglicher Kanal ist, durch

---

*) gemeint ist die Bibel (der Herausgeber)

den Gottes Wort, das Evangelium Christi, das Evangelium der erlösenden Liebe, unaufhörlich und sich ständig erneuernd zu ihnen fließt."

„Jeder Baum rauscht, jede Blume atmet, der plätschernde Bach dort singt Liebe. Sie trägt den Tau zu jedem Grashalm, der zephirsäuselnde Wind macht sie zu seiner Melodie. Sie bestimmt die Architektur jedes Heims hier. Sie ist die bewegende Kraft jeder Handlung, der Inhalt jeden Gebets. Aus ihrer eigenen Freiheit entwarf die Liebe die Weiten des Himmels, schmückte jeden stillen Winkel, breitete jede Ruhebank, auf der hier des Pilgers Seele ausruhen darf. Ja alles, was in diesem glücklichen Land besteht, entspringt einzig und allein der Liebe. Sie ist die Mutter und die Braut unseres Vaters zugleich — was sollten wir anderes tun als sie ständig lobpreisen?"

„So wird gewiß auch in deinem zukünftigen Wirken auf Erden die Liebe Zweck und Ziel deiner Belehrung sein?"

„Das war ja auch der Inhalt des Evangeliums Christi. In seiner Nachfolge sehen wir es als die einzig mögliche Botschaft an, die vom Himmel zur Erde gelangen kann. Ich möchte auch von der Liebe als der Krone des Sieges nach bestandenem Kampfe singen, mit ihr den Edelmut der Jugend anspornen. Ihr Brot kann die Hungrigen satt machen, ihre Wasser können die fiebernde Zunge des Wüstlings kühlen, ihr Balsam die gebrochenen Herzen heilen. Mit Liebe würde ich versuchen, alle schlechten menschlichen Eigenschaften und Leidenschaften zu zügeln, Vorurteile, etwa der Kaste, der Rasse, der Hautfarbe zu tilgen, Furcht, Bestrafung, Vergeltung zurückzuhalten und jeden Wanderer zur Heimkehr zu bewegen. Ich würde dabei die vom Vater selbst komponierte Musik ertönen lassen, um sie alle zu ihrem rechtmäßigen Erbe heimzuführen."

In diesem Augenblick wurde unser Gespräch durch einen auf unseren Weg fallenden sonnenhellen Lichtstrahl unterbrochen. Meine Begleiterin blickte auf und rief freudig aus:

„Ah, hier ist Myhanene!"

„Was für eine Seele muß das sein", fragte ich, „daß ihr Kommen einen jeden so froh macht?"

„Bist du ihm schon begegnet?"

„Ja. Aber ich weiß doch noch recht wenig von ihm, obgleich ich ihn bereits zweimal sah."

„Je näher du ihn kennen lernst, um so mehr wirst du ihn lieben", antwortete sie. „Er ist einer der heiliggesprochenen reinen Wesen, die, wo sie auch sind, den Himmel um sich breiten. In der Helligkeit seines Glanzes ist die Luft von der Gegenwart Christi wie erfüllt. Früh schon, als Kind, schied er von der Erde und noch heute besitzt er die unschuldige Einfalt eines Kindes. In ihm erkennen wir, wie tief wir durch eigenen Irrtum und Ungehorsam sinken mußten, wie unendlich weit wir uns damit von unserem Vater entfernten. Durch die Reinheit seiner kindhaften Natur konnte er so hoch aufsteigen, daß er zu einem Bindeglied zwischen dem nächsten geistigen Bereich und dem unseren wurde."

„Soll ich daraus entnehmen, daß eine Verbindung zwischen unserem jetzigen und dem nächsten Zustand schwierig herzustellen ist?"

„Nein, so ist es nicht gemeint. Du unterlegst dem Wort „schwierig" wohl eine nicht richtige Bedeutung, was ich am besten gleich berichtige. Die Bedeutung bestimmter Begriffe hängt in ihrer besonderen Schattierung viel von den Örtlichkeiten, der Umgebung und den Umständen ab, unter denen sie gebraucht werden. Diese Tatsache führt leicht zu Mißverständnissen und Verwirrung, die besonders dann augenscheinlich wird, wenn der eine mit einem Wort etwas auszudrücken sucht, das dem anderen völlig unbekannt ist. Darin liegt auch meine Schwierigkeit, wenn ich versuche, dir klar zu machen, in welcher Weise Myhanene ein Verbindungsglied zwischen unserem und dem nächsthöheren Zustand bildet."

„Je mehr die Seele sich reinigt und ausdehnt, um so mehr vergrößern sich ihre Kräfte und Fähigkeiten. Zugleich erfolgt damit eine fortschreitende Enträtselung von Geheimnissen, ein klareres Begreifen Gottes, eine tiefere Einsicht in Sein Wirken und die daraus folgerichtig erwachsende, vollkommene Zukunft. Solche neuen Kräfte und Entwicklungen bedürfen der Schulung. Jede Stufe des Lebens bildet so in sich selbst eine weitere Klasse der Schule der Ewigkeit. In diesem Zusammenhang wirst du wohl besser die große Aufgabe der „Zwischenstaatlichen" wie Myhanene verstehen können, die den Zusammenhalt als Bewohner beider Reiche wahren."

„Ist er denn nicht zugleich ein Herrscher einiger Bezirke der niedrigeren Lebensbedingung?"

„Du kannst ihn wohl als solchen bezeichnen. Und doch wird Myhanene garnicht erfreut sein, wenn du ihn so nennst. Er möchte nur als ein Freund, ein Berater und Lehrer angesehen werden. Sein Amt selbst aber entspringt ganz aus seiner eigenen Lebensbedingung."

„Selbst aus meiner noch geringen Erfahrung muß ich dir recht geben. Die Art, wie er sein Amt ausübt, war für mich ein unvergeßliches Erlebnis."

„Jedes Mal, wenn du ihn erneut triffst, werden dir zugleich auch neue Offenbarungen zuteil", antwortete sie. „Er ist der lebendige Beweis für des Meisters Verheißung: ‚Der größte aber unter ihnen, derselbe wird aller Diener sein!'. Doch hier kommt er."

XVIII

DES HIMMELS FAMILIE

Als Myhanene auf uns zukam, glaubte ich nicht nur, in ihm ein lebendiges Beispiel der Demut — so hatte meine Begleiterin mir ihn beschrieben — zu sehen. Er schien mir vielmehr zugleich als das von Jesus uns vor Augen gestellte Ideal: „Ihr seid das Licht der Welt!" Von ihm strahlte ein innerlicher Glanz aus, der wohl den Wahrheiten entstammte, die er lebte und die ihn erst zu den größeren Höhen seiner leuchtenden Heimat geführt hatten. Deutlich empfand ich: so wie er werden auch wir sein, wenn wir selber diese Höhen erklommen haben.

So trat er zu uns, begrüßte uns herzlich, umarmte uns beide und wandte sich dann an mich:

„Von Arvez erfuhr ich, daß du hier seist. Möchtest du mich zu einem Fest begleiten, zu dem ich jetzt gehe?"

„Gerne. Daß du bei allen deinen Pflichten noch an mich denkst, ist wirklich sehr freundlich von dir. Ich nahm fast an, du hättest mich längst vergessen."

„H i e r vergessen wir nie!" Die Betonung lag auf dem ersten Wort, als wolle er ihm besonderen Nachdruck verleihen.

„Du hast recht. Nach meinen bisherigen Erfahrungen, vor allem mit Arvez und dem kleinen Burschen, den wir kürzlich von der Schule hierher brachten, hätte ich gar nicht so denken sollen."

„Wie froh sind doch diese armen liebenswerten Kinder, wenn sie ihr hartes und grausames Los endlich aufgeben können. Mit der Ankunft jedes einzelnen von ihnen scheint mir dieses Leben noch heller zu werden. Manchmal wünschte ich, das Gefühl mitzuempfinden, das einen solchen Menschen ergreift, wenn er erfaßt, welche außerordentliche Veränderung um ihn vorgegangen ist. Ich möchte fast sagen, wir sollten dankbar dafür sein, daß Gott der Menschheit erlaubt hat, zu sündigen. Bei keiner anderen Gelegenheit können wir so tief die vollkommene Vergebung und Wiedergutmachung erfassen, in der sich Gottes unvergleichliche Gnade kundtut."

„Als du kamst, Myhanene, wollte ich dich im Hinblick auf den Jungen etwas fragen, was du mir vielleicht beantworten kannst."

„Soweit es mir möglich ist, gerne."

„Warum wurde er nicht an einem anderen Ort, sondern gerade hierher gebracht? Hätte er nicht besser zu jemand anderen gehen sollen?"

„Nein. Nicht, daß er ein Ausgestoßener wäre. Aber er unterliegt wie jeder andere Mensch einem Gesetz. Für jede auf Erden erzeugte Art und Beschaffenheit einer Seele ist bei uns besondere Vorsorge getroffen. Geistig verwandte Seelen ziehen sich hier gegenseitig an. So finden wir hier Freunde und Weggenossen. Unsere Schwester findet sich von diesem kleinen heimatlosen Erdenkind angezogen. In ihrer liebenden Fürsorge lernt er die Grundlage seines neuen Lebens verstehen."

„Ich habe mich wohl nicht klar genug ausgedrückt", erwiderte ich, „ich meinte, ob er denn hier weder Vater noch Mutter hat, zu denen er doch gewiß gehen möchte?"

„Ich verstehe dich schon. Du unterliegst einem weit verbreiteten Irrtum, den ich am besten gleich richtigstelle. Du mußt klar zwischen körperlicher und geistiger Verwandtschaft unterscheiden. Nur die letztere erkennen wir hier aus gutem Grund an."

„Soll aber nicht nach dem Bild, das man sich auf Erden

allgemein vom Himmel macht, die Familie hier wieder voll-
zählig zusammengeführt werden? Oder ist auch das, wie so
vieles, ein Irrtum?"

„Ja, ein großer Irrtum. Bitte führe dir nur einmal die Ver-
schiedenartigkeit ein und derselben Familie in Bezug auf Geschmack, Charakteranlagen und die geistige Entwicklung vor
Augen. Bliebe diese Familie auch hier zusammen, so könnte
die für jeden Einzelnen getroffene Vorsorge für seine Höher-
entwicklung unter den günstigsten Bedingungen nicht wirksam werden. Unser Glück aber wird mehr als zehnfältig erhöht, wenn wir wissen, daß es dem Wohlergehen derer dient,
die wir lieben, wenn sie sich getrennt von uns in einer Umgebung befinden, die für sie die günstigen Bedingungen bie-
tet. Wir nennen mit Recht die köperliche Verwandtschaft auf
Erden Blutsverwandtschaft. Fleisch und Blut aber bestehen
in diesem Leben nicht."

„Als letzten Grund dafür, daß wir hier nur die geistige
Verwandschaft anerkennen, nenne ich die Unmöglichkeit,
den auf Erden eng gezogenen Kreis der näheren Verwandten
hier zu verwirklichen. Damit Eltern und Kinder zusammengeführt werden können, müssen ja zum mindesten zwei andere Familienkreise auseinander gehen. Auch die Tatsache,
daß es hier keinen Zeitbegriff gibt, läßt deinen Gedanken als
wirklichkeitsfremd erscheinen. Wir haben in Wirklichkeit
nur e i n e n Vater: Gott, aus dessen Geist wir geboren sind.
Wir alle, Kinder dieses einen Vaters, sind Brüder."

„Würdest du diese Lehre auch auf Erden verkünden?"

„Selbstverständlich. Denn es ist ja die reine Wahrheit.
Sagt doch das Evangelium Jesu Christi das gleiche. Jede Unterscheidung in Klassen und Rassen oder der Sprache nach
und auch die Feindschaften zwischen Nationen sind in der
Entfaltung dieses Evangeliums ausgelöscht. Erst damit rückt

die Verheißung: ‚Friede auf Erden allen Menschen, die guten Willens sind!' in den Bereich der Verwirklichung."

„Ich beuge mich deiner Beweisführung", erwiderte ich. „Heißt das aber, daß unser kleiner Freund seine Eltern niemals wiedersehen wird?"

„Das weiß ich nicht", antwortete Myhanene. „Einmal ist mir nicht bekannt, wer und was seine Eltern sind; zum zweiten wissen wir nicht, welche unendlichen Möglichkeiten unser Vater noch für weitere Offenbarungen bereit hält. In der Meditation erfasse ich manchmal einen Schimmer der glorreichen Möglichkeiten, die aus Gottes grenzenloser Liebe zu uns entspringen. In solchen Visionen sah ich, wie die letzte reuevolle Seele sich dem Throne Gottes näherte, während alle Himmel, ergriffen vor Freude, im Schweigen verharrten, da Gott auch die letzte Sünde vergab. In atemlosem Staunen sahen wir auf Christus, auf uns, in Erwartung des höchsten Augenblicks, der Vollendung jeglicher Erlösung."

„Der vollkommene Himmel, wer könnte das verstehen, vorwegahnen oder sich nur ausmalen? Jede Gruppe, jeder Kreis, jeder Mensch vollendet! Jedes Gebet gehört, jedes Ideal erreicht, jede Seele gerettet! An diesem Punkt, da die mächtigen Tore der letzten Offenbarung weit geöffnet sind, mögen wir erkennen, daß zwischen den Tagen des fleischlichen Lebens und dieser Wiedervereinigung eine innerliche Verbindung besteht."

„Ist es nicht ein Akt verwerflicher Ungerechtigkeit unserem Vater gegenüber, auch nur einen Augenblick daran zu zweifeln, daß Sein Erlösungsplan so vollständig ist und Er selbst in den unmöglich erscheinenden Fällen vorgesehen hat, daß ‚alle Menschen gerettet werden'? Gott liebt die Menschheit so, daß er in jedem Fall einen Weg der Errettung weiß.

Wäre es anders, wie könnte sich die Allmacht Gottes erweisen?"

„Übersiehst du nicht die Tatsache, daß die Erlösung stark vom guten Willen des Einzelnen abhängt — einer Bedingung, die stets der Einladung Gottes angeheftet ist?"

„Nein, nichts vergesse ich dabei", erwiderte er. „Da du an den freien Willen des Menschen denkst, glaubst du im stillen, er könne sich der höchsten Herrschaft Gottes entgegenstellen. Als wenn der Mensch fähig wäre, sich IHM zu widersetzen! Umwelt und Lebensbedingungen sind in Wirklichkeit Ausgangspunkt und äußere Grenze des vielgerühmten freien Willens des Menschen. Mag auch der Mensch durch sein unnatürliches Verhalten, seine Irrtümer und sein Aufbegehren die Vollziehung der Erlösung hindern und verzögern, niemals kann er sie endgültig verhindern. Seine endgültige Erlösung liegt allein in Gottes Hand."

„Du glaubst nicht, wie froh meine Seele in dieser Gewißheit ist", rief ich. „Als Eusemos zuerst mit mir darüber sprach, schien mir diese Versprechung zu groß, zu herrlich. Danach hat mir Cushna manches gezeigt, was meine Hoffnung aufs neue erweckte. Nun haben meine Schwester und auch du mich weiter über das wunderbare Wirken des göttlichen Geistes belehrt und die bisher nur vage Hoffnung zur Gewißheit werden lassen. Das ist für mich wahrhaftig eine Offenbarung, für die ich dir mehr als dankbar bin. Aber gerne würde ich noch über einen anderen Punkt von dir belehrt werden. Erlaubst du mir noch eine weitere Frage?"

„Bitte und du wirst empfangen", war alles, was Myhanene entgegnete. Aber aus seinem Blick erfuhr ich des Meisters Verheißung. So viel des Geistes und des Einflusses Christi lag in diesen Worten, daß ich mich unwillkürlich umschaute, ob sich nicht ein weiterer zu uns gesellt habe. Mir schien sein Gesicht weicher, sein Ausdruck verinnerlichter und strahlender und ich beugte ehrfürchtig mein Haupt."

„Würdest du dies auch auf Erden lehren?"

„Ja", erwiderte er, „ich würde Gottes Weisungen vollkommen, einfach und uneingeschränkt erklären.

„Welche Macht würde uns dann von der Sünde zurückhalten?"

„Durch dieses Evangelium würde sich alles ändern. Den Menschen wird heute gelehrt, daß sie zu Gott kommen sollen, da sie sonst Höllenqualen erleiden müssen. Ich glaube aber nicht, daß das Gottes idealer Weg ist. Soweit ich Gott verstehe, würde Gott die Menschen weit lieber durch die sich offenbarende Liebe zu sich heranziehen als durch die Geißel des Schreckens."

Ich war noch nicht überzeugt: „Aber das tierische Element ist in der menschlichen Natur doch noch so stark, daß es ohne eine zurückhaltende Kraft sehr schwierig wäre, die Massen in Schach zu halten. Welchen Ansporn hätten sie für ein sittliches, rechtschaffenes Leben, wenn sie die Lehre von der endgültigen Erlösung erführen?"

„Ich sagte, ich würde Gottes Weisungen vollkommen erklären. Ich habe volles Vertrauen, daß dies durchaus genügt, ohne daß es dazu erdichteter Theorien oder besonderer menschlicher Hilfsmittel bedarf. Laß mich an den Fall von Marie erinnern, den du ja mit erlebt hast. Braucht man mehr zu wissen als ihr Schicksal, um vor Eifersucht und allen aus ihr entspringenden Übeln genügend gewarnt zu sein? Und doch währt ihre Bestrafung nicht ewig. Sie hat die schwere Prüfung überstanden; ihre Qual läßt nach, und eines Tages wird sie ihren Platz unter den Heiligen im Licht einnehmen;

nichts verbleibt, wodurch ihre überstandene Sünde noch nach außen erkennbar wird."

„Versuche einmal, deinen Geist über die Zeitalter hinweg auf den Zeitpunkt zu richten, von dem ich selbst bisweilen einen kurzen Blick erhaschte und in dem die Menschheit endgültig erlöst sein wird. Dort wirst du gleich jedem anderen in der zahllosen Menge auch Marie in strahlend weißer Reinheit finden. Keine der Seelen, die auf sie blickt, wird um die große Sünde wissen, die sie gesühnt hat und die ihr vergeben ist. Wird sie sie selber aber auch vergessen haben? Nein. Wohl wird die Qual der Sünde vergangen und die Strafe vorüber sein, ohne äußere Spuren. In ihrem Gedächtnis aber wird sie bewahrt bleiben! Selbst die Ewigkeit wird nicht fähig sein, sie daraus zu löschen. Wie tief wird die Seele bedauern, die in nahe Berührung mit Christus und Gott gekommen ist und seine überfließende Liebe mit der er uns liebt, gefühlt hat, daß sie trotzdem gegen diese Liebe sündigte."

„Solch ein Wissen hat gewiß eine die Sünde hemmende Kraft; wenigstens sollte sie es nach dem Willen Gottes haben; ER weiß es gewiß am besten. Darauf kann ich es getrost beruhen lassen. Nun aber müssen wir gehen."

XIX

DIE STÄTTE DER STILLE

Zum Nachdenken fehlte es mir jetzt wahrlich nicht an Stoff. Mit jeder neuen Erfahrung tat sich mir mehr und mehr die unendliche Weite der Herrlichkeit auf. Sie ergriff mich so stark, daß ich das Bedürfnis empfand, von dem Übermaß an Freiheit und Liebe erst ein wenig auszuruhen.

Nur zu gut konnte ich inmitten der lebendigen Gegenwart des Evangeliums Jesu Christi die Worte des Paulus verstehen, daß der Mensch selbst unter den günstigen Umständen hier auf Erden nur „wie durch ein schwarzes Glas sehen kann". Hier stand keine der Offenbarungen, die ich selbst erleben durfte, im geringsten Gegensatz zu Christi Lehren. Wurden Worte aus der Schrift angeführt, so standen an erster Stelle stets Worte, die Jesus Christus gesprochen hatte, während die seiner Jünger immer nur ergänzend hinzugezogen wurden. Auf der Erde hatte ich es oft anders erlebt. So oft ich meiner Verwunderung darüber Ausdruck gab, erwiderten meine Begleiter mir stets, daß ja doch Jesus Christus der Mittler des n e u e n B u n d e s sei und wir daher zuerst aus seinen Worten die volle Wahrheit erfahren könnten. Die Schriften der Apostel dagegen hätten eine weit geringere Bedeutung, als wir das auf Erden fälschlich annehmen.

Als ich so mit Myhanene inmitten der Blumen und Bäume dahinging, erforschte er die mich bewegenden Gedanken mit tiefem Verständnis und jener liebenden Einfühlung, durch die er sich die Herzen aller gewann. In einer wundervollen Gemeinsamkeit des Schweigens, die mir eine weit reichere Ernte der Belehrung gewährte, als Worte dies vermitteln könnten, kam er mir zu Hilfe. Denn es gibt Fälle, in denen das Sehnen des menschlichen Geistes stärker ist als seine Ausdrucksfähigkeit. Es gibt Tiefen des Gemüts, die unsere Sprache niemals ausloten kann.

Mit königlicher Leutseligkeit, aber zugleich kindhaft ungezwungen, führte mich Myhanene in diesem geistentrückten Zusammenfinden in den Palast seiner Erfahrungen, öffnete mir die Türen zu Räumen von unbeschreiblicher Pracht. In ihnen standen Tische voll der köstlichsten Speisen, nach denen die Seele hungerte. Im Namen Jesu Christi bat er mich einzutreten, zu essen und zu trinken und — zu leben.

Kaum, daß ich mich meiner Schuhe entledigt hatte, folgte ich seiner unausgesprockenen Einladung, überschritt die Schwelle, wanderte durch die Hallen der Heiligen Bruderschaft und wurde festlich mit der Wahrheit bewirtet. Das Orchester seines Herzens erfüllte mich zugleich mit der Engelsmusik, die eine Vertonung der Bitte des Gethsemane-Gebetes zu sein schien: „Auf daß sie alle eins seien, wie Du Vater in mir und ich in Dir, daß auch sie in uns eins seien" (Joh. 17. 21.). So horchte ich ergriffen. In Verehrung und Anbetung beugte ich mein Haupt vor der wunderbaren Möglichkeit, daß ein Gebet wahrlich seine reiche Erfüllung finden kann.

Ist mir auch jetzt die Landschaft vertraut, die ich damals zum ersten Mal mit Myhanene durchschritt, so kann ich mich doch nicht erinnern, daß ich dabei auch nur die geringsten Einzelheiten davon wahrnahm. Meine Umgebung war ausgelöscht, ich war entrückt, gefangen wie im Traum. Doch eine Stimme bleibt in der Erinnerung zurück, die sich wie ein Begleitklang durch diesen Zustand der Entrückung zog und die ich bewahre wie einen kostbaren Schatz: „Wenn schon dein Zusammensein mit einem Diener dir so süß erscheint, wie erst wirst du fühlen, wenn der Meister selbst bei dir zu Gast ist! Wenn das Herz der Jünger trotz ihrer furchtsamen, niedergeschlagenen und verwundeten Seelen auf dem Wege von Emmaus entflammte, wie erst wird das Feuer sein, wenn du selber den Herrn siehst und erkennst?" Ich erinnere mich noch gut, wie ich darüber nachdachte, wie ich dieses Erkennen herbeisehnte, um erst zu fürchten, dann aber zu hoffen, daß noch viele Stufen erst überwunden werden müssen, ehe es mir gewährt ist, die heiligen Füße in Ehrfurcht zu berühren.

„Wir sind da! Mit diesen Worten riß mich mein Gefährte aus meiner wunderbaren Träumerei, und verwirrt rief ich unwillkürlich: „Nein, nicht jetzt!", mir einer mit Furcht vermischten Hoffnung bewußt werdend, daß ER, den ich so lange schon zu sehen hoffte, mir nahe sei.

Myhanene lächelte über mein Unbehagen mit einem Blick, aus dem ein tiefes Verständnis für alle Gedanken sprach, die mich gefangen genommen hatten. Er sprach dies jedoch nicht aus, sondern sagte nur sehr ruhig:

„Das Beste ist, so hat es mich die Erfahrung dieses Lebens gelehrt, man erreicht erst einmal den Gipfel, ehe man zu verstehen sucht, was einen erwartet und wie es auf einen wirken werde."

Seine in zweifacher Hinsicht für mich lehrreiche Bemerkung blieb nicht ohne Eindruck auf mich. Das Tor zu meiner Träumerei war geschlossen, der Zauber gebrochen. So konnte ich bewußt die Landschaft vor mir betrachten, die wahrlich meine ungeteilte Bewunderung und Aufmerksamkeit verdiente. Vor und unter uns lag eine Ebene von so überirdischer Schönheit, daß ich einfach keine Worte finde, um sie in ihrer Wirkung auf mich auch nur annähernd zu beschreiben. Ihre Ausdehnung war so unfaßbar, daß mir der Mut fehlt, sie auch nur ungefähr abzuschätzen. Ich stand berauscht vor der Offenbarung des wahren Elysiums, wo:

> Freude ewig jung und jenseits Leid und Furcht
> den weiten Kreis des ew'gen Jahrs erfüllt.

Konnte ich dies wirklich aus diesem Anblick lesen? Besteht ein unwandelbares Gesetz, daß Gott sich den Propheten in Träumen und Nachtvisionen offenbart, dann müßte auch heute noch das Himmelstor der Weissagung den Sängern wie den priesterlichen Sehern offen stehen.

> Nicht ist die Ernte dichterischer Schau
> mit zart gewebten hingehauchten Tongemälden
> das Höchste jeder erdgesäten Saat,
> noch war sie aus „Gedankenformen".
> die hilflos noch aus Stoff geboren.
> Die Seele ist's des Dichters, die der Wächter Nacht
> durchs Tor der Sterblichkeit aus dem Gefängnis freit
> und sie zur Ruhe in des Schlafes Zelle leitet.
> Hier wachsen ihr des Geistes Schwingen,
> mit denen sie, von Engelhand geleitet,
> entzückt durch das Elysium, den — Himmel — streift.
> Hier sammelt sie als visionären Samen der Wahrheit Keim,
> aus dem wir, von der Hoffnung hell umstrahlt,
> des Himmels Botschaft neu und klar empfangen.
> Prophetisch' Wort entströmet dem Gesang
> zur Hilfe allen, die sich müh'n und härmen
> und doch im Stillen besserer Tage warten,
> den Weg uns zur Erlösung weisend:
> ein wahr' Gesicht, das uns der Sänger schenkte.

Wie oft hatte ich in meinem Erdenleben mit meinem Gedächtnis gerungen, damit es mir aus der mystischen Kammer des Schlafes die Erfahrungen der Nacht, die noch dunkel in mir bewußt waren, wieder freigab. Ich weiß, daß unendlich viele Menschen in gleicher Weise wie ich empfinden. Nun, da ich auf die Landschaft von unbeschreiblicher Schönheit vor mir schaute, wurde mir erst recht bewußt, wie in der Tat die Lebensbedingungen der beiden Sphären bei allen, die Augen haben zu sehen und Ohren haben zu hören, sich lebendig durchdringen. Jetzt verstand ich erst die tiefe Bedeutung des Ausspruchs: „Ihr müßt neu geboren werden." Erst dann können wir an den Offenbarungen der geistigen Welt teilnehmen. Dies bleibt den Menschen so lange versagt, als sie noch ganz in der stofflichen Welt aufgehen.

Mein Begleiter überließ mich jetzt wieder ganz meinen Betrachtungen, aber ließ mich zugleich alle Erkenntnisse trinken, die ich ohne eine so wunderbare Hilfe nie hätte erfahren können. Diese liebenswerte Art der Unterrichtung, zuerst dem Geist Zeit zu lassen, sich auf die neue Erfahrung einzustellen und sich anzupassen, und dann durch Beantwortung von Fragen und Erläuterungen eine weitere Klärung und Vertiefung des Erfahrenen zu erreichen, wird hier allgemein angewandt.

Auch der Anblick dieser wundervollen Landschaft schien mir zu bestätigen, daß wir jetzt wohl das Ziel unserer Reise erreicht hatten. Allerdings konnten selbst die Gespräche, die wir auf dem Wege hierher geführt hatten, mir keinen Anhalt dafür geben, welcher Art wohl das Fest sei, zu dessen Teilnahme mich Myhanene führen wollte. Da dieser Ort mir als ein Zaubergarten der Blumenzucht erschien, mochte es sich vielleicht um eine Art Blumenfest handeln.

Die Blüten jedes Baumes und Strauches, jeder Pflanze waren von einer Größe, einer Farbe und einem Duft mir unbekannter Art und zugleich von einer Schönheit, wie ich sie noch nie gesehen hatte. Palmenartige Bäume streckten ihre durchscheinenden bernsteinfarbigen und rosa Stämme gen Himmel. Von ihren Zweigen regneten buntfarbige wachsartige Glocken auf die Häupter der darunter Sitzenden nieder.

Eine Menge von Menschen strömte aus allen erdenklichen Richtungen auf die von blühenden Bäumen übersäte Ebene zu, während von den Galerien und Orchesterpodien bereits sanfte Klänge himmlischer Musik ertönten. Kein Bauwerk war in der Nähe. Geduldig wartete die Menge auf die Ankunft eines Oberen, der die Leitung der Veranstaltung übernehmen würde.

„Da hier ja nichts ohne einen bestimmten Zweck geschieht", so wandte ich mich schließlich an meinen Begleiter, „möchte ich dich fragen, was dieses Zusammentreffen zu bedeuten hat."

„Die Teilnehmer an diesem Fest werden geprüft, ob sie auf der geistigen Stufenleiter genug fortgeschritten sind, um höher zu steigen. Dieses Zusammentreffen ist, wenn du es so nennen willst, ein ,Urteilstag'."

„Du scheinst aber noch nicht zu wissen, wer und wieviele dieser Glücklichen die Prüfung bestehen werden?"

„Nein. Wir wissen dies erst, wenn die Prüfung beendet ist. Dann aber heben sich alle, die den Grad erreicht haben, so klar von den anderen ab, daß jeder Zweifel darüber, wer wirklich die Prüfung bestanden hat, beseitigt ist. Die meisten kamen jedoch hierher, um Zeugen dieser Verwandlung zu sein und an der Danksagung teilzunehmen."

„Da du ja bereits der Erweckung beigewohnt hast, die dem Eintreffen von Neu-Ankömmlingen folgte, glaubte ich, es würde dich nun auch interessieren, die darauf folgende Veränderung mitzuerleben.

„Ja, das interessiert mich wirklich sehr", erwiderte ich, „und ich verstehe auch jetzt besser den Sinn dieses Treffens, das mehr einer Hochzeitsfestlichkeit als einem Abschiedsfest gleicht."

„Das ist richtig. Hier ist sich jeder Teilnehmer sehr wohl der Veränderung bewußt, die mit ihm möglicherweise vor sich geht. Du hast ja schon im Knabenheim, wo ein jedes der Kinder wünschte und hoffte, zum höheren Leben erwählt zu werden, ein gleiches Erlebnis gehabt. Würde die durch den ‚Tod' ausgelöste Geburt auf Erden richtig verstanden, so konnte sie dort einen gleichen Wunsch auslösen."

„Mit der Erreichung eines höheren Grades wird eine weitere Entwicklung der geistigen Kraft im Menschen ausgelöst. Denn er wird von allen Einflüssen, die hemmend auf seine weitere Entwicklung wirken könnten, getrennt und zugleich mit anderen Menschen in Verbindung gebracht, die ihm helfen können, eine höhere geistige Stufe zu erreichen. Wer hier seine Freunde verläßt, wird von ihnen nicht etwa völlig getrennt. Wie ein Bergführer auf gefährlichem Pfad seine Schutzbefohlenen an einem Seil sicher nach sich zieht, so bleiben diese Seelen durch das Band der Liebe mit denen, die diese Stufe heute noch nicht mit ihnen erklimmen können, verbunden und verhelfen ihnen zu einem baldigen und leichteren Aufstieg."

Der Ton einer Silberglocke drang an unser Ohr. Ich selbst hätte ihm kaum Beachtung geschenkt, hätte er nicht auf viele andere wie das Signal eines Jagdhorns als Zeichen des Beginns gewirkt. Alle Orchester schienen in den Ton einzufallen und an verschiedenen Orten gruppierten sich Sängerchöre in einer Richtung, die auf einen Zentralpunkt in unserer unmittelbaren Umgebung zu deuten schien. Jetzt konnte ich ermessen, welch eine Menge von Menschen hier zusammengeströmt war.

Der zweite Schlag der unsichtbaren Glocke löste den Klang von tausend mir unbekannten Instrumenten aus, einen unendlich zarten Wohlklang, der die Overtüre zu bilden schien. Nun setzten auch die Stimmen der Chöre ein, die in einer mit der Musik ganz in Einklang stehenden gleitenden Bewegung voranschritten. So lauschte ich zum ersten Mal in meinem neuen Leben dem Gesang der Erlösten. Ich empfand ihn wie ein Rauschen vieler Gewässer, die zu „IHM, der uns erlöset und reingewaschen von unseren Sünden, fließen, der uns zu Königen und Priestern Gottes erhebt von Ewigkeit zu Ewigkeit."

Noch vermag ich nicht zu ermessen, ob die Musik des Magnetismus, die ich im Heim der Ruhe vernahm oder die, die mich hier so tief ergriff, die schönere war. Beide waren sie in ihrer Art gewiß vollkommen. Sie unterschieden sich allenfalls voneinander wie die Schönheit der Blume von der eines Sonnenunterganges.

So ganz war ich der magischen Wirkung dieses neu entdeckten Zaubers hingegeben, daß der musikalische Teil der Feier mir sehr kurz, allzu kurz erschien. Kaum waren die letzten Töne verhallt — die Versammelten schienen noch gebeugten Hauptes auf den Segen zu warten —, da berührte mich Myhanene und machte mich auf eine Lichtkugel aufmerksam, die über dem Raum des weiter entfernten Bergkranzes stand und nun auf uns herniederfiel. Als ich mich meinem Begleiter zuwandte, um eine Erklärung von ihm zu erbitten, bemerkte ich, daß er verwandelt und in vollem Glanz gekleidet war, so, wie ich ihn das erste Mal gesehen hatte. Wir sprachen kein Wort. Als aber die Kugel den ganzen Gipfel des Hügels mit einem unfaßbaren Strahlenkranz überzog, in den ich zu meinem Erschrecken selbst einbezogen war, bedeutete er mir, dort wo ich war, stehenzubleiben und alles zu beobachten. Er selbst ging dem Führer der himmlischen Heerschar, die sich um uns versammelt hatte, zur Begrüßung entgegen.

So stand ich inmitten der himmlischen Wesen, von denen die niedrigsten, wie ich sehr wohl an ihrem Gewand erkennen konnte, den gleichen Rang einnahmen wie mein hoher Freund, der mich gerade verlassen hatte. Ich fühlte mich seltsamerweise in ihrer Mitte wie in einem vertrauten Kreis.

Der Obere aber mußte einen weit höheren Rang einnehmen, weit mächtiger sein, als alle anderen. Schon die tiefe Ehrfurcht, mit der mein Freund ihm begegnete, und das Diadem der Herrlichkeit, das er augenscheinlich als ein Zeichen seiner Würde trug, bewiesen dies. Die große kristallene Weltkugel in seiner Hand erinnerte mich irgendwie an das kleine leuchtende Juwel, das die Taube im magnetischen Chor im Schnabel trug. Selbst aus der Entfernung, in der ich stand, schien sie mit einer mir unerklärlichen Kraft zu erglühen und zu beben. Ließe Leben sich sichtbar machen, so würde ich es Leben nennen — vielleicht auch Heiligkeit, auch Liebe oder auch alle drei miteinander vereint. Mit einer solchen Gewalt war die Luft von dieser Kraft durchdrungen, daß ich alle Mühe hatte, auf meinem Platz stehen zu bleiben.

Worte sind viel zu schwach, um diesen Oberen der Engel beschreiben zu können. Aber selbst diese ehrfurchtsgebietende Erscheinung konnte mich nicht daran hindern, mir auszumalen, wie lange es wohl dauern würde, wenn wirklich ewiger Fortschritt ein unveränderliches Gesetz sein sollte, bis ich die Stufe erreicht haben könnte, die dieser Führer der Engel einnahm.

Knapp unterhalb meines Standorts hatte der Obere, wie ein Monarch von seinen Begleitern umgeben, auf einem Hügelvorsprung Aufstellung genommen. Welcher Art würde wohl hier im Himmel die Ansprache sein, die er gewiß gleich an die Versammlung richten würde? Nichts dergleichen geschah. Kein Wort wurde gesprochen. Langsam ging sein Blick über die große Versammlung und auch ich fühlte die unbeschreibliche Freude, der großartigen Offenbarung „Stille im Himmel" lauschen zu dürfen. Dieses wunderbare Kapitel des Mysteriums der Göttlichkeit läßt sich nicht in Worte fassen.

Inmitten des Tempels der Heiligkeit, der seit Ewigkeit im Himmel besteht, trittst du ein in das Heiligtum der Stille. Wieviel auch in ihm weilen mögen, ewig ungebrochen waltet in ihm lautlose Stille.

Hier beugt sich die Seele in tiefster Verehrung. Als Antwort empfängt das aus vollendetem Glauben erwachsene Gebet die Stimme des Ewigen Vaters, der sich ihm offenbart, ohne daß mehr ein Schleier sie trennt. In diesem erhabenen Augenblick wird das Auge geöffnet und zum ersten Mal sehen jene Gott, „die reinen Herzens sind". Befanden sich alle, die hier um uns waren, in diesem Heiligtum der Stille? Keineswegs. Ich selber verstand dies damals noch nicht. Zugleich mit vielen anderen wohl stand ich an der Schwelle und horchte dem ungebrochenen tiefen Frieden, der im Heiligtum wohnte. Noch aber hörten wir nicht die Stimme des Vaters zu uns sprechen. Das war die Prüfung, das Maß, nach dem die fortschreitende Seele gemessen wurde, die feierliche Erklärung der mehr und mehr sichtbar werdenden Annahme.

Die Stille endete mit einem spontanen, von allen gleichzeitig vollführten tiefen Atemzug des Dankes, gleich einem inbrünstigen Amen, das die Seele nicht länger zurückhalten konnte. Und alle fühlten, daß in diesem Schweigen eine große, geheimnisvolle Veränderung Wirklichkeit geworden war: Einige unter uns waren nicht vom Tod, nein, vom Leben zu einem noch überreicheren Leben übergegangen. Doch allein jene, die die Stimme selber vernommen hatten, wußten, wer diese Wandlung von Herrlichkeit zu noch größerer Herrlichkeit vollbracht hatte.

Kaum aber war das Amen verhallt, als der Obere der Engel an den Rand des Felsvorsprungs trat und seine kristallene Weltkugel in der Luft zerfließen ließ. Zuerst breitete sie sich oberhalb des Mittelpunkts der Menge aus, bildete dort eine Lichtwolke, um sich im Zerfließen langsam auf die Andächtigen herabzusenken. Obgleich der Schleier so dünn wurde, daß man ihn völlig aus dem Auge verlor, spürte man doch seinen köstlichen Duft, der den süßesten mir bekannten Blumenduft bei weitem übertraf. Ich konnte nur ahnen, daß er der Träger einer Botschaft war, die in Kürze verkündet werden sollte. Nun war er am Ziel und fiel wie ein Tau des Segens auf alle hernieder. Durch seinen Einfluß wurden einige, ja viele so sichtbar verändert, daß nicht nur sie selber, sondern auch wir das Urteil in unmißverständlicher Sprache lesen konnten. Sie waren für reif erklärt, in höhere Regionen hinaufzusteigen.

Eine weitere Schar von Lichtgestalten stieg in diesem Augenblick von den Hügeln herab, um mit einem freudigen Gesang des Willkommens die erwählten Freunde zu begrüßen und sie zu ihren neuen Heimen zu geleiten. Ein Jubelgesang der ganzen großen Versammlung beantwortete ihn. Die Auserwählten erhoben sich, vereinten sich dem oberen Chor und die Feier war — beendet.

XX

FERN IM BEULAHLAND

Der Obere hatte sich mit seiner himmlischen Schar zurückgezogen. Die Zurückgebliebenen umarmten sich voller Freude darüber, daß es ihnen erlaubt war, an diesem wunderbaren Fest der Stille teilnehmen zu können. Auch von jenen, die selber den nächsten Schritt voran noch nicht tun konnten, die noch nicht fähig waren, die lautlose Stimme Gottes zu vernehmen, war keiner enttäuscht, wie die meisten es unter solchen Umständen wohl auf Erden gewesen wären. Wir alle fühlten uns gehoben, näher herangezogen und jetzt schon weit besser vorbereitet für die Wandlung, die eines Tages mit vollkommener Gewißheit für jeden von uns eintreten würde.

Selbst sprach ich allerdings zu niemandem, obgleich viele an mir so nahe vorübergingen, daß ich leicht ein Gespräch hätte anknüpfen können. Aber irgendwie fühlte ich mich, wenngleich ich ja jetzt auch als Bürger des unsterblichen Lebens gelten konnte, noch nicht voll zugehörig. Nur durch ein ungewöhnliches Entgegenkommen war es mir gewährt worden, mich, gleichsam als Gast, mit den verschiedenen Stufen des himmlischen Lebens vertraut zu machen. Wo ich hingehörte, wenn diese Besichtigungsreise beendet sein würde, das wußte ich im Augenblick selbst noch nicht.

Aber ich vernahm doch zur Genüge aus den freudig bewegten Gesprächen der vielen Zurückgebliebenen, daß sie gleich mir bei diesem Fest der Stille stärker, gotterfüllter und glücklicher geworden waren.

Kaum war Myhanene von der Verabschiedung seiner hohen Freunde zurückgekehrt, da konnte ich nicht länger an mich halten und überschüttete ihn mit Fragen.

„Wer war wohl der Obere dieser leuchtenden Engelschar?"

„Er heißt OMRA. Mehr, fürchte ich, würdest du, wenn ich über seinen Rang, seine Aufgaben und Pflichten sprechen würde, im Augenblick doch nicht verstehen. Es bliebe dir ein Rätsel. So mußt du dich vorerst mit seinem Namen zufriedengeben."

„Werden die — wie soll ich mich ausdrücken? — „beförderten" Freunde, die von hier fortgeleitet wurden, jetzt mit ihm zusammenleben?"

„Nein, sie gehen in die Nähe des Heimes unserer Schwester, der Dichterin — wo ich dich fand."

„Und darf ich fragen, wo Omra wohnt?"

„Diesen Ort könntest du nur durch eigenen Augenschein erfassen, und ich bin nicht sicher, daß ich dir genügend Kraft leihen kann, damit du selbst aus der Ferne einen Blick darauf werfen kannst. Die Kraft seiner Herrlichkeit hast du ja selbst hier erlebt. Nur war sie der Umgebung dieser Feier und den Menschen, die an ihr teilnahmen, angepaßt. Der Glanz seines *Besitzes* jedoch strahlt die vollkommene natürliche Reinheit aus, die von der Heiligkeit derer ausgeht, die Gott um so vieles näher sind. Ich kann schwerlich hoffen, dir einen wirklichen Begriff von Dingen zu vermitteln, für die Worte einfach nicht ausreichen. Ich kann nur deine Sehnsucht weiter entfachen und dich nach und nach mit weiterem Stoff zum Nachdenken versehen."

„Meine Seele dürstet wahrhaftig nach Wissen", erwiderte ich; „ich habe aber bereits so viel gesehen, daß meine Aufnahmefähigkeit seine Grenzen findet. Aber entscheide du selbst. Du weißt es auf alle Fälle besser wie ich."

„Komm mit mir. Im Himmel ist jeder Becher bis zum

Rand gefüllt. Hier solltest du dir die Verheißung Christi, die du gewiß kennst, stets vor Augen halten: ‚Dem, der hat, wird gegeben werden, ein gut Maß, überfließend voll!' Der Überfluß aber kann nicht verloren gehen, er bleibt in den Tiefen des Gedächtnisses und wird zum Vorschein kommen, wenn er gebraucht wird. Darum komm und sieh entlang dem Paßweg deiner eigenen zukünftigen Entwicklung so viel, als du zu fassen vermagst."

Mit einer bangen Freude ergriff ich die mir gebotene Hand. Ich war mir bewußt, daß ich noch lange nicht weit genug fortgeschritten war, den Anblick der Herrlichkeit aus eigener Kraft zu ertragen. Doch ich durfte volles Vertrauen zu meinem Begleiter und die Gewißheit haben, daß ich in seiner Hut vor Schaden sicher war.

Je länger ich mit Myhanene, Cushna und anderen zusammen war, desto stärker wurde mir auch bewußt, wie ich mit den vielen Fragen, die ihre Belehrungen anregten, immer hoffnungsloser in Rückstand kam. Je mehr die Beobachtung der Landschaft, die wir durcheilten, meine volle Bewunderung in Anspruch nahm, um so größer wurde der Durst nach Unterrichtung. Ich mußte wiederum Myhanenes Hilfe in Anspruch nehmen.

„Bei meiner Unterredung mit unserer Schwester", begann ich, „schien es mir, als wenn ihre Ansichten wesentlich von denen anderer abwichen. Kann das stimmen oder sollte ich mich hierin geirrt haben?"

„Deine Beobachtung war sicherlich richtig", erwiderte er, „wir unterscheiden uns in einzelnen Punkten unserer Meinung tatsächlich."

„Wie aber soll ich das verstehen? Ich hatte doch bestimmt erwartet, daß hier alle solche Uneinigkeiten endlich aufhören."

„Zwischen Meinungsverschiedenheiten und Uneinigkeit besteht ein großer Unterschied, lieber Bruder! Während auf Erden Unterschiede in der Meinung oft eine sehr schmerzliche Uneinigkeit schaffen, kommt das hier nicht vor. Denn wir haben gelernt, daß ‚nur die Wahrheit uns frei macht'. Auf der Erde hält man es für selbstverständlich, daß etwa der Geologe sich in der Beurteilung eines Dogmas nach dem Theologen richtet. Andernfalls hält man ihn für einen Ketzer oder Atheisten, der nicht in die Gemeinschaft der Gläubigen gehört. Auch in fast allen anderen Lehrzweigen wird die gleiche Regel mehr oder minder streng angewandt. Wie widersinnig ist das aber. Hat nicht derselbe Gott, der die Feder beseelt, in gleicher Weise den Felsen beseelt? Hat er nur etwa der — Tinte die volle Offenbarung zuteil werden und den Rest der Chemie leer ausgehen lassen? Oder wurde sein Wille nur einzig der Druckerpresse übermittelt, die anderen Künste und Handwerke einer dauernden geistigen Armut überlassend?"

„Es ist in Wirklichkeit, wie du leicht feststellen kannst, Vorsorge dafür getroffen worden, daß im Mikrokosmos ebenso wie im Makrokosmos die Gesetze der natürlichen Harmonie verwirklicht werden. Wir sind zu der Erkenntnis gelangt, daß kein Mensch die Wahrheit ganz erfassen, geschweige denn ganz für sich in Anspruch nehmen kann. Wie ein Blumenhändler die verschiedenartigsten Blumen zu einem schönen bunten Strauß zusammenstellt, so auch werden nach und nach die verschiedenartigsten Meinungen zu einem harmonischen Gesamtbild zusammengefügt. Der eigene Verstand äußert sich darin in seinem natürlichen Ton und Umfang und die so gewonnene vollkommene Harmonie bringt den umfassendsten Akkord der Wahrheit hervor. Gewiß besteht, in Übereinstimmung hiermit, eine Verschiedenheit der Ansichten im Hinblick auf weniger wichtige Dinge. Niemand aber wird zugleich blau für rosa oder schwarz für gelb halten."

Während ich meinem Freund noch aufmerksam zuhörte, wurde ich gewahr, daß wir uns mit größter Geschwindigkeit aufwärts bewegten. Die Atmosphäre wurde dünner und ich war schließlich nicht mehr fähig, auch nur ein einziges Wort hervorzubringen. Ich fühlte mich überwältigt von einem seltsamen, unerklärlichen Gefühl, das alles andere als unangenehm war. Mit wachsendem Ungestüm hob mich ein belebendes und zugleich unwiderstehliches Glücksgefühl empor. Jedes Gefühl der Schwere, der Furcht, des Zweifels, ja jegliches andere mit Ausnahme einer unvorstellbaren Freude, hatte mich verlassen.

Ich bemerkte, wie mein Begleiter sich bemühte, mir genügend von seiner eigenen Kraft zu geben, damit es mir gelang, mit ihm aufzusteigen. Mir wurde bewußt, daß ich allein ihm die treibende Kraft verdankte, die mich emportrug. Aber gleichzeitig begann ich zu spüren, daß selbst ihm dabei gewisse Grenzen gesetzt waren. Einen Augenblick lang schien es, als sei unser Flug an der Grenze des Möglichen angekommen. Doch jetzt legte Myhanene fest seinen Arm um mich und zog mich so dicht an sich heran, daß ich von seiner eigenen strahlenden Aura ganz und gar durchdrungen wurde. Jetzt fühlte ich, daß ich aller Schwäche Trotz bieten konnte. Mit einer einzigartigen Willensanstrengung, einem Blitzstrahl geistiger Macht, trug er mich über den trennenden Raum hinweg, bis unsere Füße den Gipfel eines der azurenen himmlischen Berge berührten. Über welche Entfernung uns dieser Strahl trug, kann ich nicht ermessen, doch die Geschwindigkeit muß außerordentlich gewesen sein. Myhanenes Schnelligkeit der Fortbewegung hatte mich erst kürzlich, als ich ihn im Heim des Assyrers traf, aufs höchste überrascht. Jetzt konnte ich sie mir besser erklären.

Als ich aufzuschauen vermochte, breitete sich vor mir der Himmel in makelloser Reinheit und in einer Schönheit und einem tiefen Frieden aus, wie ihn menschliche Worte einfach nicht zu beschreiben vermögen. Alles, was ich bisher erlebt hatte, schrumpfte über dem Anblick, der sich mir von diesem Gipfel aus bot, zur völligen Bedeutungslosigkeit zusammen. Eine riesige Ebene von unirdischer Reinheit und Schönheit erstreckte sich bis in die weitesten Fernen. In weiter Entfernung, doch so klar und deutlich wie im Vordergrund, hoben sich Kette auf Kette der himmlischen Berge ab. Dazwischen unzählige Hügel mit ausgedehnten Terrassen, jede in Blicknähe der anderen, mit Gebäuden, die von Blumengärten und Parks umgeben waren. Ein weiches Licht schwebte gleich dem Schimmer, der eine Perle umspielt, über allem. Wie Modelle sahen die auf herrlichen Emporen aneinander gereihten Engel-Städte aus, über denen das Lächeln Gottes lag. Die Schönheit und Herrlichkeit der Terrassen nahm noch zu, je höher sie lagen. Eine große himmlische Stufenleiter schien bis in den Thronsaal der Unendlichkeit zu führen. An den äußersten Grenzen der Terrassen erhoben sich wie zum Ausgleich und zur Vollendung der himmlischen Architektur und gleichsam als königliche Wächter die Gipfel der sich kreuzenden Bergketten, in durchscheinender Färbung gebadet. Den Hintergrund dieser Vision bildeten unbefleckte kristallene Säulen, deren Aufbau diamanten funkelte und blitzte und das Licht einer noch verborgenen ewigen Sonne zurückzustrahlen schien.

Myhanene ließ mir Zeit, den ganzen Zauber der Landschaft in mich einfließen zu lassen. Dann deutete er auf ein Gebäude von einfach unbeschreiblicher Pracht in der Ferne.

„Das ist Omras Heim."

Aber auch das war noch nicht, wie ich erfuhr, der Himmel. Wir sahen auf das Beulah Land, das in der Entwicklung der Seele ein Bindeglied zwischen der niederen und einer höheren Sphäre ist. Mein Freund hatte bereits diese Ebene ohne Grenzen durchschritten, — er wies auf sein eigenes Heim im Vordergrund — war selbst die göttliche Leiter weiter hinaufgestiegen und hatte so, wie ich jetzt mit ihm, mit Omra auf noch weit herrlichere Landschaften blicken dürfen. Omra selbst hatte wiederum noch weit höhere und reinere erblickt. Wer aber weiß, wie viele aufeinander folgende Emporen von noch größerer Heiligkeit jede Seele erklimmen muß, ehe sie IHN im Lichte seiner wahren Wirklichkeit zu sehen vermag?

Myhanene machte mir den Vorschlag, jetzt noch sein Haus anzusehen. Ich aber war so überwältigt von dem, was ich soeben erleben durfte, daß ich ihn bat, mich zurückzubringen.

XXI

DAHEIM

Welch einen erzieherischen Wert hat hier selbst das kleinste Erlebnis! Es entfaltet sich in der meditierenden Rückschau zu einer Kette von Erkenntnissen, ja mehr noch von Beweisen des einen großen Gesetzes, das alles Leben hier regiert. Ich erinnere mich zum Beispiel noch genau, wie ich kurz nach meiner Ankunft Zeuge des fruchtlosen Versuchs jener bedauernswerten Frau wurde, die einen für ihren geistigen Zustand ungeeigneten Weg zu gehen suchte. Eusemos erklärte mir damals, wie das Gesetz wirkt, das sie daran hinderte und sie schließlich auf den ihr gemäßen Weg führte. Cushna erläuterte mir das gleiche dann im Fall von Marie. Und nun erlebte ich in Gegenwart von Myhanene ein gleiches an mir selber. Niemand hinderte mich, seinen Vorschlag anzunehmen und sein Heim, eine Zufluchtsstätte der Ruhe, zu besichtigen. Ich wußte, ich würde dort mit Freuden begrüßt werden. Der einzige Hinderungsgrund lag in mir selber. Mein geistiger Entwicklungszustand war der Atmosphäre, in der Myhanenes Heim lag, einfach noch nicht angepaßt. Darum allein wünschte ich, in einen Bereich zurückzukehren, der meiner augenblicklichen geistigen Stufe entsprach.

Eine wunderbare Erfahrung, die alles Erhoffte bei weitem übertraf, öffnete sich mir, während Myhanene mich noch immer umfangen hielt — die zarte Zuneigung und Demut, mit der jene höheren heiligen Naturen ihren schwächeren Brüdern helfen. Welche Kraft, welche Hilfsquellen setzen sie hierfür ein! Wie spornen sie uns bei jeder sich bietenden Gelegenheit an und ermutigen uns, ohne jede Aufdringlichkeit alle Anstrengungen zu machen, um uns Schritt für Schritt weiter und höher zu entwickeln. Ihre Liebe bemächtigt sich unserer Seele wie ein starker Magnet und führt uns weit über eigene Kraft auf unserem Weg voran, falls wir nicht selber jeden göttlichen Einfluß ableugnen. Sie kennen keine Gönnerschaft und machen nicht den geringsten Versuch, in uns das Gefühl einer Dankesschuld oder Verpflichtung ihnen gegenüber zu wecken. Im Gegenteil: wie groß auch ihr Dienst für uns ist, wie viel Freude sie uns auch gegeben haben, sie lassen uns immer wieder fühlen, daß ihnen hierbei die weit größere Glückseligkeit zufällt.*)

Ich hatte aber in Wirklichkeit weder das Recht noch die Kraft, die Hilfe in Anspruch zu nehmen, die mir Eusemos, Cushna, Siamedes und nun Myhanene in so überreichen Maße gewährten. Was trieb sie dazu? Ich erkannte es immer klarer: allein die L i e b e , dieser allen Meistern eigene Antrieb, der unangefochten sein Szepter im Reich der Unsterblichkeit schwingt. Sie bewahrten mich bei Beginn meines neuen Lebens davor, daß ich mit meinen Lebensbedingungen allzusehr zufrieden war. Streben und Tätigsein ist das natürliche Attribut der Seele, und so bemühten sie sich, in mir einen starken Wunsch nach den viel herrlicheren Zuständen zu wecken, in denen sie selber bereits lebten und mir als Ziel vor Augen zu führen, erst in der Erlangung eigener Gottähnlichkeit die einzige und letzte Befriedigung zu suchen.

Ja, diese Lehre hatte ich ganz in mich aufgenommen und ihr Ziel war, wenigstens in meinem Fall, nicht eitel. Myhanene sagte, neben mir stehend, daß der Blick auf diese Ge-

---

*) In Erfüllung des Gebotes Christi: „Gib, so wird Dir gegeben!" (der Herausgeber)

filde glorreicher himmlischer Herrlichkeit den Wunsch in mir entzünden möge, diese Heimat meiner Freunde bald selbst durchwandern zu können. Und wie recht hatte er! Ich grub in diesen Augenblicken die feste Absicht unverlöschlich in mich ein, mich durch nichts von diesem Ziel abbringen zu lassen. Aber der Ausgangspunkt zum Aufstieg in diese gewaltigen Höhen mußte mein eigenes Heim sein. Welcher Art dieses Heim war und wo es lag — all dem hatte ich bisher kaum mehr als einen flüchtigen Gedanken schenken können. Jetzt aber fühlte ich den Wunsch in mir aufsteigen, dieses Heim zu erreichen. Mehr als ein vorübergehender Ruheplatz würde es allerdings nicht sein, hatte ich doch bereits auf andere Stätten geschaut, nach denen meine Seele lechzte wie nach einer frischen Quelle. Wie überreich auch seine Schönheit sein mochte, ich hatte bereits größere Herrlichkeiten erblickt, die nicht mehr aus meinem Gedächtnis ausgelöscht werden konnten.

Ehe ich diese Stätten erhabener Schönheit und Ruhe nicht erreicht habe, werde ich nie mehr ganz zufrieden sein. Werde ich es dann sein? Diese Frage erschien mir im Augenblick müßig. Dagegen überkam mich wie ein Schatten das Bewußtsein, welch eine gar nicht abschätzbare Entfernung im Augenblick noch zwischen meinem ersten Ziel, das ich mir im Himmel gesetzt hatte, und meinem jetzigen Standort liegen mußte. Myhanene spürte dies sofort. Sagte er auch kein Wort, so erfüllte er mich doch sogleich mit einem Gedanken von so wunderbarer Offenbarung, daß ich mich mehr getröstet und erhoben fühlte, als alle Worte dies vermögen.

Auf der Pilgerfahrt zu Gott gibt es für die Menschheit nur einen einzigen Weg. Wohl sind die irdischen Strecken schlecht instand und schwer zu erkennen. Von meinem jetzigen Standpunkt aber lag der Weg klar und unmißverständlich vor mir. Dieser Weg war eine vollkommene Gerade. Gleichermaßen wie die Natur trug er Gottes Gepräge und Siegel. An diesem Punkt wurde die Natur mir zur Verkünderin der Gnade, und meine Seele wurde von der verklärten Natur fortgetragen in ein Meer neuer Offenbarungen.

Das große Entwicklungsgesetz der Natur kennt weder ein gewaltiges Tempo noch Sackgassen, noch Unterbrechungen oder scharfe Unterteilungen. Es erfüllt seinen Auftrag in der Entfaltung von innen, angeregt von außen durch die Kräfte der Nahrung. Gilt aber dasselbe Gesetz zu Beginn unseres Weges, wer gibt uns dann ein Recht anzunehmen, daß es sich außerhalb unserer Sichtweite ändert? Ist nicht Gott selbst unwandelbar Schöpfer, Bewahrer und Vollender? Ist es nicht folgerichtig, darum auch Sein Gesetz als unveränderlich zu betrachten?

Dieser Gedanke tröstete mich und gab mir Kraft und Frieden. Ohne Zweifel war ich noch weit von meinem Ziel entfernt. Wie lange es dauern würde, bis ich es erreichte, das hing in erster Linie von mir selber ab. „Gott kennt keine Unterschiede in der Person". Es gibt keine Privatstraße, keine Abkürzung querfeldein zum Throne Gottes, die etwa nur wenigen Auserwählten vorbehalten wäre. Es gibt nur einen Weg, „den Weg der Wahrheit und des Lebens". Unmöglich kann, wer ein Leben lang gegen die von Christus verkündeten Gesetze verstoßen hat — kaum daß die letzte Gotteslästerung von seinen Lippen verhallt ist, durch Bekenntnis seiner Sünden, sei es mit den Lippen oder mit dem Herzen, sich den Gesetzen Gottes entziehen und mit einem Sprung in seine Gegenwart gelangen.

Erst muß der verlorene Sohn seiner wahren Bestimmung bewußt geworden sein, sich endgültig von seinen Ausschweifungen, von der Verspottung des Wahren und Guten befreit haben, bevor er sich selbst erheben und zum Vater heimkehren kann. Erst dann kann er seine lange Pilgerschaft beenden, ja in die Gemeinschaft der Heiligen als ein Jünger Jesu Christi aufgenommen werden, um nie wieder in Versuchung zu geraten. Auf diesem Wege wird er von Herrlichkeit zu Herrlichkeit geführt. Schritt für Schritt entfaltet sich seine Seele. Durch die Reinheit und Heiligung, die er gewinnt, wird er befähigt,

> „Kraft der unsterblichen Liebe
> zu wohnen im ewigen Licht."

* * *

Nicht sogleich entsprach mein Begleiter meinem Wunsch, unseren Besuch hier zu beenden. In den Augenblicken, in denen mich meine eigenen Träumereien und Überlegungen nicht vollkommen in Anspruch nahmen, empfand ich, wie er sich an diesem Platz, angesichts seines eigenen Heims, vollkommen glücklich fühlte. Ich spürte darüber hinaus seinen tiefen Wunsch, daß auch ich hier meine Heimat finden möge. Obgleich ich dazu noch nicht bereit und fähig war, ließ er mir dennoch die Zeit, in aller Ruhe auf dieses Land zu blicken, um noch mehr in mir den Wunsch zu entfachen, bald und für lange Zeit hierher zurückzukehren. Ein leichter Druck auf meinen Arm zeigte mir schließlich an, daß er bereit sei, zu gehen.

„Wie lange bin ich eigentlich jetzt schon hier — in diesem Leben?" fragte ich, als ich meiner Sprache wieder mächtig war.

„Nach irdischer Rechnung nur wenige Wochen. Fühlst du dich etwa müde?" fragte er lächelnd.

„Durchaus nicht. Ich fühle deutlich, daß ich niemals mehr müde werde. Vor der Fülle der Erlebnisse, die bisher auf mich eingedrungen sind, habe ich nur gar nicht mehr auf die Zeit geachtet."

„Und warum hast du soviel erlebt?"

„Ich glaube, das weißt du besser als ich."

„Ja, du hast einfach viel gefragt. Dein ganzes Erdenleben glich einem langen Fragezettel. Deine Mitmenschen verstanden dich allerdings nicht und konnten dir daher deine Fragen, die du in Wahrheit an dich selbst wie an uns richtetest, nicht zufriedenstellend beantworten. Und nun findest du hier nach und nach in dem wenigen, was wir vorerst für dich tun können, alle Antworten. Vergiß aber nicht, daß wir ja gerade erst mit der Unterrichtung begonnen haben. Und gern werden wir bald damit fortfahren. Inzwischen bringe ich dich zu deinem Heim, wo du dich ausruhen und dabei deine bisherigen Erfahrungen überschauen kannst. Zugleich wirst du dich dort ganz von den noch immer an dir haftenden körperlichen Einflüssen befreien, damit sie dir nicht bei den weiteren Offenbarungen, die dich erwarten, hinderlich sind."

„Mein Heim", wiederholte ich sinnend, „— erst als ich dein Heim sah, tauchte in mir der Gedanke an mein eigenes Heim auf und wie weit es wohl von deinem entfernt sein könnte. Sollte mir damit ein Hinweis auf bevorstehende Ereignisse gegeben werden?"

„Das kann stimmen", erwiderte Myhanene, „aber komm' und sieh selber."

Unser Weg führte uns durch Haine von malerischer Schönheit, die hier und da von lieblichen Tälern und schimmernden Lichtungen unterbrochen wurden. Da wir kaum anderen Seelen begegneten, konnten wir unsere Unterhaltung fortsetzen.

Während wir uns noch unterhielten, bemerkte ich, daß mein Freund augenscheinlich gleichzeitig mit Freunden in der Ferne durch leuchtende Gedankenblitze in Verbindung stand und von Zeit zu Zeit auch Antworten empfing. Allerdings konnte ich damals diese Gedankenstrahlen noch nicht selber lesen, hielt es aber für besser, Myhanene nicht um weitere Erklärungen zu bitten.

Als wir gerade eine romantische Bergschlucht passierten, die meine besondere Bewunderung erweckte und dadurch unser Gespräch ein Ende fand, trafen wir plötzlich ganz unerwartet auf Cushna, Arvez und noch einige andere Freunde, die mir nicht bekannt waren. Myhanene forderte sie auf, uns zu begleiten. Ich war noch mehr erstaunt, als wir kurz darauf auch Eusemos und eine Schar von Chorsängern trafen, die uns mit einem Willkommensgesang begrüßten. Und während wir ihnen im Weitergehen noch zuhörten, begegnete uns Azena mit einer Schar von Frauen, die sich uns gleichfalls anschlossen. Die Zahl der Freunde, die uns begleitete, wuchs mehr und mehr. Viele hatten ein Instrument bei sich, andere trugen Blumenkränze, wie ich sie bereits bei besonderen Feierlichkeiten gesehen hatte. Ohne daß wir es uns versahen, waren wir die Hauptpersonen einer langen Prozession. Und alle stimmten in den Jubelgesang zur Begrüßung meines Begleiters ein, dem, wie ich staunend bemerkte, eine so große Liebe entgegengebracht wurde.

Wir erreichten ein zwischen zwei Hügelketten liegendes enges Tal und erstiegen schließlich einen der Gipfel. Eine majestätische Stadt, die aus rosa Alabaster erbaut schien und mit nichts auf Erden auch nur annähernd zu vergleichen war, lag ausgebreitet vor uns. Breite Prachtstraßen gingen von einem regelmäßigen Quadrat nach allen vier Himmelsrichtungen aus. Obgleich die reich geschmückten Bauten eine beträchtliche Höhe aufwiesen, waren sie doch hauptsächlich einstöckig. Ihr flaches Dach diente dem doppelten Zweck eines Gartens und eines Spazierweges. Jeder Palast — nur diese Bezeichnung wird dem Eindruck gerecht — war von Parks von beträchtlicher Ausdehnung umgeben, die dem Geschmack ihrer Bewohner zu entsprechen schienen. Aber die Vielfalt der Einzelheiten fügte sich als Ganzes zu einer vollkommenen Harmonie.

Das Läuten der Glocken, das in die uns umgebende Musik einfiel, riß mich aus meinem Staunen über dieses wunderbare Bild. Es war augenscheinlich das verabredete Zeichen für die Bewohner der Stadt, die nun durch das Tor auf uns zuströmten, um uns zu begrüßen. Eine der ersten war Helen, dichtauf gefolgt von Freunden, die ich in den furchtbaren Behausungen der Londoner Slums kennengelernt hatte, in die mich während meines Erdendaseins ein mir auch heute noch nicht voll verständlicher geheimnisvoller Einfluß führte. Ich hatte versucht, sie in ihrem unbarmherzig hart erscheinenden Los zu trösten, hatte mich bemüht, sie mit meinem mir selbst noch unklaren Gottesgedanken vertraut zu machen. Beim Anblick des einen oder anderen erinnerte ich mich an das einmal gegebene, aber so lange schon vergessene Versprechen, daß wir uns einmal im Jenseits wiedersehen wollten. Nun waren sie gekommen, um dieses Versprechen einzulösen, während ich von mir selber nur sagen konnte, daß ich doch wohl nur aus reinem Zufall hierhergekommen war.

Aber wie hatten sich alle, die ich einmal gekannt, hier verändert! Als wir voneinander schieden, gehörten sie zu den Armen, ja Ärmsten der Armen. Nun traten sie durch eine wunderbare Verwandlung als Könige und Königinnen, als Priester und Priesterinnen des einen Gott Vaters vor mich hin. Auch an Zahl schienen sie mir größer geworden, obgleich ich jeden einzelnen wiedererkannte. Ich fühlte mich fürwahr aufs höchste geehrt, ihre Freundschaft jetzt erneuern zu dürfen.

Kaum hatten wir alle einander begrüßt und beglückwünscht, als die Musik erneut einsetzte und die ganze versammelte Menge in den Chorgesang des Willkommens einstimmte. Erst in diesem Augenblick wurde mir bewußt, daß diese Ehrenbezeigungen niemand anderm als mir selber entgegengebracht wurden. Noch halb ungläubig wandte ich mich an Myhanene:

„Gilt das alles wirklich mir?"

„Ja, mein Bruder, in dieser Stadt wirst du bis auf weiteres dein Heim finden. Unsere Freunde wollen dich hier willkommen heißen."

Jetzt erst begriff ich, daß die Gedankenblitze, die meine Neugier erregt hatten, der Benachrichtigung von Cushna und unseren anderen Freunden gedient hatten und zu einem in allen Einzelheiten vorbereiteten Programm gehörten, dessen Mittelpunkt ich selbst war, ohne daß ich davon etwas gemerkt hatte.

Die erneut sich bildende Prozession hinterließ jetzt einen imponierenden Eindruck. Meine näheren Freunde befanden sich in meiner unmittelbaren Umgebung; ich selbst, ob ich wollte oder nicht, im Mittelpunkt.

Auf diesen außerordentlichen Empfang und die Zeichen aufrichtiger Zuneigung, mit denen ich überschüttet wurde, konnte ich nur mit Tränen der Freude und Dankbarkeit antworten. Selbst die Töne der Glocken sangen das Lied des Willkommens. Als wir in eine der breiten Straßen in der Nähe einbogen, sah ich die Anführer des Zuges bereits den Park eines Palastes betreten, der wegen seiner außerordentlichen Architektur bereits aus der Ferne vor allen anderen Bauten meine Aufmerksamkeit auf sich gezogen hatte. Als ich aber nun den Eingang des Parkes erreichte und seine ganze Schönheit auf mich einstürzte, blieb ich verwirrt stehen und fragte: wo ich hier sei. „Daheim" war die einzige Entgegnung aus dem Munde meines Freundes, der mich nun unter einem Einfluß vorwärts führte, wie man ihn hier und da nur im Bereich der Träume erleben darf.

Nun näherten wir uns dem Hause und ich bemerkte, daß die Vorhänge des Portals — in diesem Leben dienen sie als Türen — weit zurückgezogen waren, wie um zu bezeugen, daß alle herzlich eingeladen waren, einzutreten. Die Mehrzahl der Teilnehmer entfernte sich jedoch zur Linken und zur Rechten, und ihr Gesang verstummte. Myhanene führte mich zum Eingang, wo ich in der geräumigen Halle bereits eine größere Gesellschaft versammelt fand, unter der ich die himmlische Schar erblickte, der ich beim Fest in Myhanenes Begleitung bereits begegnet war. Von einer Gestalt in ihrer Mitte ging eine solche Lichtfülle aus, daß ich völlig geblendet war und nichts anderes mehr bemerken konnte. Ich hielt inne. Mein Begleiter erriet meine Gedanken und sagte leise zu mir: „Das ist Omra!" Mir blieb keine Zeit zu weiterer Überlegung. Als ich kaum auf der obersten Stufe angekommen war, schloß mich Omra in seine Arme und sprach:

„Du Geliebter, sei willkommen im Namen unseres Vaters! Erfreue dich nun der Ruhe hier". Dann hob er mein in Ehrfurcht gesenktes Haupt und küßte mich.

Ich war von einem unbeschreiblichen Glücksgefühl durchdrungen und — ich schwieg. Wer auch könnte Worte finden, einem solchen Erlebnis gerecht zu werden? Omra schien dies zu verstehen und ließ daher auch kein Gefühl des Unbehagens über meine Unbeholfenheit aufkommen.

„Welch eine Menge Freunde hast du um dich versammelt", sagte er aufmunternd. „Blicke dich doch einmal um!"

Alle meine Londoner Freunde standen in einer besonderen Gruppe am Fuße der Stufen. Auf sie wies Omra, als er weiter sprach:

„Mein Bruder, der Herr gab uns das Versprechen, daß „die, die in Tränen säen, in Freuden ernten werden." In ihnen hier magst du die Ernte deines Lebenswerkes erblicken, soweit sie bereits in die Scheuern eingebracht ist. Zu ihnen kamst du mit einer Saat, die weit kostbarer war, als du selber ahntest. Obgleich deine Hand zitterte, deine Kenntnisse dir noch ungewiß erschienen, sätest du sie aus. Zu diesem Zweck hatte Gott dich gesandt und durch sein Wort alles vollendet. Der Erntetag ist nun vorüber, das Werk vollbracht. Zu Gott, der dich aussandte und dir deine Mission übertrug, kehrst du nun zurück und bringst deine Schafe mit dir. Im Namen Christi, der uns erlöste, danke ich dir für deinen Liebesdienst. Was du für diese getan, hast du IHM getan!"

Vergebens suchte ich ihn davon zu überzeugen, daß der Erfolg des Wenigen, das ich überhaupt *hatte* tun können, diesen reichen Segen kaum rechtfertigte. Meine Bemühungen waren die einzig leuchtenden Punkte in einem sonst fast unerträglichen Leben gewesen. Die große Freude, die diese Arbeit mir bereitet hatte, war reichliche Belohnung für die geringfügigen Opfer gewesen, die ich hier und da vielleicht auf mich genommen hatte. Und schmerzlich war mir bewußt, wie gering der Anteil meines Tuns gegenüber dem war, was ich versäumt hatte zu tun.

Wenn ich jetzt ausruhen und die Gesamtheit meines Werkes nochmals sorgfältiger studieren könnte, so meinte Omra, dann würde ich doch wohl besser verstehen, was ich wirklich getan habe. Darauf gab er mir seinen Segen und verließ uns. Myhanene blieb zurück. um mich nun durch mein Heim zu führen.

Könnte ich nur die richtigen Worte finden, um auch nur einen ungefähren Eindruck von der unbeschreiblichen Schönheit und Vollkommenheit dieses Heimes geben zu können. Aber ich sehe ein, daß jeder Versuch fehlschlagen müßte. Eine Tatsache möchte ich jedoch schon darum nicht verschweigen, weil sie von so tiefer Bedeutung für alle ist, die noch auf Erden weilen. Als Christus von den vielen Wohnungen in seines Vaters Haus sprach, sagte er zu seinen Jüngern: „Ich gehe und bereite einen Platz für Euch." Ist aber auch für die Einrichtung vorgesorgt? Dieser Gedanke kam mir jetzt zum ersten Mal in den Sinn, und als Antwort wurde mir eine neue Offenbarung zuteil. Jeder Einrichtungsgegenstand, jeder Schmuck stand in einem lebendigen Zusammenhang mit einer Handlung, einem Gedanken, einer Eigenart meines irdischen Lebens. Ja, er schien daraus hergestellt zu sein. Es war eine Entdeckung, die mich völlig überwältigte. Wie hätte ich gewünscht, das bereits früher gewußt zu haben!

Einer der Räume enthielt eine Reihe von Bildern, die die Urkunden darstellten, von denen Omra bereits gesprochen hatte. Ich konnte mit einem Blick sehen, daß die Ergebnisse meiner Handlungen durchaus nicht vollkommen waren. Klar war jedesmal die ursprüngliche Absicht erkennbar, daneben aber auch die in jedem Fall gemachten Fehler und die Irrtümer, die sich eingeschlichen und die Absicht mehr oder minder verdorben hatten. Aus ihnen konnte ich deutlich die Schwächen und Mängel erkennen, unter denen ich im Augenblick noch litt und die ausgemerzt werden mußten, ehe ich die Verbindung zum höheren Leben aufnehmen konnte.

Das Studium der Urkunden ließ die noch zu bewältigende

Arbeit erkennen. Ein solches Heim in einer solchen Umgebung schloß, das fühlte ich ganz deutlich, aber bereits die Hälfte des angestrebten Erfolgs in sich. Hinzu kamen die neuen und größeren Fähigkeiten, die ich jetzt besaß, und die liebende Führung, die mir auf Schritt und Tritt zur Verfügung stand.

Jetzt gingen wir an einer Tür vorbei, deren Vorhänge noch dicht zugezogen waren. Wie gerne wäre ich hier eingetreten, wenn mich nicht eine unsichtbare Kraft davor zurückgehalten hätte. Eine Stimme schien mich aus der Stille zu rufen und ich hielt inne, um diesen Ruf zu beantworten. Mein Begleiter aber, der zum mindesten so tat, als merke er nichts, lenkte meine Aufmerksamkeit auf andere Gegenstände, führte mich dann auf das Dach, von dem ich einen Blick auf die Stadt werfen konnte, wie er mir sehr bald vertraut und lieb werden sollte. Als meine innere Erregung abgeebbt war, sagte mein Begleiter:

„Meine angenehme Aufgabe ist nun vorerst beendet. Komm noch bitte einen Augenblick mit, und dann werde ich von dir Abschied nehmen."

Wieder standen wir vor der Tür. Er deutete mir mit der Hand an, alleine einzutreten und ging davon.

Ja, ich wußte es jetzt. Hinter diesem Vorhang wartete jemand auf mich, der mich besonders willkommen heißen wollte. Wie lange hatte mein Herz nach dem Druck dieser Hand, nach dem Ton dieser Stimme gerufen und sich gesehnt. Jemand, der sein Leben opferte, da er mir das Leben gab, dessen Fortgang mich so unendlich viel entbehren ließ. Wie oft hatte ich in der Dunkelheit meiner Verzweiflung ihren Namen gerufen, ohne daß mir eine Antwort zuteil wurde. Wäre sie mir doch nur wenige Jahre erhalten geblieben, sodaß ich mir eine Erinnerung an sie hätte bewahren können. Wie anders wäre dann mein Leben verlaufen. Anstelle eines Menschenfeindes hätte dann vielleicht ein Mann der Erneuerung der Welt dienen und Werke vollbringen können, die der Erinnerung wert waren. Doch der mit meiner Geburt verbundene Verlust blieb mein Schicksal. Das Kreuz aber, die Last meiner Schwermut, sollte nun endlich und endgültig von meinen Schultern genommen werden.

Erinnerst du dich noch, lieber Leser, wie ich mich im Heim des Assyrers in gleicher Lage befand wie jetzt du? Damals wandte ich mich fort, um nicht den Augenblick zu stören, der wahrlich zu heilig ist, als daß ein Fremder an ihm teilhaben dürfte. Du wirst gewiß ein Verständnis dafür haben, daß ich dich jetzt verlasse. Der Bereich jenseits des Vorhanges, vor dem ich nun stehe, ist mir selber zu heilig, als daß ihn jetzt ein Fremder betreten dürfte. Das launenhafte Fieber der Erde liegt hinter mir. Durch die Güte unseres Vaters habe ich auf meiner Reise das Land der Unsterblichkeit gefunden. In diesem Augenblick nehme ich herzlich von dir Abschied, hebe behutsam die silbernen Falten des Vorhangs und finde mich in den liebenden Armen — m e i n e r M u t t e r.

*

Aus Nachrufen zum Tode Robert James Lees':

Von Dan Black, „The International Psychic Gazette", März 1931: „Jenen, die den Vorzug hatten, „Dad's Freundschaft zu genießen, werden die Stunden — die nur Minuten schienen — in seinem Studierzimmer für alle Zeiten im Gedächtnis bleiben und als ein unschätzbares Gut bewahrt werden."

„The Two Worlds", 23. 1. 1931: „Die Kardinäle Manning, Newman und Gibbons und die Erzbischöfe Temple und Benson waren ihm zu Dank verpflichtet für eine spirituelle Sicht und seine klaren Verstandesgaben. Pater Ignatius liebte ihn und eine ihm von unserem Freund gegebene Bibel ruht auf der Brust des Geistlichen in seinem Grabe. Er half Gladstone bei seinem Traktat „Der unerschütterliche Felsen der Heiligen Schrift" und auf ihn stützte sich Disraeli, als er seinen letzten Spaziergang in den Straßen Londons unternahm. Charles Bradlaugh und Thomas Edison waren unter seinen lieben und vertrauten Freunden."

„Light", 7. 2. 1931: „Ein hoher Würdenträger der Kirche sagte einmal öffentlich, daß Mr. Lees ihn die Bibel in einem neuen Licht habe sehen lassen. Die Ernte seines Lebens war einmalig und nur vergleichbar mit den Erfahrungen der biblischen Propheten . . ."

„The Ilfracombe Chronicle", 23. 1. 1931: „Allen, die zu ihm um Hilfe oder Rat kamen, gab er im vollsten Maße und bis zur äußersten Grenze seines Vermögens. Er war ein Mann mit den erhabensten spirituellen Gaben. Nur die Ewigkeit wird den weitreichenden Einfluß seiner Lehren und seines Beispiels aufzeigen; jedes seiner Worte, jede seiner Handlungen war inspiriert von den höchsten Prinzipien gegenüber Gott und den Menschen. Sein Herz war sehr zart, er lebte buchstäblich von Liebe und Zuneigung . . . Er liebte es nicht, als „Spiritualist" im üblichen Sinne des Wortes bezeichnet zu werden und hielt sich an die Bibel, wie Jesus Christus sie begründet hatte".

WEITERE WERKE

WELTWEITEN

WISSENS

ROBERT JAMES LEES

REISE IN DIE UNSTERBLICHKEIT Band II

1. Das elysische Leben, 2. Vor dem Himmelstor, 344 S., Ganzleinen.

Die Frage des Lebens nach dem Tode, nach dem Aufhören des
irdischen Seins, hat von jeher die Menschen beschäftigt. Zu
glauben, daß mit dem letzten Herzschlag jede Existenz aufhören müsse, ist vielen unmöglich. Daß diejenigen, denen der
Tod nicht „Ende" überhaupt bedeutet, auf dem rechten Wege
sind, zeigt Robert James Lees in seinen beiden Werken „Berichte
aus dem Jenseits" und „Das elysische Leben". Der Verfasser,
einer der größten medialen Mystiker aller Zeiten, bildete infolge
seiner einzigartigen geistigen Entwicklung eine Brücke zwischen
Diesseits und Jenseits. Lees überwältigt uns mit den Schilde-
rungen der Schönheit des Lebens im Lande der Unsterblichkeit,
der allumfassenden göttlichen Liebe, die alles erfüllt und auch
noch dem Verworfensten die Hände hinstreckt.

Wer diese Bücher gelesen hat, wird nicht allein getröstet und
beglückt die lebendige Verbindung mit allen, die hinübergegan-
gen sind, empfinden, er wird auch begreifen, daß aus dieser
größeren Sicht das Leben auf Erden als Vorschule erst beginnt,
wenn wir diese Vorschule erfolgreich hinter uns gebracht haben
und sich uns drüben weit größere, beglückendere Möglichkeiten
des Lernens und Erfahrens auftun.

Allen, die um einen geliebten, dahingegangenen Menschen trauern, spenden diese Bücher wunderbaren Trost und die Hoffnung
auf eine Wiedervereinigung.

DREI EICHEN VERLAG, Engelberg/Schweiz + München